Las tierras arrasadas

Las tierras arrasadas

EMILIANO MONGE

LITERATURA RANDOM HOUSE

Esta obra literaria se realizó con apoyo del Fondo Nacional para la Cultura y las Artes, a través del Sistema Nacional de Creadores de Arte.

Las tierras arrasadas

Primera edición: agosto, 2015

www.megustaleer.com.mx

Comentarios sobre la edición y el contenido de este libro a:
megustaleer@penguinrandomhouse.com

ISBN 978-607-313-243-5

Impreso en México/*Printed in Mexico*

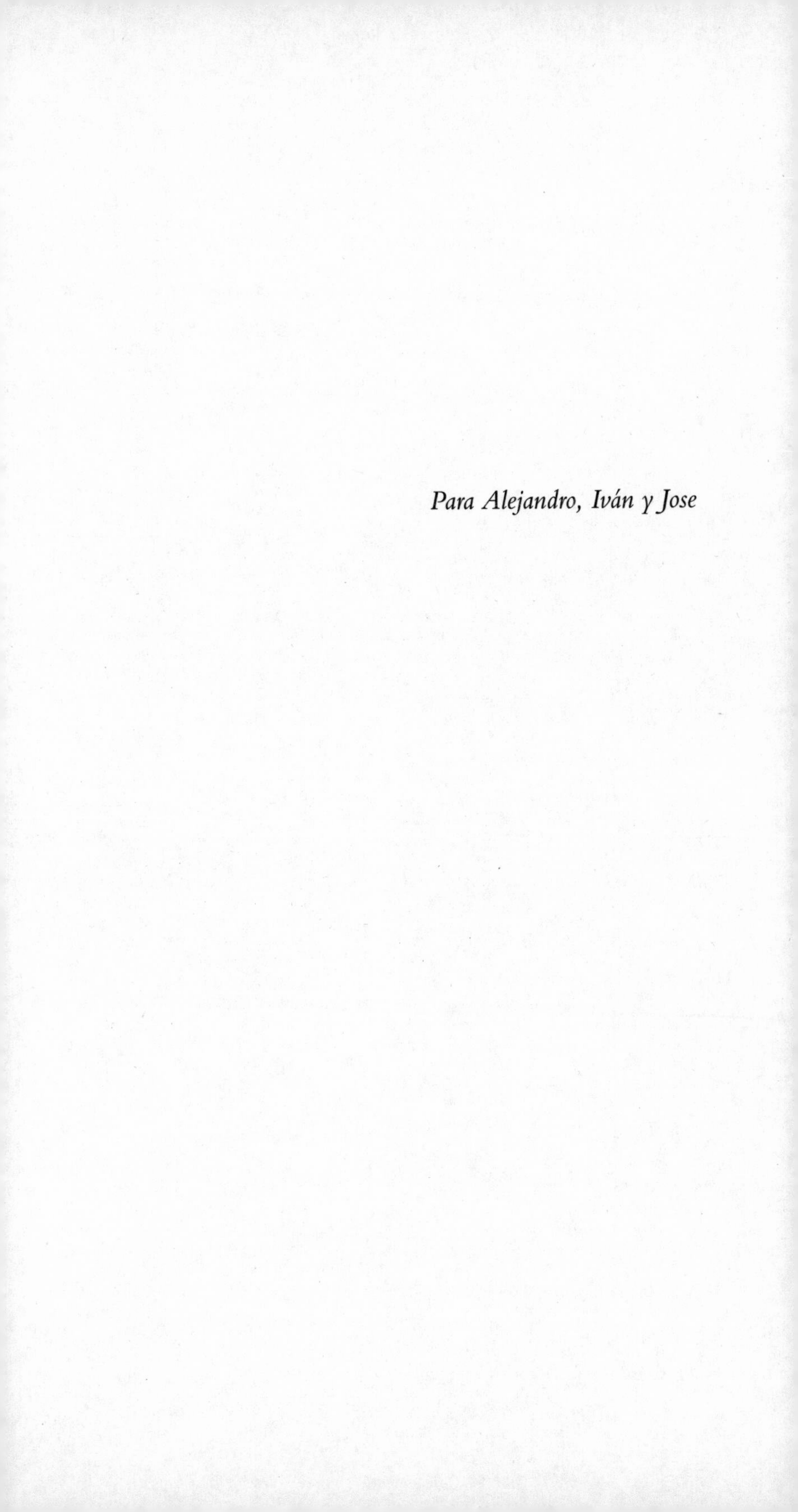

Para Alejandro, Iván y Jose

Entonces, vosotros los que pensáis que los dioses
se desentienden de las cosas humanas, ¿qué decís de
todos estos hombres salvados gracias a su intervención?
Pues digo lo siguiente —contestó—: ahí no están
representados los que se ahogaron, que
son mucho más numerosos.

CICERÓN, *La naturaleza de los dioses*

El libro de Epitafio

I

También sucede por el día, pero esta vez es por la noche. En mitad del descampado que la gente de los pueblos más cercanos llama Ojo de Hierba, un claro rodeado de árboles macizos, lianas primigenias y raíces que emergen de la tierra como arterias, se oye un silbido inesperado, cruje el encenderse de un motor de gasolina y desmenuzan la penumbra cuatro enormes reflectores.

Asustados, los que vienen de muy lejos se detienen, se encogen e intentan observarse unos a otros: los potentes reflectores, sin embargo, ciegan sus pupilas. Acercándose, entonces, las mujeres a los niños y los niños a los hombres, quienes llevan varios días andando dan comienzo al cantar de sus temores.

Chifló alguien y unas luces se
prendieron... no podíamos ver delante...
nos pegamos unos a otros...
puros cuerpos asustados.

Las palabras de los seres cuyos cuerpos desean ser un solo cuerpo atraviesan el espacio y el hombre que silbara vuelve a hacerlo y luego avanza un par de pasos. Ante su cuerpo, el zumbido de la selva, como sucediera hace un instante con las sombras, se deshace y durante un par de segundos sólo se oyen los murmullos de los hombres y mujeres que cruzaron las fronteras.

Unos decían ya nos chingaron...
ya valimos pura verga... otros nomás
querer decir sin decir nada... como
rezando o masticando las palabras.

Escuchando estos murmullos, sin prestarles atención, el hombre que aquí manda se quita la gorra, se limpia la frente con la mano y gira el cuerpo descubriendo su semblante. A primera instancia, sin embargo, no se logra percibir nada especial en este hombre que alza ahora los dos brazos y silbando nuevamente pone en movimiento a los muchachos que sostienen los potentes reflectores.

Tras avanzar algunos metros, los cuatro hombres que empujan los potentes reflectores oyen que otra vez silba su jefe y detienen su avanzar sobre la hierba. Bostezando complacido, el que aquí manda vuelve la cabeza, lleva su mirada hacia una vieja camioneta y le sonríe a la mujer que allí dormita.

Por su parte, los hombres y mujeres que salieron de sus tierras hace días, cuando el encierro repentino en el que se hallan deja de encogerse en torno suyo, sienten como que algo abandona sus entrañas y se acercan más y más unos a otros, convirtiendo en uno solo sus temblores y en una sola voz sus voces huecas. Está pasando la sorpresa y el terror se está llenando de preguntas.

No sabíamos qué pasaba... o sí
qué pero no qué pasaría... empezaron:

¿quién ve algo... esos que
están del otro lado... quién?

La potencia de los halos que dan forma a los barrotes impalpables no permite advertir nada a los que vienen de muy lejos: ni los cerros que hace tiempo atravesaron ni la selva en la que estaban hace poco ni la muralla vegetal que violaron para entrar al descampado en que aguardaban sus captores, cuyo jefe sigue viendo a la mujer que duerme allá en la camioneta.

Quitándose y poniéndose la gorra nuevamente, este hombre, que de pronto se descubre narizón, despega sus ojos de la mujer que conoció en El Paraíso, gira la cabeza y sin pensarlo hace el recuento de sus cosas y sus gentes: ahí están todos sus muchachos, sus enormes camionetas, su gran tráiler, las dos viejas estaquitas, tres motocicletas, sus potentes reflectores y ese motor de gasolina que ahora mismo se atraganta.

El eructo repentino de la máquina, que así declara estar fallando, pone en guardia al narizón de cejas amplias que aquí manda y cuyo nombre es Epitafio: ¡se los dije que iba pronto éste a chingarse! Sacudiendo la cabeza, el hombre que además de la nariz y de las cejas tiene los dos labios desmedidos, murmura un enunciado indiscernible y molesto echa a andar hacia el motor que se está ahora sacudiendo.

Apurando el paso, Epitafio, cuyo rostro parecería siempre estar hinchado, se quita la gorra nuevamente, espanta el humo que lo envuelve cuando llega ante su máquina, enciende su linterna, se hinca sobre el suelo y comienza a maniobrar varias palancas. Segundos después el hipo de la máquina se acaba y Epitafio yergue el cuerpo, apaga la linterna pero escucha desconfiado los engranes del motor igual que escucha un doctor el pecho de un paciente enfermo.

No va a durar mucho… hoy no tendremos tanto tiempo, piensa Epitafio, y dándose la vuelta echa a andar hacia la vieja camioneta: sus oídos, aguzados hace nada, oyen entonces los sonidos que la selva exhala en su hora negra: suenan los gritos de los monos aulladores, en el arroyo cantan los anuros, chillan en el aire los murciélagos y zumban las chicharras escondidas en la hierba.

Como mucho una hora apenas… no habrá tiempo hoy de elegirlos, rumia Epitafio cuando llega hasta su vieja camioneta y endureciendo el gesto mira su reflejo en la ventana. Luego voltea la cabeza hacia el encierro iridiscente y ve a los seres que allí forman esa masa cuya voz ahora machaca *los temores que de pronto han tomado sus cabezas.*

A mí esto me tocó ya en Medias Aguas… valimos verga… me salvé de pura suerte… nos golpearon… nos arrastraron y de nuevo nos pegaron.

Para colmo no habían sido nunca tantos, se dice Epitafio sin dejar de ver la masa iluminada en el centro de la noche y, quitándose la gorra, una gorra roja en cuya frente salta un león albino, se aleja de su vieja camioneta: cuando menos que me toque aquel grandote.

En el centro del encierro, entre los cuerpos de un viejo encorvado y una niña cabezona, se distingue un joven gigantesco.

Imaginando todo aquello que podría ese gigante hacer por él y sus muchachos, Epitafio se emociona y está a punto de silbar de nueva cuenta pero en algún sitio de la selva ruge la pantera de estas latitudes. Cuando el jaguar vuelve a callarse, Epitafio por fin silba y los cuatro hombres que manejan los potentes reflectores mueven otra vez sus piernas.

Tras contar cada uno a quince, estos cuatro hombres se detienen, vuelven la cabeza hacia su jefe y le contestan por primera vez a éste el silbido. Este concierto inesperado tumba al suelo a un par de niños y ahonda los temores de los hombres y mujeres cuyos cuerpos son alumbrados cada vez desde más cerca.

¡No se caigan... le disparan al
que está puro en el suelo... así fue
allá en Medias Aguas... los envolvieron
luego en nylon... no se doblen!

¡Eso es... hoy no tendremos mucho tiempo... hay que vencerlos a éstos pronto!, piensa Epitafio vislumbrando cómo los que vienen de otras tierras van soltando sus atados y sus bultos y van después cayendo sobre el suelo. Luego, dándose la vuelta y poniéndose su gorra, el hombre al que sus hombres llaman, a escondidas, Lacarota, regresa hacia su vieja camioneta, donde aún está durmiendo la mujer que aquí manda cuando es él el que descansa.

Quizá deba despertarla, medita Epitafio observando la ventana y está a punto de golpear el vidrio cuando vuelve la pantera de estas selvas a rugir en la distancia. No es, sin embargo, este rugido lo que entume el brazo de Epitafio: contemplando a la mujer que tanto quiere ha recordado lo que dijo ella hace rato: acuérdame que tengo yo algo que contarte... cuando despierte dime: tú querías decirme a mí algo.

Si la despierto ya no va a querer contarme, se dice Epitafio, y dándose la vuelta le devuelve a su encierro los esfuerzos de su mente: con ése de ahí llevamos nueve... y ésos tres creo que son once… más aquellos seis dieciocho… nunca habían sido tantos… con aquellos otro cinco… y ésos otros de ese lado… ya no sé ni cuantos llevo… debe haber unos cuarenta… más… quizá sean hasta cincuenta.

Quitándose y poniéndose la gorra nuevamente, Epitafio sacude la cabeza, se conforma con saber que esos seres que está viendo son un chingo y metiéndose dos dedos en la boca, por primera vez, silba una secuencia.

Estos silbidos, cortos y anudados, espabilan a dos chicos camuflados en la masa. Abriéndose paso con los codos y los hombros, estos chicos, que nacieron en la selva y que arrastraron por su entraña a los hombres y mujeres que aquí dejan, salen de la masa aseverando: ¡aquí estamos!

Nos habían engañado… esos dos
hijos de puta que eran casi apenas niños…
y se fueron de allí riendo… los oí yo que
iban riendo… luego no volví yo a verlos.

Sin voltear ninguno el rostro, los dos chicos de la selva dan con la frontera de la luz y de las sombras: ¡ya estamos saliendo! Luego, fuera ya del cerco incandescente, ambos chicos se detienen, dejan que sus ojos se acostumbren a las sombras, buscan la silueta de Epitafio y tras hallarla se encaminan a su encuentro.

Antes, sin embargo, de que alcancen al que manda, se alza ante los chicos una sombra enorme y los dos caen sobre el suelo. Protegidos de las risas de Epitafio por el aleteo atronador de la parvada que dormía entre la hierba, y que se está ahora alejando, los dos chicos se levantan con un salto, echan pronto a andar sus piernas y esconden la vergüenza de haber sido derrotados por su reino.

—¡No se asusten! —suelta Epitafio dejando de reírse.

—¿Asustarnos?

—No los vimos.

—Me cumplieron.

—Se lo dije —asevera el mayor de los dos chicos de la selva.

—Se lo dijo.

—¿Y ahora cuándo nuevamente?

—Antes le toca a usted cumplirnos.

—Si nos paga lo que dijo, cuando quiera —dice el menor de los dos chicos de la selva.

Tras un breve silencio, Epitafio se lleva la mano izquierda al bolsillo y al sacar el fajo de billetes que va a darle a los chicos se presiona la vejiga. Me estoy meando, dice entregando el dinero, y desabrochándose el cinturón añade: ¿ahora sí puedo decirles que aquí mismo el otro jueves? Eso mero... así le hacemos, se compromete el mayor de los dos chicos dándose la vuelta y jalando de una mano al menor se dirige nuevamente hacia la selva.

Mientras su cuerpo se vacía, Epitafio observa cómo los dos chicos brincan una raíz y cómo manosean el telón apretado de lianas. No observa, sin embargo, cómo ambos se pierden más allá de la muralla que separa al claro de la selva pues otra vez eructa el motor de gasolina y ansioso devuelve su mirada hacia la vieja camioneta: puta madre... voy a tener que despertarte.

II

—¿Cuántas veces te lo dije? —insiste la mujer que ha despertado hace un momento y luego añade—: no he dormido en varias noches.

—No quería despertarte —repite Epitafio y antes de que vuelva la mujer a reclamarle suma—: van las luces a apagarse… es en serio que el motor está fallando.

—No he dormido y cuando al fin consigo hacerlo me despiertas —reclama la mujer de nueva cuenta, volviendo la cabeza—: ¡sabes tú cuánto la extraño y no te importa!

—¿Por qué dices… puta mierda… ya empezaste! —se enreda Epitafio y girando él también el rostro intenta explicarse—: sabes bien que sí me importa… pero no tenemos tiempo.

—¿Por qué crees que ella lo hiciera?

—¿Qué más da por qué lo hiciera?

—De ese modo... ¿por qué mierdas de ese modo?

—Así no sintió ella nada —suelta Epitafio—: o eso debe haber pensado… que así no sentiría nada.

—¿Crees que sí lo había pensado... que lo había ella planeado?

—Lo que creo es que tenemos que bajarnos —asevera Epitafio—: ir a escoger mientras las luces… el motor se va a morir en cualquier rato.

Apartando la mirada de la mujer que está ahora bostezando, Epitafio se revuelve en el asiento de su vieja camioneta, saca una moneda, la sostiene entre los dedos un segundo, la lanza luego al aire, observa el arco que ésta traza y atrapándola la aplasta en el tablero. ¿Águila o sol?

Subiéndole el volumen a las prótesis que lleva en los oídos, la mujer cuyas facciones son contradictorias: es difícil creer que esta nariz pequeña yazga encima de esta boca tosca y por debajo de estos ojos ambarinos y profundos, mira la mano de Epitafio y asevera: ¿para qué me lo preguntas si ya sabes cuál escojo?

Cuando Epitafio alza la mano, la mujer en cuyo rostro uno contempla tres efigies desiguales pero igualmente atractivas: su belleza es un rompecabezas, celebra: otra vez me toca a mí antes. ¡Siempre te toca a ti primero... no te gano ni un volado!, se queja Epitafio y aventando la moneda al cenicero, donde brincan dos colillas y expectora la ceniza, ruega, dándose cuenta al mismo tiempo de que no tendría que hacerlo: sólo no escojas al grande.

¿De qué grande estás hablando?, inquiere la mujer que adora a Epitafio desplegando la visera de su lado y, distinguiendo su semblante en el espejo que ésta enmarca, abre y cierra la boca varias veces. Luego lleva sus dos manos a su nuca y dividiendo en tres mechones su cabello empieza a entretejerlo, descubriéndose los hombros, su delgado cuello y el pescuezo en que su nombre: Estela, cuelga convertido en letras de oro.

Epitafio, mientras tanto, se pone otra vez su gorra y repitiendo las palabras que no tendría que haber dicho hoy le da forma a una advertencia: allí abajo hay uno enorme... en serio no quieras quererlo... lo vi yo desde hace rato. No me hubieras dicho nada, suelta Estela esbozando una sonrisa: ¡ahora claro que lo quiero! Echándose a reír él también de pronto, Epitafio inquiere: ¿por la culpa de quién dices que no duermes? ¡Hijo de puta!, exclama Estela sorprendida y desterrando las sonrisas amenaza: ¡en serio de ella no hagas bromas!

En medio del silencio que se abre tras las últimas palabras de Estela, Epitafio abre la puerta de su vieja camioneta y demandando: no te tardes, vuelve al claro Ojo de Hierba, donde lo envuelven el calor asfixiante y cada una de las fibras que entretejen el zumbido de la selva: suenan los gritos de los monos, el cantar de los anuros, el cascar de las chicharras y el aullar de los murciélagos.

Por su parte, pensando: pinche Cementeria… por qué mierda hiciste eso… te llevaste hasta mi sueño, Estela sigue con los ojos el andar de Epitafio, que en el centro del enorme descampado se detiene, se quita otra vez la gorra, se limpia las dos sienes, se echa atrás varios jirones de cabello y silba nuevamente.

Este último chiflido saca de las sombras a unos seres que no se habían dejado ver y que emergen de la hierba empuñando la amenaza de sus armas. Al divisar a estos muchachos, el gesto de Estela se relaja y al fin se apea ella también al descampado. Lo primero que contempla, esta mujer de cuerpo esbelto y como armado con pedazos de otros cuerpos, son las montañas como muros que encierran *la gran tierra lacrimante en que se encuentra.*

Luego, tras ver las copas de los árboles más altos sobre el fondo de la noche, Estela, como hiciera antes el hombre al que ella adora, lleva a cabo el recuento de sus cosas en silencio: las tres motos, las pequeñas estaquitas, el motor de gasolina, las dos viejas camionetas y aquel tráiler junto al cual alcanza a divisar unas siluetas.

¿Quiénes son esos pendejos?, está a punto de inquirir pero de golpe y a pesar de aún estar medio dormida su memoria la golpea y apretando la quijada enclaustra dentro de su boca las palabras. Están metiendo ahí mi sorpresa, se dice Estela entonces y al hacerlo aparta su mirada de ese tráiler en el que unas letras blancas que el tiempo ha carcomido dicen: "El orador de minos", donde tendrían que decir: "El devorador de caminos".

Tras estirarse, ver en el cielo ennegrecido las luces diminutas de un avión enorme y bostezar otras dos veces, Estela busca la silueta de Epitafio por el claro y al hallarla echa a andar sobre el suelo humedecido y vaporoso de la selva.

A dos metros del lugar donde Epitafio se encuentra, con los zapatos llenos ya de lodo, Estela avizora a los hombres y mujeres que vinieron desde lejos y emocionada piensa: era verdad... son más que antes. Tomando a Lacarota por el hombro, Estela está entonces a punto de expresar su alegría pero el hombre al que adora silba una vez más y vuelve todo a ponerse en movimiento.

Los veinte hombres que emergieron de las sombras alzan los cañones de sus armas, los que empujan las pequeñas carretillas echan otra vez a andar sus piernas y los que vienen de otras tierras hacen sonar aún más el *rechinar de sus mil dientes medrosos.*

Cuando todos los presentes han ocupado ya sus nuevas posiciones, Estela chifla por primera vez y es así que le entrega a sus muchachos su nueva orden. Estalla entonces la primera ráfaga de fuego y los que llevan varios días andando caen al suelo, vomitando *unas palabras que sus bocas lanzan crudas.*

Utilizaron por primera vez allí sus armas... los que estaban todavía parados se tumbaron... empujando, haciendo a un lado... como queriendo estar abajo... nadie quería que le tocara pues encima.

¿Por qué siempre creen que es a ellos?, inquiere Estela cuando callan los metales, al mismo tiempo que se dice a sí en silencio: es increíble lo bien que oigo ahora con éstos. Hace apenas unos días que esta mujer que acaricia sus orejas se compró prótesis nuevas.

Cuando el zumbido de la selva ha reconstruido su entramado y Estela está gozando de unos ruidos que no había nunca escuchado, Epitafio se aleja de su cuerpo y ordena: ¡párense ahora mismo… hijos de perra… qué hacen todos en el suelo?

¡Ándenle o sí vamos a apuntarles!, insiste Epitafio acercándose aún más a su encierro luminoso y quitándose otra vez la gorra se limpia el sudor que le empapa las dos sienes. ¿Cómo puede hacer este calor de madrugada?, inquiere dándose la vuelta pero en lugar de una respuesta Estela escupe: ¿cuál es el que no quieres que escoja?

—Ese cabrón que está a la izquierda, responde Lacarota girando la cabeza nuevamente hacia el encierro y señalando con la mano.

—¿Ése que está junto al viejo y a esa niña?

—Exactamente.

—Me da igual que te lo quedes, afirma Estela acercándose a Epitafio—: ¿para qué voy a pelear habiendo… cuántos son exactamente?

—Iba a contarlos pero fui a despertarte —dice Epitafio y señalando una luz que parpadea insiste: hoy no tendremos tanto tiempo… ya te dije que el motor está fallando.

—Otra vez voy a tener yo que contarlos.

En total setenta y cuatro, anuncia Estela luego de un instante y acercándose aún más al cerco se sorprende de escuchar las *más tímidas palabras, los alaridos sofocados, los acentos de temor, los suspiros y los ayes* de los hombres y mujeres que escaparon de sus tierras. Qué buenos mis nuevos aparatos, rumia emocionada la mujer que adora a Lacarota y otra vez lleva sus dedos a sus oídos.

La emoción de Estela, sin embargo, se transforma en un segundo y dándose la vuelta mira a Epitafio y le pregunta, demudando el gesto de su rostro: ¿qué vamos a hacer ahora con tantos? Ése es tu pedo, exclama Epitafio desdeñando al mismo tiempo a Estela con la mano: eras tú la que quería... la que estaba chingue y chingue con que no nos alcanzaban... además allá en La Carpa nunca sobran.

Las palabras que Lacarota está diciendo se deshacen cuando la selva es profanada por un ruido que muy pronto es un estruendo: cruza la noche un helicóptero arrastrando su concierto de metales. Mientras los hombres y mujeres que cruzaron las fronteras alzan sus cabezas, Estela cubre sus dos prótesis nuevas y Epitafio desenfunda su pistola de señales.

Instantes después, cuando el helicóptero se encuentra suspendido sobre el claro Ojo de Hierba y enciende *su potente luz que al hemisferio de negror alumbra*, Epitafio apunta al cielo, Estela clava sobre el suelo la mirada y los que yacen alumbrados dejan de temblar un breve instante.

Aparecieron de repente otros
vehículos... alguien gritó: es migración
y sí era cierto... pero les vale... lo
vieron todo y se siguieron.

Hace tiempo no venían estos pendejos, señala Epitafio, y dedicándole a la noche un gesto hastiado descarga en contra de ésta su arma. La bengala azul plateado asciende agrietando la penumbra y el helicóptero apaga sus enormes reflectores, rompe el suspenso de su vuelo, recorre el descampado de regreso y se extravía en la distancia.

Cuando ya no se oye ni el rumor de la aeronave, Epitafio enfunda su pistola de señales y profiere: ¡pobrecitos los idiotas… creen que van a! Antes, sin embargo, de que acabe Lacarota con su burla, Estela lo interrumpe: ¿no era esto lo que estaban persiguiendo… que todo fuera diferente… van a saber ahora sí en serio lo que es bueno!

¡Enciéndanlas ahora!, clama entonces Epitafio dándole a sus hombres la primera de las órdenes que no les da silbando: ¡las que faltan… prendan ahora las que faltan! Al escucharlo, los muchachos que sostienen las pequeñas carretillas prenden las luces que iluminan el afuera del encierro y los que vienen de otras tierras por fin ven a sus captores.

¿No querían otra patria?, pregunta Estela a voz pelada y tras sentir encima suyo todos los ojos de los seres que *maldicen su ascendiente y su semilla* ve a los hombres que aún empuñan sus metales y ordena: ¡que éstos sientan el calor de nuestra patria! Obedientes, los muchachos que salieron de las sombras se encaminan a la masa, recortando sus fusiles.

Temblando aún más que al encenderse los primeros reflectores, los hombres y mujeres que escaparon de sus tierras, unas tierras que hace tiempo fueron arrasadas, *sienten que el terror que a herirlos vino* suelta sus esfínteres y contemplando el acercarse de los hombres que obedecen aquí a Estela y a Epitafio escuchan la última amenaza de esa mujer que está gritando: ¡van a saber lo que es la patria… van a saber quién es la patria!

—¿Quién es la patria? —vocifera Estela dándose la vuelta.

—¡Yo soy la patria! —responde Epitafio abriendo los brazos teatralmente.

—¿Y qué quiere la patria?

—La patria quiere que se hinquen.

—Ya escucharon: ¡hínquense ahora mismo todos!

—La patria dice: que se tumben sobre el suelo —añade Epitafio él también gritando y fingiendo, con los brazos, una deferencia.

—¡Todos bocabajo! —ruge Estela—: ¡y no se muevan… no los quiero ni siquiera ver temblando!

Cuando los hombres y mujeres de las patrias arrasadas son ya sólo seres bocabajo, Epitafio se acerca lentamente a Estela, la abraza y le susurra a la prótesis que asoma en su oído izquierdo: la patria quiere que comiencen a esculcarlos. ¡Revísenlos a todos!, exhorta Estela entonces y los que yacen aferrados a sus fierros se pasean y se hincan sobre los seres que han perdido sus anhelos y uno por uno los catean y manosean.

Aunque alguno hay que aún quisiera defenderse diciendo algo, cualquier cosa, las palabras de los seres que perderán también muy pronto el nombre se deshacen antes de llegar a ser pensadas.

La patria quiere que no esculquen al grandote, murmura Epitafio nuevamente ante el oído de Estela y ésta indica, señalando con un dedo hacia la izquierda: ¡a ese gigante no lo toque ningún hombre!

Convencido de que no está nadie viendo hacia su lado, un muchacho se arrastra, se levanta con un salto y corre en busca de la selva. Viendo de reojo al que *no podrá jamás huir mas en huir se afana*, Epitafio suelta a Estela y vocifera: ¡agarren a ése que se escapa! Entonces dos hombres apuran sus carreras, le dan caza al muchacho, lo golpean con sus armas y lo arrastran nuevamente hacia la masa.

Cuando Epitafio está a punto de decirle a sus muchachos que terminen con el chico, Estela le arrebata a su cintura la pistola de señales y alzando el brazo abre fuego: la bengala azul plateada cruza el aire e impacta un ojo del fugado, que al instante cae al suelo y se sacude sobre el lodo, mientras la pólvora aún escupe su violencia.

Poco a poco, la bengala va agotándose y lanzando sus dos últimos chispazos enmudece, dando pie a Estela de nuevo: ¿o no quería esto la patria? Antes, sin embargo, de que Epitafio le responda, dos de los potentes reflectores parpadean al mismo tiempo y el motor eructa en la distancia: ¡te lo dije que teníamos que apurarnos… hay que dividirlos antes que se apaguen!

—Pero escojo yo primero... y cómo ves que mejor sí quiero al grandote —provoca Estela y al hacerlo le guiña a Epitafio.

—¡Ya habías dicho: te lo dejo! —arguye Lacarota sin mostrarse enteramente sorprendido—: ¿ahora qué quieres a cambio?

Es mucha gente… te lo dejo si me ayudas con algunos.

—Órale pues —acepta Epitafio resoplando—: pero niños ni uno solo.

—…

—Y no me pongas esa cara… qué más da si ahí se los dejas.

—Eso sí va a estar difícil… no voy a ir a El Paraíso —afirma Estela apretando la quijada—: iba a decírtelo en un rato.

—¡Por mi madre que vas a ir a El Paraíso! —grita Lacarota enfureciendo de repente—: ¡vas a ir y a esperar allí la noche!

—Si te llevas la mitad te lo prometo.

—¡La mitad y una chingada! —grita Epitafio a la mujer que tanto quiere—: ¡y no pienso seguir discutiendo esto… vamos ahora a apurarnos!

Cuando el reparto ha terminado y los que siguen a Estela y a Epitafio se han llevado al tráiler y a las viejas estaquitas a los seres que cruzaron las fronteras, Estela deja que sus ojos vaguen por el claro un breve instante y abraza a Epitafio: ¿a mí no me va a decir nada la patria? ¿Qué quieres que diga?, responde Epitafio acercando su índice a la oreja de Estela y con la punta roza la antenita del minúsculo aparato. ¡Hijo de puta!, exclama la que adora a Lacarota pero antes de que pueda enojarse la rodea éste con los brazos.

Quiero que la patria diga que me quiere... escuchar que ya estás harto... que sólo quieres tú ya estar conmigo, suelta luego de un instante la mujer a la que llaman sus muchachos Oigosóloloquequiero, y apretando su cuerpo contra el cuerpo de Epitafio agrega: quiero escuchar que sí vas a atreverte... que lo vas en serio a dejar todo. No empecemos con lo mismo, suplica Epitafio al mismo tiempo que un nuevo estallido suena en la distancia.

El motor de gasolina ha terminado de morirse y junto a Estela y Epitafio las luces tiemblan y después se quedan ciegas. La oscuridad que asalta el claro, al que los hombres y mujeres de los pueblos más cercanos también llaman, desde hace poco, El Tiradero, sumerge al mundo en su ceguera. Será mejor que nos vayamos, dice Epitafio al mismo tiempo que Estela escapa de su abrazo aseverando: no quiero yo seguir aquí si esto está a oscuras.

Asediados por los gritos de los monos saraguatos, por el cascar de las chicharras escondidas en la hierba, por los aullidos de los murciélagos que van también pronto a marcharse y por el canto de las ranas y los sapos que descansan a ambos lados del riachuelo que corre más allá del muro de lianas, troncos leprosos y raíces recostadas como escombros, Epitafio y Estela cruzan el enorme descampado.

Sin volver atrás los ojos ni volver tampoco a verse, Oigosóloloquequiero y Lacarota le reparten a sus hombres las órdenes finales de esta hora y se separan sin volver ya sobre el tema que a Epitafio angustia tanto: ¿cuándo atreverse a dejar todo? En la distancia, aún más lejos que hace rato, ruge la bestia de estas latitudes y la selva enmudece un breve instante.

Mientras sus hombres apuran sus últimos quehaceres sobre el claro, Epitafio llega hasta la vieja camioneta, sube en ésta dando un salto, se quita la gorra, la lanza al asiento vacío del copiloto e imaginando a la mujer que tanto quiere allí dormida se pregunta: ¿qué sería lo que querías antes decirme… lo que dijiste: al despertar recuérdame que tengo que decirte yo una cosa? Por su parte, Estela sube a su Ford Lobo, baja la ventana y contemplando el encenderse de los faros de la Cheyenne de Epitafio inquiere: ¿por qué no te dije nada… por qué otra vez me hice pendeja?

El rugir de los motores ahoga el pensamiento que Estela y Epitafio, sin saberlo, están ahora compartiendo: ya habrá tiempo de que hablemos… de decirnos lo que pasa. Acelerando sus vehículos, también de forma simultánea, esta mujer y este hombre, que se quieren hace tantos años tanto, encabezan el marcharse de los grupos que los siguen y se alejan del enorme descampado por caminos diferentes.

Cuando las nubes que dejaron los vehículos de Estela y Epitafio se disipan, los dos chicos de la selva, que se habían ido solamente en apariencia, emergen caminando entre las lianas y las raíces de las ceibas. A sus espaldas, sobre las crestas más lejanas de los cerros, el alba enciende el horizonte y en sus nidos, madrigueras y guaridas se espabilan los animales de la selva en su hora torda.

III

Sin decir ninguno nada, los dos chicos de la selva cruzan el claro El Tiradero, indiferentes a la veloz metamorfosis de la selva: en lugar del lloriqueo de los murciélagos se escucha el canto de las aves que madrugan, los aullidos de los monos saraguatos dejan su lugar a los resuellos de los cerdos salvajes, las chicharras callan arrulladas por los grillos y los mosquitos se retiran entregándole el espacio a las abejas.

Cuando por fin alcanzan otra vez el corazón del descampado, el mayor de los dos chicos apaga su linterna y le ordena al menor que haga lo mismo. Al igual que los sonidos, el espacio está mutando: es esa hora en que adelgaza la penumbra.

Tras guardarse en un bolsillo su linterna, el menor observa el horizonte y señalando el perfil de las montañas suelta: ¿a qué hora se hizo tan temprano? Antes, sin embargo, de que el mayor mire los cerros, estalla un grito en las alturas y ambos chicos alzan la cabeza: en el cielo, que también está mudando de manera apresurada, un águila anuncia su presencia.

Va a haber pronto amanecido, dice el mayor devolviendo a la tierra sus dos ojos y desdoblando los costales que escondía en su cintura suma: mete todo lo que encuentres. Obediente, el menor empieza a rebuscar en los atados y los bultos que hay regados por el suelo, pero al instante se detiene.

—¡Puta madre! —exclama el menor retrocediendo un par de pasos.

—¡Pinche tuerto, no lo asustes! —apunta el mayor sonriéndole al cadáver, y volviéndose después hacia el menor, inquiere—: ¿cómo puede estar prendida?

—…

—…

—¿Crees que ya se habrá acabado? —pregunta el menor tras un par de segundos y avanzando el par de pasos que había retrocedido suma—: parece ya que es puro humo.

—Lo que parece es que le sale a éste de adentro —apunta el mayor y luego añade—: mejor vamos a seguirle.

Dándole la espalda al tuerto humeante, los dos chicos vuelven al asunto de sus sacos y otra vez los van llenando con la ropa, los zapatos, las pulseras, los papeles, los cepillos, las imágenes, las fotos, las cadenas, los cortaúñas, los jabones, los aretes y las tarjetas de oración que aquí perdieron ésos que también aquí extraviaron sus anhelos y sus nombres.

No es hasta que el día se ha tragado casi entera a la penumbra y los quehaceres de los hombres al fin se oyen a lo lejos: golpea un hacha en algún sitio un tronco y una máquina abre surcos a la tierra en otra parte, que el mayor yergue la espalda y asevera: ahora sí está amaneciendo… hay que apurarnos y. Sus palabras, sin embargo, son interrumpidas por la emoción con que el menor exclama: ¡una medalla!

¿Una medalla?, pregunta el mayor pero antes de que logre acercarse al menor un ruido extraño vuelve su cabeza hacia la selva: ¡tírate ahora mismo al suelo! ¡Te estoy diciendo que te tumbes!, insiste el mayor viendo cómo en el claro El Tiradero entra *el enjambre de los tábanos, moscones y langostas que ha venido aquí a hacer presa de las cosas y los hombres.*

—¡Túmbate o me paro yo y te tumbo! —ruge por tercera vez el mayor de los dos chicos, alzando el rostro y golpeando la hierba con las manos.

—¿Qué chingado hacen aquí si aún no es su tiempo? —inquiere el menor dejándose por fin caer sobre el suelo.

—¡Cállate y estate solo quieto! —grita entonces el mayor y sus palabras son las últimas que se oyen en un rato.

Cuando el enjambre finalmente se ha marchado, los dos chicos se levantan, se examinan uno al otro y se arrancan de la piel los aguijones que sus cuerpos no evitaron. Una vez que han acabado de espulgarse, ríen nerviosos y alzando sus costales vuelven al instante en que se hallaban antes de la plaga: emocionados contemplan la medalla que el menor halló en el fondo de un atado.

Los piquetes recibidos, sin embargo, se vuelven pronto comezón y, rascándose la nuca, el mayor, que cumplirá dieciséis pronto, emerge de su asombro. ¡Guarda lo que falta!, ordena entonces con su voz que no parece de un solo hombre y luego anuncia: ¡quiero irme antes que vuelva el puto enjambre!

Durante los minutos siguientes, el menor, que cumplió hace un par de meses los catorce y cuya boca y ojos no se inmutan ni siquiera cuando un gesto le deforma las facciones, termina de llenar sus dos costales y el mayor, hincado sobre el suelo, busca entre la hierba: siempre hay un arete, un dije o un anillo que la selva trata de quedarse.

Los rayos del sol, todavía oculto más allá del horizonte, han encendido ya la altura y el zumbido de la selva incorpora a su delirio nuevos ruidos: graznan los cuervos, cantan los chepes migratorios, cacarean los gallinazos, rugen las sierras de petróleo, acompasan la mañana unos crujidos metálicos y estallan a lo lejos varios tiros.

Acicateado por un disparo de éstos, el mayor, cuyo rostro parecería llevar siempre adherida una sombra, se levanta de la tierra y asevera, con su voz como de coro: están cerca los furtivos... ahora sí que hay que largarnos. Es entonces que ambos chicos se echan sus costales sobre un hombro y se alejan de los bultos y atados que han vaciado.

A unos cuantos metros de la muralla que separa al descampado de la selva, los dos chicos son de nuevo sorprendidos por el grito que acalambra las alturas y alzando la cabeza ven al águila en el instante en que ésta precipita su existencia hacia la tierra. Veinte metros antes de alcanzar El Tiradero, sin embargo, el ave acepta que el roedor al que persigue alcanzó su madriguera y desplegando sus enormes alas negras se detiene.

Tras permanecer suspendida un breve instante, el águila bate sus dos alas, asciende nuevamente y los dos chicos le retiran su atención, se echan de nuevo sus costales a la espalda, abandonan el claro Ojo de Hierba y se pierden luego en la espesura de la selva, como se pierde el ave en la distancia.

Remontando el éter, mientras los chicos se dirigen a la casa en la que viven con sus hijos y mujeres, el águila escudriña la distancia y es así que tras un rato vuelve a llamar su atención un animal sobre la tierra. Descolgándose otra vez del inmenso éter, el ave cruza el espacio que el día ya gobierna y tras un par de segundos aterriza, defraudada, sobre el polvo de una brecha.

Resignada ante el cadáver que llamara su atención, busca el águila un bocado entre los restos roídos por las bestias de la noche. Cuando por fin halla un pedazo que podría tragar su pico, sin embargo, el ave intuye que un vehículo se acerca y desplegando sus enormes alas negras alza el vuelo.

La visión del águila que casi atropellara arranca a Epitafio de su ensueño: caminaba con Estela allá en El Paraíso, y centra su atención en la vereda que la luz está incendiando: por fin se asoma el sol entre los cerros.

Tras alcanzar la Cheyenne de Epitafio, un rayo rebota en el espejeo, golpea la moneda que está en el cenicero y da con la pupila izquierda del que quiere tanto a Estela. Es increíble que te siga echando yo volados, piensa Lacarota y estirando el brazo mete al cenicero cuatro dedos. Luego saca la moneda, la deja encima del tablero y evocando a Estela afirma: nunca te he ganado ni uno.

El olor a ceniza que sus dedos, sin quererlo, extrajeron del pequeño cenicero despierta en Epitafio el ansia de fumar y estirando el brazo nuevamente alcanza sus cigarros a la vez que rememora la sonrisa de Estela y al mismo tiempo que observa, en el retrovisor de su Cheyenne, la defensa de su tráiler: sabe que allí yacen, amarrados y tumbados, los que vienen de otras patrias. No sabe, en cambio, que también vienen allí los cinco bultos que ordenó meter en Minos la mujer que entra y sale de su mente.

Con el paquete de cigarros en la mano, Epitafio pisa el freno, gira el volante varios grados, se encamina rumbo al este, contempla el sol que en la distancia está saliendo y hablándole de tú; así es como él le habla a las cosas, advierte: igual llego a El Teronaque antes que alcances tú la altura.

Encendiendo el cigarro que empezaba a impacientarse entre sus labios, Epitafio tose un par de veces: el primer tanque siempre le ahoga los pulmones, cambia un par de marchas y acelerando su Cheyenne obliga a acelerar a las tres motos y al gran Minos, donde el arreón hace rodar a los que tantos días llevaban caminando.

Uno de estos seres, *aquel que sin estar muerto camina ya en el reino de los muertos*, mientras los otros siguen todavía rodando, queda atrapado entre los bultos que mandara aquí

Estela, y aunque intenta sacudirse y gritar, tras escuchar los ruidos que emergen de los bultos y sentir que algo se mueve dentro de éstos, no consigue hacerlo.

Nos amarraron y aventaron allí adentro… con cordones de zapatos en los pies… con cordones de cargadores de celulares en las manos… en las bocas nuestros propios calcetines.

La última bocanada de humo que Epitafio escupe baila ante su rostro pero es pronto succionada por el vano: Lacarota está bajando su ventana. En la Cheyenne se escucha entonces el ruido del viento y, alargando el brazo nuevamente, Epitafio enciende el viejo estéreo, empotrado en el tablero sólo a medias.

Descubriendo que dejó Estela su disco, Epitafio evoca otra vez el rostro de ella y al instante empieza a hablar también de tú con su ausencia: de seguro que antes de dormirte lo escuchaste… y yo allí abajo organizando… ¿no que estabas tan cansada… no que nada más querías dormirte… yo chingándome y tú oyendo tus mamadas… eso me pasa por… por… mierda de peste… qué puto asco!

En la Cheyenne ha entrado el hedor que lanza al mundo la enorme fábrica de abonos que se esconde en la frontera de la selva y de ese bosque que a lo lejos ya divisa Lacarota. ¡Es increíble que no vengan a cerrarla… como si no supieran que aquí está esa chingadera!, reclama Epitafio a pesar de que es consciente de lo absurdo que se vuelve este reclamo entre sus labios.

Igual que alcanzó a la Cheyenne hace un instante, el hedor de la fábrica de abonos irrumpe en Minos y castiga con su asco los pulmones de los hombres que obedecen a Epitafio pero no los de los hombres y mujeres que vinieron de otras tierras: *esclavizados por la duda que sembrara en cada uno esa voz que no se calla,* los que cruzaron las fronteras sólo prestan atención al cruel lamento que se mueve entre los bultos.

Íbamos tumbados en la traila cuando
uno se empezó a sacudirse y hacer ruido...
unos ruidos cada vez más doloridos que
no eran nada como humanos... así volvió a
sentirse entonces todo el miedo.

Cerrando la ventana para apartar de sí el olor a abono, Epitafio saca el disco que dejara puesto Estela y busca la única estación cuya señal puede agarrarse en esta parte en que la selva va fundiendo su maleza con el bosque. Girando la perilla del estéreo, sin embargo, Lacarota se arrepiente y otra vez mete el compacto en la ranura: haces conmigo lo que quieres... ni siquiera cuando no estás a mi lado puedo oír lo que yo quiero.

Tarareando la canción que más le gusta a Estela, Epitafio acelera aún más su marcha y las tres motos y el tráiler que lo siguen vuelven a imitarlo. Los que violaron las fronteras, quienes no han dejado *de escuchar aquella voz que los inquieta, el rumor pues de ese ser que aquí aventura su tormento,* brincan entonces nuevamente sobre el suelo del conteiner y esta vez aplastan al que yace entre los bultos, causando que uno de éstos ceda.

Cada vez eran peores sus quejidos... se
sacudía y gritaba el pobre hombre como
si algo le estuvieran arrancando... yo sentía
sus temblores... así estuvo un largo rato.

Los berridos del que yace sobre el saco que ha cedido callan sólo cuando emerge de su estómago una bilis que alcanzando su garganta va llenándole también luego la boca.Y el silencio repentino que se hincha en la caja del gran Minos aterra a los que vinieron de otras patrias todavía más que los quejidos.

Dejó de pronto de hacer ruido... pero
peor fue que dejó de zarandearse... yo
intenté pensar en otra cosa pero escuché
que alguien lloraba... y puse yo a llorarme.

En la Cheyenne, mientras tanto, Epitafio ha apagado el estéreo y al hacerlo ha observado los tres puntos color negro que dan forma al triángulo que ilustra su muñeca: es igual a ésos otros que deslindan su epidermis y que acusan, ante el mundo y su memoria, que él tambien creció en El Paraíso.

Observando cómo la selva y el bosque se hacen uno, Epitafio piensa en la primera vez que le marcaron la epidermis y el recuerdo del olor de su propia piel quemada lo obliga a sacudir con rabia el cráneo. ¿Para qué pensar en eso?, se pregunta Lacarota y como si así pudiera alejarse del pasado acelera aún más su camioneta: no consigue, sin embargo, echar de sí el recuerdo del punzón del padre Nicho y en su pecho los latidos se aceleran.

Controlando el ritmo con que aspira y exhala, tal como Estela le enseñara, Epitafio va calmándose de a poco y así logra echar de sí el recuerdo que lo estaba molestando al mismo tiempo que la mujer que tanto quiere vuelve a meterse en su memoria y un nuevo recuerdo lo golpea en pleno rostro: me dijiste que querías tú decirme algo.

Recuérdame que tengo algo importante que contarte... eso fue lo que dijiste, insiste Epitafio acelerando, esta vez sin darse cuenta. Más al rato que despierte tengo yo que hablar contigo… también eso me dijiste, repite Lacarota desbocando su Cheyenne sobre la brecha y sorprendiendo a los choferes que lo siguen y que tratan de alcanzarlo.

Sintiendo que su pecho vuelve a acelerarse, Epitafio decide salir de una vez de dudas y está a punto de sacarse del bolsillo su teléfono para llamar a la mujer que tanto quiere pero en el centro del camino aparece un hombre sacudiendo los brazos. Detrás de éste, en la distancia, el sol escala impasible y sus rayos le dan forma a un calor que será pronto inaguantable.

¿Qué hace este pendejo en esta parte?, se pregunta Epitafio reduciendo la velocidad de su Cheyenne y obligando a hacer lo mismo a las tres motos y al gran Minos, donde el muchacho al que le ordenó Estela esconderse en el conteiner asume que ha llegado su momento. Aprovechando que el convoy está parando, este muchacho se levanta, enciende una linterna, salta varios cuerpos amarrados, hace a un lado al joven que se ahogó en su propia bilis y utilizando una navaja abre los bultos que seguían aún cerrados.

Por su parte, tras clavar en el muchacho de la brecha sus pupilas y observarlo en silencio un largo rato, Epitafio olvida lo que estaba antes pensando, estira el cuerpo, alza el seguro de la puerta que le toca al copiloto, jala la manija y empujando la hoja inquiere: ¿por qué estás aquí parado?

—Nada… ni una luz ni un ruido ni.

—¿Por qué no estás donde dije? —interrumpe Epitafio al muchacho de la brecha.

—Ni siquiera había allá gente —dice el muchacho de la brecha subiendo en la Cheyenne y azotando tras de sí luego la puerta—: fue por eso que me vine luego andando.

—¿Por qué nunca me haces caso? —inquiere Epitafio y enojado golpea con las manos el tablero de su vieja camioneta—: ¿por qué putas pinches madres no haces caso?

—Te encontré allá una sorpresa.

—¿De qué mierda estás hablando?

—Vas a ver qué fácil va a ser descargarlos —suelta sonriendo el muchacho de la brecha—: la miré y pensé… le va a encantar a.

—¡No te quiero estar oyendo… cállate que no quiero escucharte! —ruge Epitafio interrumpiendo nuevamente al muchacho de la brecha.

—¿Pero por qué no?

—¡Ya te dije que te calles! —refrenda Epitafio, reanudando al mismo tiempo la marcha del convoy que él encabeza.

Tras circular por el bosque que empezó donde la selva terminara y tras viajar sumidos cada uno en su silencio un largo rato, Epitafio alza un brazo, apunta con la mano hacia una casa que de pronto ha aparecido en la distancia y asevera a voz en cuello: ¡El Teronaque! Ya lo sé que ya llegamos, murmura entonces el muchacho de la selva y luego apunta: ¿cómo no voy a saberlo si me tienes todo el tiempo ahí encerrado?

Sin dejar de contemplar la construcción que un día fuera matadero, Epitafio vuelve la cabeza hacia el muchacho de la brecha y suelta: ni siquiera voy a preguntarte si lo tienes allí todo preparado… pinche Sepelio, más te vale que esté todo ahí ya listo… que esté además mi desayuno esperando a que yo llegue… vengo muriéndome del hambre.

Cuando el silencio vuelve a hacerse en la Cheyenne, Epitafio acelera y por última vez aceleran las tres motos y el gran tráiler, en cuya caja sufren los hombres y mujeres que vinieron de otras patrias los embates de los seres que salieron de los sacos. Esos seres que hace rato liberó el chico de Estela, esa mujer que está apenas cruzando el Macizo Tierra Negra pues falló una de sus viejas estaquitas hace rato.

No tendríamos que seguir en el macizo… deberíamos ya estar escondidos, medita Estela contemplando la planicie que se expande en torno suyo y que desborda el horizonte. Es mejor no estar afuera a estas horas, acusa luego y el chofer que está a su lado piensa que tendría que decir algo pero no consigue abrir la boca.

Maldiciendo el tiempo que ha perdido, Oigosóloloquequiero abre su ventana y el polvo que sepulta al gran macizo invade la cabina. Diminutas partículas se adhieren entonces a los ojos del chofer y de Estela, que tallándose los párpados sube la ventana nuevamente y nuevamente también suelta: ¡puta estaca de cagada… ya tendríamos que estar lejos de este sitio!

Luego, cuando sus ojos han llorado todo el polvo del macizo, Oigosóloloquequiero se saca las dos prótesis que lleva en los oídos y decide que se va a dormir un rato. Un segundo después, sin embargo, el sol incendia un cuerpo extraño en la distancia y sus dedos le devuelven a sus oídos sus pequeños aparatos: ¿qué chingado están haciendo ellos abajo… cuándo mierdas los trajeron a este sitio?

IV

Instantes antes de que la Ford Lobo se detenga y los soldados del retén cobren conciencia, Estela clava en uno la mirada y suelta: ¿cuándo mierdas los movieron?

—¿Te pregunté que cuándo mierdas los movieron? —repite Estela y apuntando con un dedo al soldado al que le habla añade—: nunca antes te había visto.

—Yo... no puedo —balbucea el soldado apretando su fusil sin darse cuenta.

—¿Desde cuándo estás con ellos? —inquiere Oigosólolo-quequiero pero apurada cambia su pregunta—: ¿está tu jefe?

—¡Capitán! —grita el soldado sin volverse y apretando aún más los dedos sobre su arma.

—Te lo dije que eras nuevo... no le gusta a él que le griten.

—¡Capitán! —repite el soldado sin atreverse ni a girar siquiera el rostro.

—¿Va a salir o no el pendejo?

—Ahorita sale.

—¿Ahorita cuándo?

Exasperada, Estela abre la puerta de su enorme camioneta y baja dando un salto. Justo antes, sin embargo, de que ponga a andar sus piernas un grito emerge del cartucho que se alza más allá de la trinchera de costales y una puerta abate lentamente.

Durante un par de segundos que podrían ser dos minutos el mundo es sólo el chillido de tres goznes, el correr del viento que erosiona al macizo, los motores en neutral de la Ford Lobo y las dos viejas estaquitas y la respiración, tensa y alerta, de los soldados y los hombres que obedecen a Oigosóloloquequiero.

Luego vuelve a oírse la voz que grita en el cuartucho y las palabras que ésta anuncia: ¡nos movieron por sorpresa!, ponen en calma a todo el mundo. A todo el mundo excepto a Estela, que masticando: ¡hijo de puta!, aparta al soldado que no había nunca antes visto y echa a andar hacia el cuartucho, donde abotona su casaca el capitán que avanza ahora hacia la puerta, arrastrando los cordones de sus botas.

Esta puerta está mal puesta, asevera el capitán bajo el vano y reparando en Estela —siempre le ha gustado esta mujer que tiene enfrente— añade: nos movieron por la noche… nos mandaron aquí abajo sin decirnos antes nada. ¿Sin decirles antes nada?, inquiere Oigosóloloquequiero enfurecida, agarrando por el codo al capitán y arrastrándolo de nuevo dentro del cuartucho, donde escucha el timbrar de su teléfono.

"Ya en Teronaque. Tú qué parte???", dice el mensaje que Epitafio le ha mandado hace un momento y al que Estela se apresura a responder: "problema *estaca.* asi que apenas en reten… y lo mobieron!!!"

Guardándose el teléfono otra vez en un bolsillo del ceñido pantalón de cuero negro que contiene su figura como contiene un saco de boxeo su relleno, Estela mira al capitán, se le acerca acorralándolo contra la ventana e inquiere, como si no hubiera escuchado nada de lo que él ha dicho hasta ahora: ¿por qué mierda no están allá arriba?

Y no digas: no dijeron ellos nada… no me digas que no sabes porque no voy a creerte eso, escupe Oigosóloloquequiero, avanzando otros dos pasos, acercándose aún más a la ventana y obligando a repegarse contra el vidrio al capitán, que nervioso gira el cuerpo y abre la hoja.

Observando las dos viejas estaquitas, el capitán pregunta entonces, intentando aferrarse a lo que sea y pensando que está aún en posición de negociar una ganancia: ¿cuántas traes hoy allí dentro?

No te voy a dejar ni una si no dices lo que quiero... no me quieras ver la cara de pendeja, amenaza Estela asomando también ella la cabeza a la ventana y utilizando la mayor debilidad del capitán suma: hoy podrías hasta elegirlas.

Con decirte que allí traigo una pequeña que no cierra bien la boca, añade Estela alimentando la ansiedad del capitán: no recuerda Oigosóloloquequiero que esa niña de la que habla está en el tráiler, que no está pues la pequeña de cabeza desmedida en sus estacas, donde *crotoran las dolientes boca abajo sus horrores*.

> *No importa lo que me hicieron. Pero lo que le hicieron a todas esas mujeres, eso duele más. Eran diecisiete. Diecisiete mujeres que regresaban cada noche más heridas, más golpeadas. Yo no voy a olvidar nunca lo que vi que les hicieron.*

Tras un breve silencio, que exaspera aún más a Estela y que despierta la sangre dormida entre las piernas del capitán, Oigosóloloquequiero gira el cuerpo, se le pega al hombre que ya no puede despegar su mirada ni sus ansias de las dos viejas estacas y agarrándole con rabia el miembro erguido advierte: ¡si las quieres vas a contestarme... por qué mierda están ustedes aquí abajo... qué chingados ha pasado?

—Ayer llegaron en la tarde... te lo juro —explica el capitán con esa voz que el deseo vuelve porosa—: cojan sus madres que se largan hoy abajo.

—¿Y quién mierdas está arriba? —pregunta Estela apretando aún más sus dedos: ¿o no dejaron hoy a nadie en La Cañada?

—¡Cómo no van a haber puesto... arriba a nadie! —exclama el capitán con la voz a punto de quebrársele en la boca—: de seguro que trajeron... de otro lado.

—¿Me estás diciendo que no sabes quién está allí en La Cañada? —interroga Oigosóloloquequiero y al hacerlo suelta el miembro del capitán y lo golpea después con la rodilla—: ¡ahora tengo que llevarte allí conmigo!

—...

—¡Vas a venir y sea quien sea que esté allá arriba vas a ver que no haya pedos!

—Sabes bien... eso no puedo —exclama el capitán recuperando el aire y abriendo los párpados que el rodillazo le cerraran, suma—: no puedo.

—¿Quién te dijo que te estaba preguntando?

Cuando la puerta del cuartucho finalmente vuelve a abrirse, Estela sale arrastrando al capitán y grita a sus muchachos: ¡súbanse que vamos a largarnos! Por su parte, el capitán, cuya voz ha recuperado su entereza, anuncia a sus soldados: ¡quiten ahora esa cadena... iré allá arriba y luego vengo... no hagan ni una pendejada!

Exhibiendo su cojera, tiene una pierna seis centímetros más corta que la otra, el capitán avanza tras Estela, que encarando a su chofer exclama: ¡pásate allá atrás que desde aquí yo ya le sigo! Sin decir ni una palabra, el muchacho se da vuelta y se encamina hacia las viejas estaquitas, donde yacen las mujeres que vinieron de otras tierras masticando sus dolores.

A dos de las mujeres las violaban diario. Parecían
de trapo, las mujeres, a las que ellos ahí violaban.
Y las mujercitas esas, a las que violaban
una y otra vez y a cualquier hora,
a mí me recordaban a mi hija.

Cuando Estela y el capitán abordan la Ford Lobo, el muchacho alcanza la estaquita azul marino y al pasar junto a su puerta escucha: ¡si corres igual y alcanzas una nueva! ¡Córrele y seguro alcanzas baile!, añade por su parte el conductor de la estaquita rojo sangre, viendo cómo el muchacho apura el trote de sus piernas.

Dando un salto igual de ávido que de ágil, el muchacho que llegó aquí manejando sube a la caja en la que yacen las mujeres que vinieron de otras patrias y escuchando *el concierto de quejidos y de ruegos con que éstas bañan su tormento* se interna en la caja al mismo tiempo que el convoy que sigue a Estela se pone otra vez en marcha.

Acelerando el motor de su Ford Lobo, Oigosólologuequiero obliga a acelerar detrás de sí a las dos estacas y es así como se aleja del retén donde perdiera otro buen rato. ¡Mira nada más la hora... por tu culpa ya se hizo aún más tarde!, reclama Estela al capitán que tiene al lado: un ser tan flaco que su piel parecería yacer pegada al hueso.

¡Qué me importa que se te haya hecho a ti tarde!, responde el capitán volviendo la mirada a la ventana: ¡va a cargarme la chingada si descubren que me he ido! ¡No estarías ahorita aquí si nos hubieras avisado... si hubieras tú llamado a Epitafio!, ruge Estela: ¡confía en ti y así le pagas! Mientras clama, Oigosólologuequiero siente cómo la ira la recorre y pegándole al volante trata de calmar el fuerte impulso que le dice: ¡pégale ahora a este pendejo!

Agachando la cabeza al ver que Estela alza el puño, el capitán abre la boca y está a punto de excusarse pero la mano de Oigosóloloquequiero se abre y lo detiene igual que para un policía a alguien en la calle: ¡por tu culpa vamos a arriesgarnos allá arriba… puta madre!

¡Nos podíamos haber ido por aquel otro camino!, reclama luego Estela, señalando con la mano los confines del macizo, donde el sol sigue escalando su muralla y un escuadrón de aves surca el cielo en busca del cadáver que las vuelva remolino, como busca ahora el muchacho que venía manejando la Ford Lobo, en la estaquita rojo sangre, el remolino de la hembra que está abajo de su cuerpo.

Ése me violó. Me puso bocabajo y me violó mientras hablaban. Otros dijeron que estaba yo bien rica y que querían también darme. Y me violaron esos dos al mismo tiempo. Otro me golpeaba la cara con los pies. Y otro me pegó con la palma de un machete hasta sangrarme.

Tras circular callados un buen rato, Estela se da cuenta de que espía el capitán, de tanto en tanto, sus uñas verdes y sin tener claro por qué rompe el silencio murmurando: no quedaron del color que él las quería.

¡Pero a ti eso qué te importa… qué chingado estás mirando!, protesta luego de un instante Oigosóloloquequiero y escondiendo sus uñas tras la espalda del volante se reclama haberle dado explicaciones a este hombre que ahora esboza una sonrisa. Sin renunciar al gesto de sus labios, el capitán deja que su visión paseé por la distancia y tras un rato observa el convertirse en remolino de los buitres a lo lejos.

Luego, cuando las aves carroñeras han dejado el cielo, el capitán trae de regreso su mirada hacia la tierra y sorprendido descubre que el camino que recorren ha dejado tras de sí el amplio macizo y que ha dado comienzo el ascenso hacia la sierra.

Mientras se vuelve el camino una pendiente cada vez más pronunciada, el capitán y Estela, que han bajado hace rato sus ventanas, oyen cómo la sordina que reinaba en la planicie va dejando su lugar a los sonidos de la sierra y atestiguan cómo el suelo negro del macizo va tiñéndose de un claro color hueso. Es entonces que el soldado vuelve a abrir la boca: una cebra… el suelo es aquí como una cebra.

¡Como una cebra!, arremeda Estela al capitán y reduciendo la marcha: rodea el convoy un monolito, abunda: ¡qué chingado estás diciendo… por qué crees que puedes rebuznar lo que te venga a la cabeza… qué no oíste que te dije que callado?

Bajo las llantas de la Ford Lobo crujen las lajas de la pendiente cada vez más escarpada y se alza una densa polvareda que envuelve a las dos viejas estaquitas, donde los hombres que obedecen a Oigosóloloquequiero se cubren los rostros y donde las mujeres *cuyos cuerpos han sido horadados por la niebla de otros seres* anhelan que el polvo se convierta en tierra y se las echen luego encima a paladas.

Varios kilómetros después, en una zona donde no asciende el camino de la sierra, Estela avista la planicie en la distancia, vuelve el rostro al capitán que tiene al lado y con la calma que le imponen la visión del vacío y el tiempo que ha pasado en silencio inquiere: ¿qué vamos a hacer si no te entiendes con los que hayan ahí dejado… qué si en La Cañada se arma pedo? ¿Por qué no iban a entenderme… aunque los traigan de otras partes son iguales!, explica el capitán, también él viendo a lo lejos la planicie y también él más calmado.

Es verdad… por qué no iban a querer ellos ganarse también algo, medita Estela en voz baja, y observando nuevamente el vacío y el macizo que hace un rato abandonaran suma, bajando aún más la voz: estoy cansada. La calma que se ha ido apropiando de su cuerpo se hace entonces más profunda y más pesada y sin apenas darse cuenta, Oigosóloloquequiero bosteza un par de veces y susurra: tengo sueño.

Esta sentencia: tengo sueño, es suficiente, sin embargo, para poner de nuevo ansiosa a Estela: tengo sueño porque no he dormido nada… no he dormido por la pinche Cementeria… iba a dormir pero viniste a despertarme… para colmo no lo recordaste… te había dicho: dime tú cuando despierte que algo tengo que decirte.

¡Ni dormí ni tú me recordaste ni te dije yo a ti nada!, exclama Estela sorprendiendo al capitán y la calma de su alma se desvanece por completo: ¿por qué no te dije nada… por qué no si hasta te había yo a ti ya dicho: tengo algo que contarte y vas a ver que todo cambia!

Acelerando su Ford Lobo al mismo tiempo que el ansia acelera su cabeza, Estela acomete la parte más estrecha del camino sin estar del todo en el lugar en que se encuentra. ¡Puta madre!, grita el capitán mirando el precipicio que se hunde a su derecha: ¡no hace falta ir tan deprisa!

Volviendo a la sierra al escuchar la voz del capitán, Estela rompe en carcajadas y girando el volante hacia el abismo amenaza: ¿te da miedo… quieres ver cuánto te arrimo? ¿Qué te pasa... qué chingado estás haciendo?, aúlla el capitán cerrando los ojos y encogiéndose en su asiento.

¿Quién diría que te da miedo… debería darte vergüenza!, provoca Estela entremezclando carcajadas y palabras: ¿así son los que juraron defender a nuestra patria? Al decirla, esta palabra: patria, parte de nuevo en dos a Oigosóloloquequiero, trayendo de vuelta a Epitafio hasta la sierra.

Frenando en seco la Ford Lobo y ordenando: ¡no te bajes ni te muevas de este sitio!, Estela abre su puerta, brinca al suelo y se apresura entre las lajas. Luego sale del camino y corre hacia unas piedras que emergen de la tierra como emergen las costillas de un cadáver, mientras los seres que manejan las dos viejas estaquitas frenan sorpendidos y preguntan: ¿qué chingado está pasando?

Cuando Estela alcanza el promontorio de las piedras, una parvada de calandrias que buscaba entre las grietas su alimento alza el vuelo y los choferes que aún siguen dudando: ¿qué sucede?, observan, entre el frenético aleteo de las aves que ahora vuelven a la tierra imantadas por su hambre, cómo su jefa escala a lo más alto de las rocas.

Sobre la cima, Oigosóloloquequiero saca su teléfono y descubre, defraudada, que no encuentra señal su aparato: ¿por qué mierdas me hice idiota al despertarme… al hacerte creer que tú me estabas despertando… por qué me hice la dormida cuando hablabas con los chicos… por qué no te dije: ven aquí que estoy despierta… por qué no: ven que te quiero contar algo?

Bajando de la piedra y regresando al camino, Estela vuelve a castigarse: ¿por qué no te hablé cuando se fueron… cuando vi que te quedabas allí solo… por qué no bajé entonces? Luego, llegando hasta su vieja camioneta y aceptando que no podrá hablarle a Epitafio del lugar en que se encuentra, Oigosóloloquequiero abre la puerta e intenta echar de su cabeza al hombre que ella adora: te llamaré llegando arriba… allí sí tiene señal la mierda esta.

Acelerando nuevamente su Ford Lobo y concentrándose tan sólo en el camino, Estela logra olvidarse de Epitafio por un rato pero no de los chicos de la selva: debí bajar al ver que esos dos se iban. Esos dos chicos que ahora están llegando a su casa y que aún cargan los costales que llenaron en el claro El Tiradero.

¡Huele a huevo!, dice el mayor, y sin apenas darse cuenta apura el ritmo de sus pasos: ¡el primero come doble! ¡Pero no te arranques antes!, advierte el menor soltando finalmente sus costales, y señalando un tronco caído sobre el suelo indica: ¡en el palo ese arrancamos!

Cuando la puerta de la casa se abre y los dos chicos entran resoplando, sus mujeres se levantan y recuestan a sus niños en la hamaca que divide allí el espacio. Sin dejar de reclamar cada uno la victoria, los dos chicos dejan que se abracen sus mujeres a sus cuerpos, pero pronto inquieren ambos: ¿quién llegó aquí primero?

Endureciendo sus facciones, la mayor de las mujeres dice: no los vimos cuando entraron, y al instante añade la otra: ¡ya están grandes para juegos… por qué vienen hoy tan tarde? El que hace entre los dos chicos de jefe dice entonces: se hizo tarde allá en el claro… eran un chingo hoy de madres… ni siquiera cupo todo en los costales.

Los dejamos allá afuera… vayan luego ahí por ellos pero dennos antes algo, demanda el menor olfateando el espacio y sujetando a su mujer del antebrazo: traemos un hambre que muerde.

Al acercarse las mujeres hacia el fuego, una camada de cachorros sale de las sombras y lloriqueando se apresura hacia la mesa, donde acaban de sentarse los dos chicos que devoran el camarón seco con huevos y las tortillas que sirvieron frente a ellos.

Los chillidos de los perros espabilan a los niños que dormían en la hamaca y el que hace entre los dos chicos de jefe, masticando, alza un brazo y suelta: callen a ese par de niños y después traigan los sacos.

Cuando terminan de comer, el par de chicos se levanta; se dirigen a la hamaca, se recuestan y se dicen: deberíamos de dormirnos. Antes, sin embargo, de que pueda alguno de ellos dos cerrar los ojos, vuelve una voz sus rostros a la puerta: ¿van hoy a llevarse otra vez todo?

—Nomás la ropa y los zapatos —dice el mayor alzando la cabeza de la hamaca.

—¿Entonces sí van otra vez hoy a irse? —inquiere la menor de las mujeres.

—Te había dicho —asevera el menor de los dos chicos levantándose de un salto.

—A mí sí me lo habían dicho —suelta sonriendo la mayor de las mujeres.

—No podemos trabajar para uno solo… te lo dije ya un chingo de veces —apresura el menor andando hacia la puerta.

—Eso no me lo habías dicho —reclama la menor de las mujeres dándose la vuelta y saliendo hacia la selva.

—Déjala que yo ahorita la calmo —exclama la mayor de las mujeres viendo al menor de los dos chicos.

—Ya la oíste… va ir ahorita ella a calmarla —refrenda el mayor de los dos chicos y observando a su pareja suma—: limpien la ropa y los zapatos… que quede todo como nuevo.

Sin que nadie vuelva a decir nada, las mujeres salen a la selva, los dos chicos se dirigen cada uno hacia un lado y se tumban en los sitios que les tocan: la parte izquierda de esta casa, dividida por la mesa y por el fuego, es ocupada por el mayor de los dos chicos y su familia, y la derecha por el que hace entre ellos dos de subalterno y a su estirpe.

Antes, sin embargo, de que consigan los dos chicos dormirse, aparece en el umbral la mamá de los cachorros y éstos salen otra vez chillando de debajo de la mesa. No van a callarse hasta que esté la perra echada y estén ellos adheridos a sus tetas semisecas.

Como no van a callarse, tampoco, los gatos que pasean su hambre debajo de la gran mesa que hay allá en El Teronaque hasta que no les den, los hombres de Epitafio, algún pedazo de lo que están desayunando.

V

¡Denles lo que haya en sus platos!, ordena Epitafio observando a sus hombres y señalando luego a los gatos que arrastran sus maullidos por debajo de la mesa: no me importa si aún les queda hambre… hay que sacarlos del conteiner.

Resignados, los muchachos que obedecen a Epitafio vuelcan su comida, se levantan masticando su coraje y se encaminan a la puerta, donde agarra cada uno su arma. ¡Vaya a ser que el sol los ahogue... llevan ahí ya mucho tiempo!, suma Lacarota abandonando la casa que corona El Teronaque y precipitando sus pasos, con esta prisa que de pronto le ha entrado en el cuerpo, hacia el solar donde Minos yace estacionado.

No escuchábamos ya nada. Hasta creímos que nos iban a dejar ahí para siempre. Ahí tirados en el suelo, sobre el fierro ese caliente, boca abajo. Así estuvimos, acabándonos el aire. Esperando lo que fuera.

En mitad de su camino, sin embargo, Epitafio se da cuenta de que no vienen detrás suyo todos sus muchachos y detiene sus dos piernas. Luego se quita y se pone la gorra, busca entre sus hombres al que falta y sintiendo que la entraña se le enciende grita: ¿dónde mierda está Sepelio?

¿Dónde está el pendejo ese?, insiste Lacarota levantando los dos brazos y recorriendo con los ojos el solar que fuera matadero y los lindes de este bosque que aquí todo lo rodea suma: ¿por qué siempre quiere hacer lo que le viene en puta gana?

Al escucharlo, los hombres que obedecen a Epitafio apuran su avanzar sobre el tezontle y así alcanzan cada uno los sitios que les tocan cuando aquí hay una descarga, agradeciendo no ser ellos el Sepelio. ¡Pinche imbécil… otra vez voy a tener que hacer yo todo!, reclama Lacarota echando a andar sus piernas nuevamente, y pensando: quería hablarle de una vez a ese grandote, señala al primer hombre que sus dos ojos encuentran y le ordena: ¡vete a traer tú la escalera!

Luego, apurando aún más el ritmo de sus pasos y diciéndole a Sepelio, en el silencio de su mente: hijo de puta... más te vale que mejor ni te aparezcas, Epitafio llega hasta el lugar donde está parado el tráiler. Cogiendo carrera, Lacarota salta entonces y se cuelga de las puertas: ¡puta mierda... esto está ardiendo!

El sonido que libera el cuerpo de Epitafio al chocar contra el acero no se escucha en el solar de El Teronaque: saturan el espacio las voces que pueblan en el bosque, pero dentro del conteiner es un estallido, un violento estruendo que sorprende al muchacho que mandó escondido Estela, a los minúsculos mamíferos que dejaron los costales y a los hombres y mujeres que cruzaron las fronteras, quienes de golpe *sienten cómo el cuero se les pega al espanto y al espíritu se les adhiere un nuevo luto.*

Antes de que alce Lacarota la barra del conteiner, sin embargo, un ajetreo que no había nunca escuchado jala su atención igual que jala una correa al perro atado: la aparición de Sepelio, encabezando a unos hombres que arrastran una rampa gigantesca, vuelve la ira de Epitafio rabia pura y desciende del conteiner.

—¡Te lo dije que tenía una sorpresa! —grita Sepelio al ver que Lacarota lo está viendo—: ¡la vi allá y pensé: está mejor que la escalera!

—¿Qué chingado estás haciendo? —inquiere Epitafio encaminándose a Sepelio—: ¿dónde mierdas conseguiste esta madre?

—La vi allá en la Hortaleza… cuando la estaban ahí usando —explica Sepelio—: la vi y pensé mejor que la escalera.

—¿La viste ahí y pensaste… cuántas veces tengo que decirte a ti las cosas… nada con la gente de aquí al lado! —ruge Lacarota apartando el cuerpo para no ser arrollado por la rampa.

—No te apures que les dije ¡no la quieran de regreso! —afirma Sepelio alcanzando casi el tráiler—: vas a ver cómo los bajo en un segundo.

—¿Les dijiste… puta mierda… para qué sigo insistiendo… por qué te sigo aguantando?

—¡Lo sabía… le queda exacta!

Saltando la rampa, Epitafio alcanza a Sepelio, lo agarra por el cuello y repitiendo, esta vez para sí mismo: no te tengo que aguantar yo para siempre… han sido ya un chingo de años, asevera: en cuanto acabes vas a ir a devolverla… vas a decirles que era broma. Luego, exprimiendo la nuca de Sepelio, donde también se pueden ver las marcas del punzón de El Paraíso, Lacarota advierte: ¡y más te vale que te crean que era una broma!

Pero ahora date prisa, ordena Epitafio soltando a Sepelio y girando hacia sus hombres ruge: ¡esténse todos ahora listos! Luego se aleja varios pasos de su tráiler, se quita la gorra maldiciendo al sol, se limpia las dos sienes con la espalda de los dedos y demanda: ¡órale pues… abran el tráiler!

Los cinco hombres que arrastraron hasta aquí la enorme rampa se encaraman sobre Minos, quitan la barra de metal que atranca sus dos puertas, atan a éstas varias sogas y regresan al tezontle dando saltos. El concierto de sonidos que sus cuerpos arrancaron al acero hace que adentro del conteiner, los que dejaron hace varios días sus tierras, *lloren y hablen cada uno aisladamente: saben que eso que ahora escuchan es la simiente de otra infamia.*

Cada vez que nos quedábamos calmados volvía
el ruido… y ya sabíamos que el ruido no era bueno…
el silencio duraba como mucho treinta minutos…
o cuarenta… nunca una hora… por eso yo pensaba
que sería mejor no escuchar nada… quedarse sordo.

Utilizando el peso de sus cuerpos, los muchachos que ayudaron a traer aquí la rampa tiran de las sogas pero resulta vano su esfuerzo: recubiertos por una soldadura aún tibia los goznes del conteiner no se mueven. ¡Órale que no están nada más para estar viendo!, grita Epitafio a los hombres aferrados a sus armas: ¡ayúdenlos a abrir ahora estas puertas… vaya a ser que se termine ahí dentro el aire!

Uno tras otro, los muchachos que obedecen a Epitafio dejan sus metales, avanzan hasta el tráiler y se suman al esfuerzo: no consiguen, sin embargo, ni entre todos los que están ahora jalando abrir a Minos. ¿Qué chingado está pasando?, se pregunta Lacarota contemplando los trabajos de sus hombres y diciéndose a sí mismo: si se termina ahí dentro el aire va a morirse mi grandote, clama a voz en cuello: ¡jalen pues ahora como hombres!

Cuando por fin crujen los goznes del conteiner: ordenó Estela a su muchacho que soldara esas bisagras, Epitafio intenta meter dentro de Minos la mirada pero antes de que pueda conseguirlo cae de espaldas sobre el suelo, como caen también sus hombres: una nube espesa, oscura y viva emerge del encierro, arrastrando tras de sí un sonido insoportable.

Humillados, Lacarota y sus muchachos reconocen lo que están sus ojos viendo y avergonzados se levantan de la tierra, mientras los gatos que salieron hace un momento de la casa maúllan de golpe enardecidos y frenéticos corren a la entrada del conteiner. El rabioso aleteo de la nube que en el cielo gira ahora extraviada enfurece aún más a Lacarota: ¿qué chingado está pasando?

El mutismo que sigue a las palabras de Epitafio, quien observa ahora a sus gatos revolviéndose a las puertas del conteiner: enloqueció la aparición de la manada y la avidez de su hambre interminable a los felinos, se prolonga hasta que el eco de una risa rompe al fondo de la caja del gran Minos.

Retirando su visión de los hocicos de sus gatos, que combaten por las tres o cuatro presas que entre todos atraparon, Epitafio ve emerger de entre las sombras la figura del muchacho que está riendo: ¡me lo dijo ella hace rato... va a asustarse más que nunca! ¿Cómo entraste tú en mi tráiler... cuándo mierdas te metiste?, instiga Lacarota, avanzando un par de pasos y burlando la carrera de uno de sus gatos, que apretando entre los dientes un murciélago se esconde en la maleza.

¿De quién mierda te estás riendo... cómo los metieron?, indaga Epitafio y el muchacho que por fin deja de reírse llega hasta la rampa, empieza a descenderla y explica qué ha pasado. Sepelio, entonces, aparece de la nada y lo golpea en la cabeza. ¿Qué chingado estás haciendo?, protesta Lacarota, y golpeando él a Sepelio exige: ¡hazte para allá y déjalo que hable!

También me dijo esto ella... va el Sepelio a meterse... dile a él: a ti también te manda besos... dile: a ver si para la otra igual nos vemos... hace tiempo no te saca a ti Epitafio, escupe el muchacho viendo a Sepelio un breve instante, y clavando sus dos ojos en el que hace aquí de jefe añade: ¿te cagaste o nada más te miaste?

Eso me dijo que dijera: ¿te cagaste o nada más te miaste?, insiste el muchacho que venía escondido en Minos. Y también me dijo que dijera: ¡esto fue para que aprendas... para que veas que no sólo puedes tú hacer chingaderas!

Incapaz de contenerse, Epitafio estalla en carcajadas y los seres aferrados a sus armas, quienes habían permanecido hasta ahora en guardia, se relajan y regresan a los sitios que les tocan, mientras Sepelio y los suyos vuelven a la rampa y se meten en el tráiler.

Escuchando el rumor de los pasos que rodean ahora sus cuerpos, los que llegaron caminando al claro Ojo de Hierba, quienes serán pronto sacados de la caja de metal y serán después martirizados en el solar de El Teronaque, *maldicen a Dios, sus ascendientes, su especie, la semilla propia y la propia de sus descendientes.*

Cuando volvió todo a empezar, la verdad, sí me puse a llorar... yo tengo dos hijos, estaba haciendo el viaje porque no tengo dinero... porque no tengo oportunidades... por eso estaba haciendo el viaje... y Dios me estaba haciendo a mí esto... lo odié y odié a mis padres y a la tierra.

Por su parte, sin dejar aún de reírse, Epitafio saca su teléfono y escribe: "Mucha pinche carkajada!!!" Luego, guardándose otra vez el aparato en un bolsillo, Lacarota evoca el rostro de Estela y está a punto de hablarle a su ausencia nuevamente pero la voz de Sepelio lo interrumpe: ¡vienen ya casi asfixiados!

¡Están casi cocinados!, redunda Sepelio riendo, y es su risa, más que sus palabras, lo que espabila a Epitafio y le oprime luego el ansia. ¡No quiero que se haya él asfixiado... quiero que esté bien mi grandote!, piensa Lacarota al mismo tiempo que le clava sus dos ojos a Sepelio y grita: ¡bájalos y no pierdas más tiempo… bájalos a todos ahora mismo!

¡Ya escucharon!, vocifera Sepelio y repartiendo a sus hombres las tareas que les tocan precipita lo que tendría que haber pasado hace ya un rato: los muchachos que llegaron arrastrando aquí la rampa se internan en la caja nuevamente y los seres aferrados a sus fierros forman un largo pasillo en el solar de El Teronaque.

Justo antes, sin embargo, de que empiecen los muchachos de Sepelio a levantar a los que vienen de otras tierras, se oye el nuevo grito de Epitafio: ¡van a ver que hay un grandote… bájenlo antes que a los otros! ¡Tráelo luego aquí a mi lado… Sepelio… tráeme aquí a ese gigante y sigue luego con los otros!, recalca Lacarota y volviendo el rostro hacia el muchacho que mandara aquí Estela indica: no te muevas de este sitio.

Arremedando las palabras de Epitafio y aclarando su garganta, Sepelio, cuyo rostro parecería haberse encogido en el centro de su cráneo, se pasea por el conteiner dando saltos y midiendo, mentalmente, a los que yacen sobre el suelo. Mientras busca al más grandote, Sepelio empieza a mascullar la canción que canta en todas las descargas: "de tin marín de do pingüé".

Como cuando la niebla se disipa y la vista reconstruye la figura de aquello que el vapor sólo promete, los que vienen de otras patrias pero no de otras lenguas reconocen la canción que están cantando encima suyo y es así como comprenden que *habrán de abandonar toda esperanza.*

"De tin marín de do pingüé… cúcara mácara el grandote fue", canta Sepelio dando tumbos por la caja en que el calor es varios grados más pesado y donde el aire es tan espeso como lo era allá en la selva: "de tin marín de do pingüé... cúcara mácara el grandote fue... de tin marín de do pingüé... cúcara mácara el grandote fue", corea Sepelio hasta encontrar al que desea y señalarlo con la mano.

"Cúcara mácara el grandote fue... cúcara mácara el grandote fue", continúa Sepelio acercándose al hombre que sus chicos ahora agarran de los brazos y las piernas: tiene que ser éste... no hay otro más grande. Estirando los brazos y liberando al gigante del vendaje que cubriera sus dos ojos y del trapo que llenaba antes su boca, Sepelio le acerca sus facciones constreñidas al que de golpe está rogando: ¡por favor, no me hagan daño!

Te quiere antes que a los otros, susurra Sepelio cortando las cuerdas que ataban las dos manos del grandote, y ordenándole agacharse agrega: ¿quién diría que sería hoy tu día de suerte? Incapaz de comprender lo que le han dicho, el gigante vuelve a disparar una tras otra las palabras que le queman en la lengua: ¡por favor, no me hagan nada... yo no le he hecho nada a nadie!

Dándose la vuelta, Sepelio alcanza la entrada del conteiner, espera a que el grandote esté a su lado y clama: ¡date prisa que está el jefe esperando y no queremos que se enoje! Un paso antes de llegar hasta la rampa, sin embargo, el grandote es traicionado por su miedo y tropezando cae de boca.

Burlándose del caído, los muchachos que obedecen a Sepelio alzan del suelo al grandote y se lo entregan a su jefe, que agarrándolo de un codo lo arrastra por la rampa: ¡tenías razón... está gigante... pero no sabe usar las piernas... ni tampoco la cabeza... cree que va a pasarle aquí algo... que vas tú ahorita a hacerle algo!

Escuchando cómo cruje el tezontle bajo el peso del gigante, quien ha dejado de rogar pues el terror ha entumecido su garganta, Epitafio asevera: déjamelo aquí y ve por los otros... hay que acabar con esto pronto... descansar que la noche será larga... hay que dormir o no podremos... no tendremos tú y yo fuerza.

¿Voy entonces a ir contigo... vas a llevarme hoy en la noche?, interroga Sepelio fingiendo sorpesa, y expandiendo luego su rostro encogido escucha las palabras que escupe Epitafio, fingiendo también él que lo sorprende la sorpresa de Sepelio: te lo dije varias veces... esta noche serás tú quien me acompañe. Estos dos hombres, que se miran fijamente un segundo, planean ponerse hoy fin el uno al otro.

Un instante antes de que lleguen hasta él Sepelio y el gigante, suena el teléfono que había guardado Lacarota en su bolsillo y con dos dedos vuelve a sacarlo: *Su mensaje no ha sido entregado*, aseveran veintiséis letras que, en la mente del que quiere tanto a Estela, significan: así que ya estás en la sierra... a ver si ahora sí además me haces caso y vas también a El Paraíso.

Aprovechando la distracción de Epitafio, Sepelio vuelve la cabeza sobre un hombro y lanza a sus muchachos: ¡desamarren de una vez allí a los otros... ahora voy yo pero vayan empezando... no tenemos todo el día... hay que encerrarlos en los cuartos... hay que dormirnos luego un rato... quiero estar fuerte en la noche!

¡Aquí está tu grandote!, asevera Sepelio cuando por fin alza Lacarota sus dos ojos del teléfono y sorprendidos ambos oyen las palabras inconexas e incompletas del gigante: qué lugar... piensan hace... qué van conmi... no me lasti.

Examinando, emocionado, al gigante que acaban de entregarle, Epitafio responde, dándole además a Sepelio su nueva orden y al muchacho que llegara aquí escondido en Minos la primera de las órdenes que habrá a partir de ahora de darle: no pretendas tú saber lo que no quieres... vaya a ser que alguien te informe... tú ya vuélvete al tráiler... y ve tú allí a ayudarlo... en este sitio nadie está sin hacer nada.

Cuando Sepelio y el muchacho que soldara las bisagras del conteiner se extravían dentro del tráiler, Lacarota clava sus dos ojos en los ojos del gigante y comprendiendo que éstos buscan a Sepelio dice: no le temas a ese idiota... no muerden mis perros si no quiero yo que muerdan... no estará aquí él además mucho más tiempo.

Dándose la vuelta y dándole también vuelta al grandote, Epitafio enlaza con el suyo un brazo del gigante y echa a andar hacia el lugar donde el tezontle se entremezcla con la hierba amarillenta, una hierba que se hunde más allá entre las sombras de los árboles y arbustos de este bosque donde callan, aplastados por el sol, que está cada vez más alto, todos los seres que aquí viven.

Estás tú ahora conmigo... nada malo va a pasarte... si eso digo nadie va aquí a hacerte nada, murmura Epitafio al oído del gigante y luego añade: piensa que es tu día de suerte... gracias a mí es tu día de suerte. Ya puedes calmarte... en serio no estés tú temblando, insiste Epitafio deteniendo su avanzar y el del grandote, girando sus dos cuerpos nuevamente y apuntando con la mano hacia su tráiler.

—Quiero que veas lo que ahorita van a hacerles —dice Lacarota sentándose en la hierba macilenta—: lo que no voy a dejar que a ti te pase.

—...

—¡Mira el pasillo que han formado nuestros hombres... ve cómo bajan ésos de asustados! —señala Epitafio y fingiendo luego haber olvidado esto apura—: ¡qué mal educado... ni siquiera pregunté cómo te llamas!

—¿Cómo me llam? —se atreve el gradote pero es de golpe interrumpido.

—No... no digas nada... voy mejor yo a darte un nombre —exclama Epitafio cada vez más emocionado—: pero no bajes los ojos... ve lo que están haciendo allí los nuestros... lo que no te está pasando.

—...

—Eso es... mira y aprende —insiste Lacarota y volviendo el rostro al gigante suma—: ¿qué estaba diciendo... sí... iba a ponerte un nuevo nombre... así que dime qué hacías antes!

—Boxeé y di clases —escupe el grandote sin apenas darse cuenta de que está hablando y deseando apartar sus ojos del solar—: hasta gané en una olimpiada.

—¿Estás diciéndomelo en serio?

—Tenía una prueba... quedó tirada... allá en la selva —abunda el grandote sin saber qué parte de él es la que sigue aquí hablando—: luego di clases... no tanto tiempo... cerró el gimnasio.

—¿Cuál era el nombre... de ese gimnasio? —interroga Lacarota cada vez más emocionado.

—El Mausoleo.

—¡Ése es tu nombre... el Mausoleo... te queda exacto!

Ensayando un par de golpes contra el aire, Epitafio repite: ¡el Mausoleo! Luego vuelve el rostro hacia el gigante, que cerrando los ojos rememora su medalla: esa medalla que ahora yace bajo el cuerpo del mayor de los dos chicos de la selva: esos dos chicos que dormitan como muertos en su casa aún a pesar de que están otra vez chillando los cachorros, y enojándose de nuevo exige: ¿cómo tengo que decirte que no apartes la mirada?

¡Abre los ojos… tienes que ver lo que ellos hacen… qué dirán de Mausoleo si no se atreve… qué te importa a ti que lloren… si aunque fuera hubiera alguno que aguantara… que no estuviera ahí gritando… igual tendría ése tu suerte… pero no hay ni uno… ni siquiera tienen huevos de aguantarse!

Primero nos pegaron puñetazos y patadas… luego nos dieron con sus tablas… nos tumbaron con las piernas abiertas y se pusieron a pegarnos… todos los días sueño que me matan… que sus tablas me rompen el corazón… ya ni nos daba pena llorar, éramos perros aullando, animales.

Cuando Mausoleo por fin lleva su visión de nueva cuenta hacia el solar de El Teronaque, Epitafio amaga otros dos ganchos, rememora las peleas de box que ensaya con Estela y sonriéndole al recuerdo de esa mujer a la que él ha querido siempre saca su teléfono y escribe: "te lo dije que iva a mi a servirme. Fue boxeador en olimpiada mi gigante. asta ganó el una medaya!!!"

Al oír que timbra su teléfono, Estela alarga un brazo por encima del volante, emerge sorprendida del abismo en que se hallaba: Cementeria y su suicidio habían tomado su cabeza nuevamente, agarra el aparato que dejara encima del tablero y lee el mensaje que esta vez sí le ha llegado. En su cabeza se entremezclan, entonces, esa amiga que ella siempre quiso tanto, el mensaje de Epitafio y la emoción que le da ver que al fin tiene señal su aparato.

Antes, sin embargo, de que se pueda convertir en alegría la emoción que está sintiendo, la señal desaparece y Oigosóloloquequiero exclama: ¡puta mierda!, al mismo tiempo que se dice en silencio: tengo que apurarme… que llegar pronto a la cima. Luego lanza el teléfono de nuevo hacia el tablero, cambia un par de marchas, acelera su Ford Lobo y piensa, observando un peñón en la distancia: desde allí podré llamarlo.

VI

Incrédulos, los choferes que hace apenas un momento presenciaron el segundo detenerse de su jefa entre los cerros atestiguan cómo otra vez baja Estela y cómo corre en el camino. Luego, cada vez más extrañados, ven cómo Oigosóloloquequiero se aleja, sube al peñón y se acerca al precipicio.

Contemplando el hondo abismo en donde nace el viento que recorre las montañas, Estela alza su teléfono y reclama: ¡puta madre... había señal aquí hace nada!, al mismo tiempo que en silencio se lamenta: ¿por qué no te dije nada... por qué no te mandé aunque fuera un mensaje... qué chingado estoy diciendo... cómo iba a contarte eso en un mensaje?

A dos metros de Oigosóloloquequiero, en un nido empotrado en la pared del precipicio, pían dos polluelos y el sonido que éstos hacen llama la atención de esta mujer que al ver el nido cambia a la persona que su mente está evocando y así piensa en Cementeria un breve instante: les tocaba a ellas dos, allá en El Paraíso, alimentar a las gallinas.

Girando sobre el borde de la roca, Estela clava su atención en los polluelos y de nuevo se pregunta qué pasó con Cementeria, dónde estuvo tantos días extraviada y por qué mierdas puso fin a su existencia. Su mente, sin embargo, acepta pronto que no debe pensar ahora en varias cosas y el suicidio de su amiga deja su sitio otra vez a Epitafio: ¡puta madre... ni siquiera contesté a tu mensaje!

¡Ya seguro vas a haberte encabronado... tanto que no vas a tener ganas de escucharme... si consigo ahora llamarte no querrás ni hablar conmigo... nada más no te contesto y te entra el loco!, piensa Estela convirtiendo su inquietud en nerviosismo. ¿Para qué entonces llamarte?, añade Oigosóloloquequiero en su silencio, pero antes de extraviarse en esta nueva espiral de duda y miedo escucha un grito en la distancia, alza la cabeza y ve al halcón que vuelve hacia su nido.

Suspendiendo su descenso a medio metro de las rocas, el halcón dobla las alas, encoge el cuerpo y como andando en el espacio entra en su ponedera. Asqueada al ver después cómo devoran los polluelos lo que el halcón vomita encima de ellos, Estela aparta la mirada y sus ojos saltan al vacío al mismo tiempo que se dice: no dejaré que te encabrones... no voy a darte ni un pretexto... has sido igual toda la vida... desde niños que enfureces si tú no obtienes respuesta.

Sacando su mirada del abismo y brincando de una roca a otra, Estela esboza una sonrisa; recuerda la primera vez que vio a Epitafio enojado y escribe: "A mi ke mierdas me importa que ganara una medaya!!!" Luego, suplicando que su teléfono encuentre señal aunque sea por un segundo, Oigosóloloquequiero alza el brazo, gira sobre su eje y avista el Macizo Tierra Negra en la distancia.

Contemplando las orugas de polvo que levantan los vehículos que cruzan ese territorio que ella misma atravesara más temprano, Estela piensa: allí abajo sí hay señal... chingada madre... no te hablé de ahí por pendeja. Recogiendo entonces su mirada del macizo, justo antes de entercarse nuevamente en su reclamo, Oigosóloloquequiero escucha el timbrar de su aparato: ha conseguido su teléfono mandarle a Epitafio su respuesta.

Respirando una larga bocanada, Estela salta a otra roca y se tranquiliza: cuando menos esta vez te he respondido. Luego, dándose la vuelta y echando a andar sus pasos de regreso hacia su enorme camioneta, Oigosóloloquequiero abona aún más su calma: además qué iba a decirte si te hablaba de allá abajo... no te puedo yo contar lo que nos pasa de esta forma… tengo que decírtelo a la cara… eso también te encabronaba… que te dejara yo un recado en tu cuarto… que no te hablara a ti de frente.

Justo entonces, mientras se aleja del abismo, una ráfaga de viento golpea a Estela pero el golpe que por poco la derrumba es otro golpe: ¡y peor que te dejara un recado era que te hiciera una broma… te ponía eso aún más loco… por qué mierdas te escribí: "Y a mi ke mierdas me importa que ganara una medaya!!!" Cada vez que Oigosóloloquequiero corta una cabeza a la hidra de sus ansias crecen otras y le hablan éstas dando gritos: vas a pensar que no me importas… que otra vez me estoy burlando… que no quiero que me llames ni me escribas ni me digas tú a mí nada… que eres sólo una molestia!

Apurando su avanzar, como apuran las serpientes de su mente los temores que ahora mismo la sacuden, Estela saca su teléfono de nuevo: *Era broma. sabes bien que si me importa. Además tu atinas siempre!!!* Luego vuelve a guardarse el aparato y corre hacia el convoy que encabeza, donde sus hombres están ya desesperados y donde los hombres y mujeres que vinieron de otras patrias muerden sus empeños.

No debí haberlo intentado… no debí nunca haberme ido…
y pensar que yo creía que sí podría… por pendejo… por no
creer que no se puede… que uno sale siempre derrotado…
que lo derrota a uno este sitio… que lo derrotan siempre
a uno estas gentes… convirtiéndolo en perro…
un animal pues solamente.

Mientras sus piernas aceleran Estela ruega que su último mensaje se haya enviado. Luego, sacudiendo la cabeza, Oigosóloloquequiero mejor piensa: ¡qué más da que sí se mande o no se mande… el problema no son mis mensajes… el pedo es que ya tengo que contarte… que no quiero que sigamos como estamos… ¡tengo ahorita que llamarte… te lo tengo que decir aunque no sea viendo tus ojos!

¡Tendré que ir a El Paraíso… puta mierda… tendré que ir aunque no quiera… desde allí podré llamarte!, razona Estela atravesando un remolino que alzó el viento de la sierra: ¡tendré que ir a El Paraíso aunque te dije: no voy a ir a El Paraíso! ¡Aunque te dije: algo extraño está ahí pasando… algo que tú y yo no entendemos!, suma Oigosóloloquequiero desbocando su carrera: voy a ir para que no estés enojado.

También por eso has de estar encabronado… ¿por qué putas sí te dije: no quiero ir a El Paraíso… está pasando ahí algo raro... y no te dije qué nos pasa? ¿Por qué sí me atreví a insinuar que algo traen en contra nuestra y no a decirte: esto y esto otro es lo que a ti y a mí?, se dice Estela cuando llega hasta la puerta de su enorme camioneta y alzando la cabeza ve al halcón que otra vez dejó su nido en el instante en que éste alcanza una parvada y dispersándola elige al más débil de sus miembros.

Con la codorniz que cazó al vuelo aleteando aún en su pico, el halcón se aleja y se hunde en el vacío de la quebrada al mismo tiempo que Estela abre su Ford Lobo, se deja caer sobre su asiento, lanza su teléfono al tablero y de reojo observa al capitán que le pregunta: ¿qué te pasa? El sonido de su voz, no podía él advertirlo, convierte en diana al soldado y Estela calma su extravío: ¡la verdad es que tenías ayer que haber llamado… aunque fuera a Epitafio le tenías que haber hablado!

¡Otra vez la misma madre… si ya vengo qué más da que no llamara!, reclama el capitán, sorprendiéndose al alzar el tono y al soltar, así como si nada, el enunciado que ha soltado.

En un segundo, la tensión en la cabina se hincha como un globo y el soldado, apartando los suyos de los ojos de Estela, señala las llaves que cayeron hace rato al suelo y dice: allí están tus pinches llaves.

Encendiendo su Ford Lobo y acelerando luego a fondo, Oigosóloloquequiero rumia que tendría que calmarse pero aunque es esto lo que quiere suelta: siempre te defiende él ante el jefe… nadie vela más por ti en El Paraíso… no me puedo creer que lo dejaras tú colgado… que no nos hayas dicho. Luego Estela aspira una larga bocanada y cree que va ahora sí a calmarse pero su boca escupe: él está siempre diciendo: lo prefiero que a los de antes… confío más en el Chorrito que en cualquier otro soldado.

Tras un segundo de mutismo, la mujer que adora a Epitafio vuelve a perder con su silencio y lanza: ¿sí sabías que a ti te dice así Epitafio: el Chorrito? Endureciendo sus facciones, el capitán reconoce: ¿cómo no iba yo a saberlo… estaba allí cuando gritó: mírenlo a él cómo camina… cuando se puso en pie Sepelio y aplaudiéndole la gracia empezó a imitarme… "allá en la fuente… había un chorrito… se hacía grandote… se hacía chiquito".

¡Y aún así no lo llamaste… te da a ti un nombre decente y aún así tú lo traicionas!, reclama Estela provocando al Chorrito, que perdiendo otra vez la calma gruñe: ¿me dio a mí un nombre decente… me dio… no me estés chingando... además no he traicionado yo aún a nadie! ¡Es en serio que no estés tú ya jodiendo… cómo mierda iba!, añade el capitán pero al instante se detiene, reconociendo el peligro que para él entraña entrar ahora en este tema. Siempre hablo más de lo que debo, se dice el soldado en silencio y buscando escapar suelta lo primero que le viene a la cabeza: ¡mejor dime cuántos traemos… necesito saberlo antes de estar en La Cañada!

No sé cuántos son exactamente, responde Estela: había en el claro unos setenta… se llevó él como unos veinte… ponle que ahí traigamos pues como cincuenta. ¿Cincuenta?, inquiere el capitán mientras Oigosóloloquequiero cambia un par de marchas y acomete una curva que se asoma peligrosamente al precipicio. Eso dije… debe haber como cincuenta… menos esas que ya se hayan acabado mis muchachos… se les pasa siempre con alguna a ellos la verga.

Decían que si cooperábamos nos iba a ir mejor… eran mentiras… no paraban nunca… hasta que una ya no pudo… está ésta más rica, dijeron y le dieron por dos lados… estaba en su mes y no les importó… todos la violaron… luego ella no volvió a pararse… está muerta ya esta puta, dijo uno y se marcharon.

En serio tengo que saberlo… no les puedo yo decir: traemos ahí como cincuenta, insiste el Chorrito viendo a Estela, que acelerando otra vez reta: si eso quieres puedes tú ir contarlos… al llegar a El Paraíso… pero déjame ahora ya de estar chingando. ¿No que íbamos a irnos derechito a La Cañada… no que no iba yo a perder el día completo?, interroga el capitán y está a punto de seguir cuando Estela lo adelanta: ¡vamos a ir donde yo diga… aunque no quiera vamos a ir a El Paraíso porque quiero!

¡Vamos a ir y vamos luego ahí a fingir que todo está perfecto… que nos moríamos de ganas de llegar hasta ese sitio!: más que al capitán, las palabras que Estela está diciendo las dirige hacia sí misma. Por eso, cuando logra Oigosóloloquequiero estar callada nuevamente, la mudez que se apodera de su enorme camioneta es una mudez como erizada y llena de ecos.

Y como todos los mutismos erizados por el recuerdo de lo dicho, la sordina al interior de la Ford Lobo es asediada por las cosas que serán pronto exclamadas: necesitados de escucharse, Estela y el soldado abren la boca, arrean sus lenguas y hablan encimando sus palabras: ¡no me puedo yo ausentaremos, comeremos y llamaré de allí a Epitade mi retén toda la tarde y además toda la normiré luego yo allí aunque sea un ratno deben saber que me he marchremos cuando sea luego otra vez ya por la nochllos me descubren me podrían llevar a juiando ya no sea tan peligroso andar afuera!

¡Cállate que yo te estoy hablando!, grita Estela, y castigando con las palmas el volante de su enorme camioneta añade: ¡además tú vas a hacer lo que yo diga... qué me importa si te enjuician y te encierran... qué me importa si te matan... lo tenías que haber llamado... no tendrías que habernos traicionado... cómo puedes traicionar tú a Epitafio! ¡Ya te dije que yo aún no!, intenta el capitán decir de nuevo pero Estela vuelve a interrumpirlo: ¡y yo dije que te calles... que no quiero estarte oyendo!

El silencio vuelve entonces a ahuecar el tiempo en la Ford Lobo y Oigosóloloquequiero pone en neutral su camioneta y su mente: ha iniciado el descenso del convoy que ella encabeza de igual forma que ha empezado, en su memoria, otro descenso: está Estela sumiéndose en los años que vivió en El Paraíso al mismo tiempo que se hunden su Ford Lobo y las dos viejas estaquitas en las pendientes que conducen al balcón de las montañas donde se alza El Paraíso.

Sin que pueda evitarlo, los recuerdos de sus días ya extinguidos sacan la cabeza y se le muestran a Estela aún más claros que las cosas que aquí advierte: el par de remolinos que el viento ha levantado, aquel coyote que a lo lejos atraviesa el horizonte y los huizaches que a ambos lados de la brecha multiplican sus presencias son entonces suplantados por la puerta de madera que la encerraba a ella en su cuarto, por la cama en la que tantos años su insomnio la hizo revolcarse y por la ventana a la que tantas veces se asomó para escaparse de su presente.

¿Qué es lo que allí pasa que ya no me da confianza... por qué nos han dado la espalda?, duda Estela mientras siguen, en su mente, apoderándose de todos los recuerdos de ese sitio donde viera por primera vez al hombre que ahora adora y mientras sigue descendiendo las veredas de la sierra: sobre las piedras de esta parte del camino apila su memoria aquellas otras piedras a las que iban ella y Epitafio a esconderse y sobre estos órganos que se alzan cada tanto enciman sus recuerdos ésos otros en los que ella y él dejaban escondidos sus mensajes.

En las estacas, mientras tanto, cuando el convoy que encabeza esta mujer que seguirá extraviada en su pasado un largo rato: en lugar de la pendiente que acomete la Ford Lobo avista Estela el arenal en que jugaba al lado de Epitafio, Osaria, Ausencia, Hipogeo, Sepelio y Cementeria, desboca su avanzar sobre las lajas de la sierra, ruedan *los sin nombre cuyas almas traicionó el Dios sordo que invocaron al sentir que era su suerte arrebatada.*

Le pedí a Dios que ayudara... que no dejara que eso nos hicieran... yo rezaba y ellos se reían... luego me sacaron afuera y me tiraron en el lodo... me dijeron síguele rezando a ver qué pasa... y me quedé ahí tirada... en medio de la oscuridad y el olor a podrido... ahora sueño con el olor ese a podrido... y ya no rezo.

El más viejo de entre todos los que vienen de muy lejos, cuando deja finalmente de rodar por la estaquita, se da cuenta de que ha quedado boca arriba y que sus ojos logran ver un hoyo diminuto en esa lona que es su tumba de hule. A través de este agujero, por primera vez en la mañana, el más viejo de los hombres y mujeres que vinieron de otras tierras podría ver, si eso quisiera, el alto cielo. En lugar de contemplarlo, sin embargo, el viejo piensa en la niña que traía a su cuidado y se reclama no tenerla ya a su lado.

Por su parte, esa niña que no está más con el viejo: esta niña de cabeza desmedida cuya boca no se cierra, es arrastrada, insultada y lastimada, en el solar de El Teronaque, por los hombres de Epitafio: este hombre que ahora apremia su avanzar y el avanzar de su grandote en el tezontle. Justo entonces, el graznido de una urraca, como le pasa casi siempre que una urraca lo sorprende, conduce a Lacarota al solar de aquella casa en que naciera y en la que todo pareció ser felicidad por varios años: esos años en los que él y sus hermanos no hicieron otra cosa que jugar bajo un cielo interminable.

Luego, un día cualquiera, empezaron los años del encierro: podían Epitafio y sus hermanos salir sólo un rato cada día. Y luego cada tantos días un rato, acompañados por su padre o por su madre.

Al final los niños ya no pudieron salir de casa nunca: algo acechaba sin que Epitafio entendiera qué era. Epitafio: este hombre que quiere ir a descansar ahora a la casa que un día fuera matadero y que por eso apura a Mausoleo sobre las piedras color sangre.

VII

No quiero que tiembles cuando estemos ahí adentro... óyelo bien... tienes que entrar como si nada, ordena Epitafio al grandote y al hacerlo piensa en sus propios días de encierro: cuando no podían salir de casa ni él ni sus hermanos, cuando su madre vivía metida dentro de la cama y su padre no se despegaba, ni de noche ni de día, de las ventanas: vendrán hoy seguro ellos.

Sacudiendo la cabeza, Epitafio intenta olvidar este recuerdo y le repite a Mausoleo: vas a entrar como si nada... parecerás ahí dentro fuerte. Harás que ellos se lo, insiste Lacarota pero el timbrar de su teléfono deja incompleto su enunciado: "Y a mi ke mierdas me importa que ganara una medaya!!!", dice el mensaje que hace a Epitafio soltar una sonora carcajada.

Sorprendida, una urraca le responde a Epitafio con un fuerte graznido y Lacarota vuelve al solar de su infancia: había sido éste invadido por varias aves como ésta la mañana en que finalmente llegaron esos hombres que su padre había advertido tanto. Esa mañana pues en que Lacarota y sus hermanos fueron quienes pegaron su temor a las ventanas, mientras su madre lloraba en la cama y su padre discutía en el solar pegando de gritos.

Sacudiendo la cabeza nuevamente, Epitafio echa otra vez de sí el recuerdo de aquel día en que su familia dejaría de ser una familia, acelera el ritmo de sus piernas y guardando su teléfono regresa al sitio en que se encuentra. Como regresa también a estas palabras: ¡si te ven ellos temblar no meteré por ti las manos... a ellos no puedo fallarles... deja de temblar o dejaré... te quitaré yo a ti tu suerte!

¡Eso es... que no te tiemble el cuerpo... no quiero que entremos y te rompas... lo que hicimos aquí afuera fue nomás el puro arranque!, insiste Lacarota cada vez más cerca de la casa en la que acaban de meter a *los sombríos y mudos cuyas almas les han sido también ahora arrebatadas*. Luego, impidiendo que vuelva a su cabeza el recuerdo de los meses del encierro, Epitafio se acaricia el bolsillo y llena el vacío de su mente: qué te habré hecho yo hoy para que estés tan enojada... por qué mierda me dices: "Y a mi ke mierdas me importa que ganara una medaya!!!"

A un par de metros de la precaria construcción que corona El Teronaque, Epitafio se detiene y detiene a su gigante, gira luego la cabeza hacia Sepelio, que los estaba aquí esperando, y le lanza a éste otra vez la orden que le diera más temprano: ¡ve y devuelve allá esa rampa! Sin dejar de preguntarse a sí mismo: ¿es en serio que qué te hice?, Lacarota aprieta el brazo de Mausoleo y machaca: no quiero que pierdas ni un detalle... harás lo mismo muchas veces.

Bajo el marco de la puerta, donde los ojos y los oídos del gigante abren su cuerpo a cien puñales, Epitafio vuelve a preguntarse qué le habrá hecho él a Estela y no halla calma hasta que no intenta engañarse: debe ser por Cementeria... estás nerviosa por lo que hizo esa pendeja y como siempre yo lo pago. En el corazón del matadero, mientras tanto, los muchachos que obedecen a Lacarota siguen castigando a los hombres y mujeres que vinieron de otras tierras.

¡Estás nerviosa y vas conmigo a desquitarte... puta Cementeria... por qué mierda hiciste eso... por qué además así tirándote al asfalto?, acusa Epitafio en su mutismo, sin darse cuenta de que el grandote empieza a tambalearse al lado suyo: los puñales que en su cuerpo se clavaron hace apenas un instante le desgarran las entrañas. ¿Por qué otra vez?, interroga Mausoleo entrecerrando los párpados, deseando cubrirse las orejas y apretando la quijada.

Nos metieron en la casa que apestaba a cosa muerta... nos volvieron a golpear y a quemar... "el que se mueva lo vamos a matar"... nos pidieron nuestros números, de nuestras familias... les exigían diez mil dólares... se reían de ellos y nosotros... nomás por eso hablaban... sabían que no obtendrían nada.

En torno a los lamentos de los seres que cruzaron las fronteras, los muchachos de Epitafio sonríen y hablan de un partido sucedido hace tiempo, impidiendo así el ingreso de lo que hacen en sus mentes. ¿O qué opina pues el jefe?, se oye y el futbol destierra a Estela de la mente de Epitafio, que enojado responde: hijos de puta... lo compraron... no era penal ni a chingadazos.

Justo antes, sin embargo, de que él también se pierda en el partido que sus hombres rememoran, Epitafio siente un fuerte tirón y vuelve el rostro a Mausoleo: los puñales que estos ojos que ahora cierra por completo y que estos tímpanos que al fin cubre con sus manos enterraron en su cuerpo hacen que el gigante retroceda un par de pasos.

¿Qué chingado... a dónde crees... no te tapes... abre ya mismo los ojos!, exclama Epitafio enfurecido pero el grandote no lo escucha: el sufrimiento de los seres que vinieron de otras patrias lo sacude, ablandando cada músculo en su cuerpo. ¡Puta madre!, grita entonces Epitafio pero Mausoleo sigue en lo suyo: retrocediendo otros dos pasos, el grandote tambalea, cae hincado sobre el suelo y vomita sin abrir los párpados ni destaparse las orejas.

Escuchando el estallar en carcajadas de sus hombres, Epitafio avanza hasta el gigante, lo sujeta de los pelos, lo zarandea y lo patea en las costillas: ¡párate que no estoy yo jugando... ya te lo había advertido! Más que el dolor de los golpes que le inflingen, es el miedo lo que hace que

Mausoleo abra los ojos, destape sus oídos y otra vez ponga atención a Lacarota: ¡párate y recoge ahora esa mierda!, grita Epitafio, y viendo luego a sus muchachos suma a voz pelada: ¡y ustedes ya se están callando... quién les dijo que se rieran?

¡Ándale, haz lo que te digo... alza ya tu tiradero!, repite Epitafio zarandeando nuevamente de los pelos al grandote, que aunque es esto lo único que quiere no consigue despegar su atención del vómito que tiene justo enfrente: le pesan, como plomos en la nuca, las miradas de los hombres aferrados a sus fierros y los ojos de esos seres que como él llevaban varios días andando.

Justo entonces, en mitad del silencio sepulcral que de repente se ha formado en torno suyo, Mausoleo siente la boca de un cañón en la clavícula y escucha cómo el hombre que encañona su existencia le pregunta a Epitafio: ¿ahora sí lo unimos a ésos? ¡Van a ver que se levanta!, suelta Lacarota apartando el arma del gigante: ¡párate que no te quiero ver tirado... no te quiero yo quitar a ti tu suerte... párate y enséñales que sí puedes pararte!

Apoyando las dos manos sobre el suelo y luchando por que no resbalen éstas en su vómito y sus babas, Mausoleo aspira como aspiran los que han estado a punto de ahogarse, aprieta la quijada con mucha más fuerza que antes y aparta, con un violento cabezazo, el cañón que amenazara su existencia. Luego mira en torno suyo, escucha cómo vuelven *los lamentos de los que ya no esperan nada de la suerte* a apoderarse del espacio y se incorpora poco a poco.

Desgranando los mendrugos de su miedo, Mausoleo vuelve en sí de su derrumbe, siente que otra vez le pertenecen sus dos piernas y cerrando en puño las manos avanza un par de pasos. Algo me cayó mal a la panza, señala entonces viendo a Epitafio, que sonriéndole le ordena: ¡alza ya este tiradero… álzalo o que lo alce alguno de ésos!

Sin pensárselo dos veces, el gigante atraviesa la casa que corona El Teronaque y, encajando sus ojos en los seres que padecen los castigos de la patria que se traga los anhelos y sepulta los recuerdos, oye una voz que no había escuchado antes y que le habla desde el fondo de su vientre: ¿cuál quieres que limpie el tiradero? Emocionado, Epitafio observa a Mausoleo y les dice a sus muchachos: se los dije, mientras busca en sus bolsillos sus cigarros.

Los dejé en la camioneta, recuerda Lacarota luego de un momento y está a punto de volverse hacia la puerta: si no lo hace es solamente porque siente como propia la energía que ahora emana del grandote: esta corriente casi eléctrica que da voz al nuevo idioma con que se habla Mausoleo, que sorprende a los hombres aferrados a sus armas y que aterra a los que fueron secuestrados en el claro Ojo de Hierba.

Sintiendo que su brío sana las heridas que le abrieran sus temores, *el que entre ciegos es ahora un nuevo ciego* llega hasta la masa de hombres y mujeres castigados y humillados, distiende por primera vez en todo el día su gesto, agarra a un viejo por el cuello, lo arrastra varios metros, lo somete contra el suelo y señalando el resultado de su náusea ordena: ¡limpia ahorita tú esa mierda!

¡Ya escuchaste… limpia tú esa porquería!, secunda Epitafio emocionado, y dejándose caer sobre una silla se quita y se pone su gorra: suéltalo y mejor vente a sentar aquí a mi lado… ese pendejo ya ha entendido. Obediente, Mausoleo libera al viejo y echa a andar hacia Epitafio: ¡te lo dije que sería hoy tu día de suerte!

—Soy el señor yo de la suerte y te la estoy aquí entregando —insiste Epitafio—: te estoy haciendo el mejor puto favor que te hayan hecho.

—…

—Soy la suerte y soy la patria —suma Lacarota cuando llega Mausoleo a su lado, y señalando una silla añade—: siéntate y observa lo que viene… esto también tendrás que hacerlo.

—¿Qué van a hace?

—¡Dirás: qué vamos a hacerles! —corrige Epitafio nuevamente a su grandote—: toca acabar de enmudecerlos… castigarles la cabeza… volverlos ahora nadie.

No dejaban de gritarnos y pegarnos y orinarnos… no nos dejaban ni hablarnos ni mirarnos… a los que hablaban les pegaban son sus trapos empapados… a los que se buscaban con los ojos se los quemaban con cerillos… luego decían… "ya te moriste"… así estuvimos hasta que nos metieron a los cuartos.

—Hay que lograr que no se acuerden… que no sepan quiénes son ni quién los otros —explica Lacarota tras un largo silencio—: toca luego dividirlos… los que son nuestros… los que van de aquí a llevarse.

—¿Los que van de aquí?

—Vendrá el cabrón ese por unos… el señor Hoyo —aclara Epitafio—: va a llevarse él a los suyos.

—…

—El resto es nuestro —dice Lacarota—: los sacaremos otra vez de aquí en la noche.

—¿Hoy en la noche?

—Hay que dormir por eso un rato… descansar nomás terminen de meterlos en los cuartos.

—¿Dónde?

—Tú irás ahí dentro —interrumpe Epitafio nuevamente a Mausoleo, y señalando uno de los cuartos donde están sus hombres encerrando a los que vienen de otras patrias finaliza—: vas a cuidarlos… no dejarás que hagan ahí ruido… no los quiero estar oyendo.

Cuando Mausoleo está dentro del cuarto en el que yace la mitad de los que son de más allá de las fronteras, Epitafio ordena a sus muchachos ir de nuevo al solar, quemar la ropa que traían *los que no esperan nada ya del cielo porque su Dios los ha dejado*, prender fuego al cuerpo del que no aguantó el viaje, disponer luego las guardias de las horas que se acercan y dormirse cada uno en sus lugares.

Luego, cuando todos los muchachos que lo siguen han dejado ya la casa en que él se encuentra, Epitafio piensa en sus cigarros nuevamente, se levanta de su silla, bosteza un par de veces, y diciéndole a la ausencia de la mujer que quiere tanto: mejor fumar y no pensar en tus corajes, sale al solar y suma en su silencio: podría hoy dormirme allí en la camioneta.

Contemplando las montañas que dan forma a la sierra espejo de esa otra en la que Estela y sus muchachos continúan descendiendo, Epitafio llega hasta su vieja camioneta, entra en ésta y busca sus cigarros, hablándole otra vez a Oigosóloloquequiero: voy a llamarte nada más que me despierte… ahora tengo que dormir aunque sea un rato… la noche de hoy será pesada y larga.

Tosiendo el humo del cigarro que sostiene entre los dedos, Epitafio mete entre su asiento y el asiento que le toca al copiloto el cojín que utiliza para hacer de esto una cama y piensa: la noche será larga pero voy a deshacerme de ese imbécil… no tendré ya que cargar más con Sepelio. Luego tira los compactos de Estela, se quita la gorra, se termina su cigarro y se recuesta: los podías haber guardado… no tenías por qué dejarlos aquí encima.

Dejas todo en todas partes: pensando en Estela nuevamente, Epitafio siente cómo el sueño se apodera de su cuerpo y estirándose consigue obedecer la última orden que le lanza la vigilia: su mano alcanza la manija de la puerta y la jala con violencia. El sonido que libera el portazo es idéntico al que escupe, allá en la sierra en que se encuentra, el portazo que recién ha dado Estela, quien acaba de llegar a El Paraíso.

VIII

Sin explicar nada al capitán que la acompaña, Estela cierra su Ford Lobo y se encamina hacia la enorme construcción de piedras desolladas que se erige en la distancia: El Paraíso se alza y se camufla en el único remanso de esta sierra, espejo de esa otra a cuyos pies duerme Epitafio.

Observando la fuente, las bancas de roca, los magueyes y las nopaleras como observa uno a un pariente que no se quería encontrar de nuevo, Estela apura sus dos piernas pero el sonido de unos pasos que la siguen la detiene. Volteando el rostro sobre el hombro, Oigosóloloquequiero mira a sus muchachos: ¡vuélvanse allá adentro… no se bajen hasta que haya regresado!

Masticando su coraje, los muchachos que obedecen a Estela desandan su camino y otra vez ocupan su lugar en las estacas. Donde, al escuchar que han regresado sus verdugos, los que perdieron la fe en Dios reclaman a éste nuevamente: todos menos las mujeres que no cuentan ya ni fuerzas para arrancar a su mutismo una palabra.

Se subieron otra vez… pensé van a empezar todo
de nuevo… ni supliqué que no empezaran… para qué…
ahora o después pero estarán de nuevo encima… pensé…
no tenía fuerzas ni ganas de estar viva… para qué también
pensé… habían dejado sus heridas… las de adentro…
que duelen para siempre… ¿no?

El único hombre que, al igual que las mujeres cuyas voces yacen rotas, permanece sumergido en su silencio es el más viejo de entre todos estos seres que llegaron de tan lejos: logró él desamarrar sus manos hace rato y halló luego la manera, contemplando el alto cielo a través del agujero en la lona, de sacar de su cabeza a la pequeña de cabeza desmedida que no pudo mantener al lado suyo.

Leyendo las líneas que atraviesan sus dos palmas, el más viejo *entre los seres cuyo Dios es sordo a ruegos* le sonríe a la hora en que se encuentra, aceptando que es esta hora la primera de las últimas que habrán a él de tocarle: a ver si vienen de una vez aquí a bajarnos. ¡O vengan de una puta vez ya a acabarnos!, reclama en su mutismo, convencido de haberlo hecho gritando: no lo escuchan, sin embargo, ni los seres amarrados a su lado ni los hombres aferrados a sus armas ni la mujer que apresura, en la distancia, su andar a El Paraíso.

Burlando el pozo falso y contemplando los pirules que dan sombra a la fachada principal del viejo hospicio, erigido como monasterio hace ya casi dos siglos por una orden ahora extinta, Estela mete prisa a sus dos piernas y fingiendo emocionarse exhorta, cuando sus ojos se acostumbran a las sombras que derraman los pirules: ¿qué no van a recibirme... no hay nadie que se alegre aquí de verme?

A un par de metros del lugar en donde encumbran sus biznagas los arriates, Estela ralentiza el paso sin pensarlo y hablando por lo bajo anota: no debería de haber venido... debí seguir yo mis instintos. Algo raro está pasando en este sitio... se lo dije a Epitafio que traen algo aquí entre manos, añade Oigosóloloquequiero para sí y en su pecho se aceleran los latidos: ¡cuántas cosas, cuántos recuerdos y de golpe cuántos miedos!

Frenando su avanzar hasta estar casi parada, Estela le reclama en silencio al recuerdo de Epitafio: te lo dije que algo pasa y que tú y yo no lo entendemos, al mismo tiempo que repite a voz en cuello: ¿van o no a salir a recibirme... que aquí ya no sale nadie cuando un hijo está de vuelta?

La única respuesta que obtiene, sin embargo, es el cacareo de unas gallinas y un ladrido solitario que bien podría no haber sido un ladrido.

Rodeando, temerosa, la fuente cuyo fondo de azulejos asevera: "Bienvenido a El Paraíso", Oigosóloloquequiero admira la entrada principal del edificio erigido con las piedras de la sierra, aprieta el vientre y se dispone: ¡deja ya de estar temiendo... por qué iban a hacerte algo en este sitio? El ladrido solitario, al final sí era un ladrido, es alcanzado por el rumor de la jauría que recién reacciona al llamado de su jefe.

Este concierto de ladridos sepulta el cacareo de las gallinas y se traga el silbar del viento que erosiona la sierra. Más molesta que nerviosa, Estela está a punto de girar hacia los perros pero finalmente aparece, arrastrando su cansado y viejo cuerpo bajo la puerta principal de El Paraíso, el padre Nicho: está guardándose el teléfono inalámbrico que apenas ha colgado.

Apretando nuevamente el ritmo de sus pasos, Estela resuelve arrepentida: ¿cómo iba él hacerme algo... ya no soy la niña que antes era... por qué además si siempre me ha querido tanto? Si son él y Epitafio tan cercanos... si dependen además uno del otro, suma en su mutismo Oigosóloloquequiero al mismo tiempo que gritando excusa su retraso: ¡se descompuso una estaquita allá en la selva... luego movieron los retenes... pero finalmente aquí estamos!

¿Una estaquita... los retenes... siempre tienes un pretexto?, reclama el padre Nicho avanzando también él un par de pasos, y girando el cuerpo hacia sus perros chifla acallando a la jauría. ¿Cómo se te ocurre andar afuera a estas horas... qué diría Epitafio si supiera que ya no sigues sus reglas?, machaca el padre y alzando los brazos niega estar interesado en las excusas de la mujer que está llegando: no quería estar afuera... es en serio que movieron los retenes.

¿Cómo que movieron los retenes?, pregunta el padre Nicho, fingiendo sorpresa ante lo que oye y avanzando un nuevo paso se entrega al abrazo de Estela y a la luz del sol, cuyos rayos se cuelan entre las hojas de los dos viejos pirules. No sabemos qué ha pasado... por qué mierda los movieron... pero traigo allí al Chorrito, indica Oigosóloloquequiero soltando el cuerpo que abrazaba y señalando su Ford Lobo.

¿El Chorrito... cómo que allí traes a ese pendejo?, inquiere el padre Nicho sorprendido ahora sí en serio, y buscando con los ojos la enorme camioneta amenaza: ¡no debiste traer a ese tarado!, al mismo tiempo que se dice: ¡voy a tener que ir a decirle... voy a tener que recordarle a ese pendejo que no puede abrir la boca! No tuve de otra... quiero que sea él quien hable en La Cañada, se excusa Estela y está a punto de seguir pero el padre pone fin a este tema: que se quede allí metido... no lo quiero a él en mi hospicio.

Por mí como si espera él en el pozo, suelta Estela y echando a andar detrás del padre, que apurado vuelve hacia las sombras que derrama el hospicio, añade: el muy cabrón ni lo llamó a Epitafio... Epitafio... eso es... me urge hablarle a Epitafio.

—No te apures... ya lo sabe que llegaste —sorprende el padre Nicho a Estela a dos pasos de la puerta principal de El Paraíso—: se lo dije yo hace apenas un instante... mientras te estabas tú bajando... te vi yo por la ventana.

—¿Llamó entonces Epitafio... justo cuando? —balbucea Oigosóloloquequiero sorprendida.

—Justo no... llamó desde antes... pero estuvimos él y yo hablando un buen rato —explica el padre empujando la pesada puerta del hospicio—: te vi entonces que venías por la brecha y se lo dije... está llegando.

—¿Y no quiso hablar conmigo? —inquiere Estela cerrando tras de sí la enorme puerta.

—Dile que ya tengo que dormirme... que hablaremos por la tarde... eso dijo él que te dijera —suelta el padre Nicho—: que no aguanto yo el cansancio... sabe que me espera a mí otra noche larga.

—¡Hijo de puta... así que quiere ahora dormirse... prefiere eso y no que hablemos!

—Eso fue lo que me dijo... pero no lo debes ver de esa manera —recomienda el padre atravesando el espacio que un día fuera la cilla del antiguo monasterio—: mejor piensa que también tú estás cansada... que hablarás con él al rato... deberías descansar ahorita arriba.

—Tienes razón... mejor no empezar a darle vueltas —acepta Oigosóloloquequiero y luego piensa, sin darse cuenta de que lo hace murmurando—: hijo de su pinche puta madre... de pendeja estaba preocupada.

—¿Cómo?

—Que me preocupan mis muchachos.

—Pues no te apures que ahora mando a que los traigan —lanza el padre Nicho sonriendo y luego, atravesando lo que fuera el refectorio, interroga—: ¿por qué traes hoy dos redilas?

—Nos trajeron más que nunca.

—No vas a irte entonces sin dejarme aquí unos cuantos.

—Hay por lo menos cinco o seis que aquí te sirven —dice Estela y otra vez desnuda la ansiedad de su cabeza—: ¿y si lo llamo?

—Déjame los seis y déjalo a él que duerma... tú deberías también ya estar durmiendo... ¿no estás cansada?

—Lo único que tengo ahorita es hambre —responde Estela para no decir que lo que está es enojada, que la ansiedad la empuja pues hacia el coraje.

—Vete entonces a tu cuarto y yo te subo el desayuno... aunque quizá sería mejor decir ya la comida —lanza el padre Nicho señalando el pasillo que conduce a la escalera.

—¿Está vacío?

—Se la llevaron hace apenas unos días... querían un niño pero la vieron a ella y decidieron —asevera el padre—: por eso está vacío tu cuarto... así que ve allí y ahora mismo yo te alcanzo.

Viendo alejarse al padre, Estela gira el cuerpo, atraviesa el pasillo principal de El Paraíso y acomete la escalera intentando calmarse: tal vez fueron mis corajes... quizá fueron éstos los que hicieron que llamaras y dijeras: dile que mejor hablamos luego.

Bajo el cuerpo de Estela, más pesado de lo que ella misma acepta y de lo que uno pensaría al observarla, crujen los esfuerzos de los viejos escalones de madera y en sus tripas se despiertan los quejidos de su hambre: voy ahorita a comer algo, se dice Oigosóloloquequiero pero su mente vuelve a castigarla: no quisiste igual hablarme por mis modos.

En la segunda planta del hospicio, mientras recorre la mujer que tanto quiere a Epitafio el laberinto de pasillos que conoce de memoria y mientras el hambre empieza a removerle la barriga, la mente de Estela la convence: preferiste tú dormirte porque estás encabronado.

Tan metida avanza en sí misma Oigosóloloquequiero que no escucha los rumores que emergen de las puertas que rebasa: los pequeños que acabaron hace una hora su jornada de trabajo susurran y murmuran, maldiciendo su existencia.

Sólo al final del pasillo, ante esta otra escalera en la que va pronto a meterse, Estela repara en el rumor que la persigue y chascando la lengua asevera: ya verán que se acostumbran… que los va esto a hacer más fuertes. Al escucharse, Estela rememora a Cementeria, Hipogeo, Ausencia, Osamenta, Osaria y Sepelio: de todo ellos, sin embargo, el único que va a quedarse ahora en su mente es el que estaba ya ahí metido.

A Oigosóloloquequiero no le importan ahora ni el suicidio de Cementeria ni el asesinato de Hipogeo ni la venta de Osamenta ni la vida de Sepelio: le interesa solamente que no quiso hablar con ella su Epitafio: siempre hago alguna pendejada que te enoja.

Saliendo a un nuevo pasillo, Estela se aleja de la cámara de ruidos, rebasa varias puertas: una de éstas fue algún día la de Epitafio, y llega hasta la hoja de madera que hace tiempo la encerraba.

Con el gesto vacío, Oigosóloloquequiero estira un brazo, agarra el pomo oxidado, lo aprieta mientras rumia: igual de frío que siempre, gira la muñeca meditando: no voy a seguirte ya pensando, empuja el brazo y abate la puerta aseverando: me da igual… voy después yo a contentarte.

El sonido que liberan las bisagras, los rumores que ya no oye pero que siguen rebotando en su cabeza y la precaria calma que su mente le ha otorgado de repente, arrastran a Estela a su pasado y al meterse en el cuarto entra también en otra era: ésa en la que vino a este hospicio de la mano de las socias de su madre. Su madre, esa mujer cuyas dos únicas herencias fueron este salmo: te hice yo a ti sin ayuda, y las bromas sobre quién era su padre.

Que cabrona fuiste… mamacita, reclama Estela contemplando su pasado, acariciando las paredes, acercándose a la ventana y leyendo, en el vano en que ésta está empotrada, los nombres que hace años rascó encima de las piedras desolladas: Mario, Sixto, Valentín, Abelardo, Juan, Esteban y Ramiro.

¡Qué culera fuiste siempre… mira que darme tantos nombres… que haber dicho tantas veces: ése de ahí… ése sí es tu papito!

Sacudiendo la cabeza, Estela saca de su mente los nombres que leyó hace apenas un segundo y después saca del hospicio su mirada: a través de la ventana, bajo el sol inclemente que hace rato alcanzó el centro de su reino, Oigosóloloquequiero espía el trajín de sus muchachos y ahuyenta por completo su pasado, masticando la frase que le dijo un día Epitafio: el pasado está más cerca en la memoria que en el tiempo.

Observando a las seis monjas que coordinan a sus hombres, Estela cree que se ha salvado y por confiar en su mirada se descuida: aprecia entonces, en la distancia cristalina que la luz vuelve ahora ensueño, este otro evento: abrazadas se alejan del hospicio El Paraíso las dos socias de su madre, tras dejarla aquí y maldecirla por lo que hizo en las exequias de la mujer que la pariera.

El dolor está más cerca en la cabeza que en el cuerpo, se dice Estela trastocando las palabras de Epitafio y sobándose, sin tampoco darse cuenta, las partes del cuerpo que aquel día lastimaran las dos socias de su madre. Son las mismas partes en las que ahora lleva Oigosóloloquequiero las marcas del punzón del padre Nicho: estos cuadros diminutos que le imponen a las niñas tras haber aquí llegado.

Fundiendo en una sola imagen la de las monjas que quemaron su epidermis y la de estas otras que organizan a sus hombres en el solar de El Paraíso, Estela vuelve al día en que se encuentra y retrocede un par de pasos. Luego cruza el cuarto, se deja caer sobre la cama, reconoce esos resortes y esos muelles vencidos desde que ella era una niña y asevera: voy a dormirme y voy luego a llamarte.

Las palabras que Estela ha pronunciado, sin embargo, se desarman en el espacio al estallar sobre la puerta cuatro golpes. Sin esperar a que ella le responda, el padre Nicho empuja la hoja y sus dos ojos vuelven a engarzarse con los ojos de Oigosóloloquequiero: vi que ya fueron por ellos... imagino que bajaron a los niños... van a marcarlos de una vez o aún queda tiempo... me gustaría ayudar con el punzón cuando despierte.

Acercándose a la cama en la que está Estela sentada y dejando sobre el suelo la bandeja con el agua y la comida, el padre Nicho dice: te lo he dicho muchas veces... quien se va no puede ya marcarlos. ¿Van ahorita o no a marcarlos?, insiste Oigosóloloquequiero sin voltear a ver el agua ni tampoco la comida y luego inquiere: ¿cuántos tienes hoy sumándole los seis que aquí te traje?

—Con esos seis son diecinueve —responde el padre empujando la bandeja hacia Estela—: pero no todos me sirven... tienen unos ya las manos grandes... quizá puedas tú llevártelos.

—No vine aquí a llevarme nada.

—Nomás les das un arma... ándale... sabes bien que ellos ya saben.

—Hijo de puta.

—También a ustedes les crecieron... también tuvieron que irse —dice el padre Nicho—: y no dirás que no se fueron preparados.

—No voy ni siquiera a discutirlo... además ya vienen llenas mis estacas —asevera Oigosóloloquequiero—: estoy cansada... ahora sí que estoy sintiendo ya el cansancio.

—Eso pensaba.

—No he dormido desde que ella... hija de puta... Cementeria.

—No la nombres... como si algo le hubiera aquí faltado... en serio que a ella no la nombres.

—¿Por qué lo hizo… por qué pues de esa manera?

—Por desgraciada… quiso siempre más de lo que tuvo —afirma el padre—: pero no pienses en ella… mejor descansa… duérmete un rato.

Antes de que Estela se recueste en el colchón desvencijado, el padre Nicho deja el cuarto y precipita su avanzar por los pasillos y escaleras del hospicio: él tampoco quiere que comiencen en el sótano a marcar a los pequeños sin ser él el que lo haga, sin ser él pues quien empuñe su punzón en ese sitio al que dirige su camino.

Estela, mientras tanto, aprecia, acostada en su cama, las seis vigas que ha atestiguado tantas veces y que tantas otras veces la han visto a ella despedirse del desvelo y la vigilia. Cerrando los párpados sin darse apenas cuenta, la que adora a Epitafio se sumerge en la inconsciencia y deja el mundo igual que Lacarota lo dejara allá en El Teronaque, e igual que lo dejaron, allá en su casa y hace ya mucho más tiempo, los dos chicos de la selva.

Tres pisos más abajo, el padre Nicho saca su teléfono: va a llamar a Sepelio y a los hombres que éste contratara en la Meseta Madre Buena: esos hombres que, con ayuda de Ausencia, primero castigaron y después enloquecieron a la pobre Cementeria, obligándola a pensar y a cuestionarse qué podría haberle pasado a Osamenta, por qué pues se habría ella suicidado y por qué además de esa manera.

Primer intermedio

Así se derrumbó el horizonte

I

En las paredes de la habitación donde están ahora Mausoleo y los hombres y mujeres que vinieron de otras patrias sólo rompen la monotonía de los ladrillos la puerta que azotara Epitafio, un par de manchas de cemento y la ventana que permite al sol volverse aquí un castigo.

Recargado en la puerta, con los ojos inyectados, la nariz congestionada y el rostro enrojecido a consecuencia del cansancio que no puede permitirse que lo venza, Mausoleo vigila a los hombres y mujeres que ahora duermen arrimados a los muros y pegados unos a otros.

Si escucho algo vas a ser tú el responsable, amenazó Epitafio a Mausoleo instantes antes de empujarlo en este sitio que apesta a seres encerrados: a pesar de que le falta un vidrio a la ventana, los que duermen *porque sólo así logran burlar a su suplicio* supuran los sudores de sus miedos.

Tenlos todo el día callados… que ninguno se levante, recuerda Mausoleo que Epitafio le ordenó al ver que una mujer se espabila y escupe un ruido que podría oírse en la sala o allá afuera, donde pasean los que hacen guardia y donde el sol dejó el centro de su reino hace ya casi tres horas.

Parándose de un salto, Mausoleo echa a andar sus piernas: antes, sin embargo, de llegar hasta el rincón donde ella yace, la mujer que despertara hace un instante ha vuelto a acurrucarse y ha también vuelto a dormirse.

Asomando su mirada al solar de El Teronaque, Mausoleo observa la carrera de unos guardias que se alejan y luego oye cómo se va también alejando el ruido de sus voces y sus risas.

Cuando todo vuelve a ser silencio, el gigante contempla el horizonte y lo que mira lo transporta al sitio en que naciera: no es que lo que está ahora vislumbrando se parezca a los lugares que él recuerda; es que quiere Mausoleo que se parezca.

Tras tallarse los ojos porque sabe que sus córneas quieren engañarlo, Mausoleo ve una nube solitaria, luego un par de aves enormes y al final el sol un breve instante: brilla éste con tal rabia que el grandote siente cómo sus pupilas se achicharran.

En la distancia, más allá del muro de árboles que esconde tras de sí al tupido bosque, vuelve a oírse el rumor de las voces de los guardias y los ecos enredados de sus risas.

Estas voces y estas risas, sin embargo, bajo los párpados cerrados del gigante, son las voces y las risas que escuchaba en su muelle, como el hedor que lo rodea es el hedor del pescado amontonado: Mausoleo está en la barra en que naciera, contemplando el brazo de tierra donde se alza su casa, más allá el pueblo y aún más lejos el gimnasio en que entrenaba.

¡No tendría que haberme ido!, se dice el grandote abriendo sus párpados, retrocediendo un par de pasos, girando el cuerpo y regresando, apesadumbrado, hacia la puerta. Más que en las cosas que dejara allá en la barra, mientras su espalda escurre sobre la hoja de la puerta, Mausoleo piensa en lo único que sí trajo consigo, y llevándose una mano al cuello siente el vacío que ahí dejara su medalla.

Sentado sobre el suelo, Mausoleo lanza al aire dos, tres, cuatro golpes, y forzando una sonrisa le habla a su medalla: tampoco es que me trajeras tanta suerte. Tampoco es que tú me dieras a mí nada, repite el grandote y es así que vuelve a ser el que aquí todo lo vigila. Tallándose los ojos, donde la arena del cansancio es una capa cristalina, el gigante observa a los hombres y mujeres que dejaron a su cargo.

Pero un nuevo ruido vuelve pronto a levantarlo: la pequeña de cabeza desmedida, aun a pesar de estar durmiendo, gruñe un enunciado indiscernible, un lamento que se escucha como un trueno y que acelera el corazón de Mausoleo: ¡tú vas a cuidarlos… que no hagan ningún ruido… no los quiero estar oyendo!

Atravesando apurado el espacio, el grandote llega hasta al lugar donde gruñe nuevamente la pequeña y está a punto de agacharse cuando un impulso en él nuevo lo detiene. Entonces patea a la niña un par de veces y el temor que observa en su mirada, apenas abre ella los ojos, lo emociona: ¿qué si sí es mi día de suerte?

Esta emoción, tan nueva en él como el impulso que lo hizo arremeter contra la niña, y como esa voz que le habló antes en la sala, se convierte en convicción cuando, recargándose de nuevo en su puerta, Mausoleo siente que se vuelven sus temores puro orgullo: es él quien hoy vigila a los hombres y mujeres que además de que *no pueden ya esperar nada del cielo* no debieran esperar nada tampoco de esta tierra.

II

Contemplando, aburrido, una manguera en cuya boca asoman tímidos dos cables, Mausoleo lanza un nuevo envión de golpes contra el aire y en silencio anhela que algún hombre se despierte y haga un ruido aunque en voz baja asevera: ¡como alguno vuelva a hacer un ruido… hijos de puta!

¡Como alguno abra la boca!, insiste el grandote viendo ahora en el techo un pedazo de cartón que no arrancaron tras la fragua: no existía este cuarto cuando era esto un matadero. En todas partes dejan esas mierdas, piensa Mausoleo tallando sus ojos vidriosos, y recordando que en su casa había también cartones de ésos se pregunta, sorprendiéndose a sí mismo nuevamente: ¿por qué putas me marché yo de mi casa?

Asustado ante el vacío que de golpe vuelve a abrirse dentro suyo, el grandote cierra sus ojos de vidrio, y apretando los párpados intenta echar de sí el pasado. Los ruidos que habitan su memoria, sin embargo, lo arrastran a la barra y el gigante escucha el crepitar de varias llamas, el murmullo de una radio, los ladridos de unos perros, el aleteo de cien gaviotas, el golpeteo de unos guantes y un extraño traqueteo.

Este extraño traqueteo, sin embargo, no se oyó nunca en la barra y es así que Mausoleo abre sus párpados de nuevo y reconoce el revuelo que lo ha traído de regreso: al otro lado de la puerta han estallado en carcajadas varios hombres aferrados a sus fierros.

La agitación de los que siguen a Epitafio levanta al gigante de su sitio y espabila a dos muchachos que llegaron desde lejos, quienes mirándose a los ojos se abrazan e intercambian un par de oraciones. Como movido por resortes, Mausoleo corre hacia los dos espabilados: no los dejes que hagan ruido… que te quiten ellos dos tu día de suerte.

Antes de que puedan los muchachos que cruzaron las fronteras comprender qué está pasando, Mausoleo salta encima de ellos y exigiéndoles silencio clava sus dos ojos de cristal en los muchachos que *no pueden ya aguardar tampoco nada de otro hombre.*

Cuando los ojos de los muchachos que somete al fin se muestran sometidos, el gigante se levanta y vuelve hasta la puerta. Donde, recordando estas palabras que Epitafio también dijo más temprano: ¡te estoy haciendo el mejor puto favor que te hayan hecho!, atestigua cómo vuelven a dormir los que vinieron de otras patrias.

Poco después, sin embargo, en mitad de un nuevo envión de golpes, los puños del grandote caen al suelo como pájaros heridos: sus ojos de cristal se han engarzado con los ojos de otro hombre que también está despierto y que lo miran con un dejo de imperdonable dignidad y de odio puro.

Durante un segundo que podría ser una hora, Mausoleo y el muchacho que lo reta miden sus silencios, sus corajes y sus miedos. Luego, *el que no soporta haber sido por la justicia y la clemencia desdeñado,* le sonríe al gigante, yergue el tronco, abre los brazos y jala aire teatralmente.

Convencido de saber lo que va a hacer ese muchacho que no deja de mirarlo, Mausoleo vuelve a levantarse, atraviesa en un instante el encierro que él encarna y amenaza: ¡no te atrevas ni a pensarlo… hijo de puta… más te vale que no grites!

A medio metro del que está a punto de gritar, Mausoleo salta y los dos cuerpos ruedan por el suelo, despertando a los que estaban aún dormidos, que aterrados advierten cómo el grandote atrapa entre sus piernas y sus brazos al muchacho que osara amenazarlo.

Mientras aprieta más y más el cuerpo del que somete, Mausoleo cubre el rostro del muchacho con sus manos y susurra: ¡hijo de puta… no tenías por qué hacer esto! ¡No puede nadie hacerme esto!, insiste el grandote alzando el tono y observando, de reojo, a los que son de más allá de las fronteras, que han pegado aún más sus cuerpos a los muros.

Cuando al fin ha sometido por completo a su rival, Mausoleo siente cómo el cuerpo de éste abandona su tensión, y escuchando el rumor que en torno suyo ha comenzado aprieta la nariz del que ahora pierde los arrestos de su fuerza.

Uno tras otro, mientras se debilitan ahora los pulmones del muchacho vencido y la rabia del grandote se convierte en su propio odio puro, los que vienen de muy lejos callan, vuelven a otra parte la mirada, tapan sus oídos con las palmas de sus manos y *hacen de sus lamentos ya sólo suspiros.*

Sintiendo en el pecho la ansiedad de ese otro pecho que no logra jalar aire, Mausoleo se da cuenta de lo que hace y sin tener claro por qué abre los dedos: los pulmones que yacían antes bloqueados jalan ávidos el aire del encierro y el cuerpo que el gigante aún sujeta vuelve a luchar un breve instante.

Antes, sin embargo, de que puedan expandirse por completo los pulmones del que está ahora renaciendo, Mausoleo cierra otra vez sus dedos, siente la angustia que recorre al ser que abraza y sonriendo vuelve a separar sus dedos índice y pulgar después de un rato: volverá a hacer esto mismo otras dos, tres, cuatro veces.

Cuando finalmente comienza a aletargarse el muchacho que Mausoleo está asfixiando, las piernas y los brazos del grandote sienten cómo va apagándose la vida de ese cuerpo que no sueltan ni sabrían tampoco ya cómo soltar.

Sin aflojar su abrazo, Mausoleo lleva su atención a la ventana y observa el cielo azul profundo: de la nube solitaria ya no quedan rastros. En cambio, las aves que hace rato atravesaron el espacio vuelven a pasar, volando hacia otro lado, cuando el último rastro de vida deja el cuerpo del muchacho y justo en el instante en que observa Mausoleo el horizonte, que pareciera estar temblando.

Pensando en las gaviotas de su barra, Mausoleo mete la mirada otra vez dentro del cuarto y aprieta aún más el cuerpo del muchacho: no habrá de soltarlo hasta que sea su propio cuerpo el que le ruegue que no siga haciendo fuerza, que por piedad destense ya los brazos y las piernas, que por amor de Dios se rinda.

Cuando todo ha terminado, Mausoleo deja el cuerpo del muchacho sobre el suelo y un calambre lo recorre: no entiende por qué siente que aún está abrazando algo. Por qué siente más bien que algo lo está ahora abrazando.

Echándose hacia atrás un par de metros, el grandote observa lo que ha hecho; mira luego, a través de la ventana, cómo el horizonte se derrumba o cómo cree que se derrumba y después trata de mirarse las dos manos: estallan entonces sus dos ojos de vidrio como si alguien, ese alguien que lo abraza, los golpeara desde dentro.

El líquido atrapado en su cabeza cae en catarata, transformando el semblante del que fue rebautizado, al mismo tiempo que este hombre, Mausoleo, se repite las palabras que Epitafio le dijera: ¡quita esa cara y saca el pecho… te libero de seguir siendo como ellos!

Levantándose del suelo, Mausoleo brinca el cadáver y atraviesa otra vez su encierro, mientras los seres que cruzaron las fronteras siguen viendo las paredes y tapándose los oídos.

Ante la puerta, el grandote cierra los párpados y se acaricia el rostro con las yemas de los dedos. No consigue, sin embargo, saber si son éstas sus mejillas, si son éstos sus pómulos, si son éstas sus facciones.

El libro de Estela

I

—Como muerto —repite Epitafio ahuyentando el silencio que mediara de repente entre él y la mujer que quiere tanto.

—Es que estabas muy cansado —afirma Estela apartando la comida que no ha tocado casi y con la que ha estado jugando mientras hablan.

—Pero fue más de la cuenta… ahora ya se me hizo tarde.

—Yo traté de despertarte… te llamé dos o tres veces.

—No escuché ni que sonaba —dice Epitafio incorporándose y sacando su mirada hacia el solar de El Teronaque—: hubiera estado bien porque habría tenido tiempo.

—Quería contarte del retén y preguntarte qué pasó con tu grandote.

—Van a llegar y no estaremos listos… te aseguro que están todavía durmiendo allí en la casa.

—No… la verdad es que no es cierto —suelta Estela decidiéndose por fin, y entrecerrando los párpados añade—: además de lo que dije del Chorrito te quería contar algo importante.

—¿Ahora… quieres contármelo ahora mismo?

—¿Cómo? —pregunta Estela abriendo los ojos y apretando la quijada.

—¿Tienes que… quieres contármelo ahora mismo? —insiste Epitafio aceptando las consecuencias que le traerán estas palabras.

—No… cuando tú quieras —murmura Estela entre dientes—: de cualquier forma es siempre lo mismo.

—Estoy viendo el solar y no han sacado aún a ninguno —explica Epitafio, como queriendo excusarse—: así que no es justo que digas.

—¿Que no es justo… que no… vete mucho a la chingada! —explota Estela—: ¡siempre es todo cuando quieres!

—Cálmate un segundo… por favor… ahora no empieces —pide Epitafio, abandonando su Cheyenne y apresurando su avanzar hacia la casa que corona El Teronaque—: te lo juro que te llamo cuando tenga todo listo.

—¿Cuándo todo esté allí… hijo de puta! —grita Estela levantándose de un salto—: ¡y lo que yo tengo que hacer nos vale verga… esto me pasa por pendeja!

—Te lo ruego.

—Por pendeja y por andarme preocupando… por pensar que iba a importarte.

—En serio… Estela —suplica Epitafio deteniéndose en mitad de su carrera, tras ver en la distancia que se acerca un convoy a El Teronaque—: ¡puta mierda… está él llegando!

—¡Que te cuente tu chingada puta madre qué nos pasa! —amenaza Estela caminando frenética en su cuarto.

—No puedo… el señor Hoyo… aquí un desmadre —balbucea Epitafio echando a correr de nueva cuenta—: hablamos luego.

—¿Vas a colgarme? —inquiere Estela observando en la ventana cómo el día se deshace.

—…

—¿Me colgaste?

Despegándose el teléfono inalámbrico del rostro, la mujer que adora a Epitafio retrocede un par de pasos, mete su mirada al cuarto nuevamente y exclamando: ¡hijo de puta... me colgaste!, observa las vigas del techo y se recrea luego contemplando las sombras que allí cuelgan como globos llenos de agua.

El griterío de los murciélagos que acaban de salir de sus guaridas: la cisterna abandonada y el sótano que ya no puede utilizarse pues la toxicidad volvió allí el aire irrespirable, espabila a Estela y LaqueadoraaEpitafio desprende sus ojos del techo. Luego lanza el teléfono inalámbrico a la cama y sonriéndole al silencio asevera: vas a querer después saberlo y ya verás que no te cuento.

Por su parte, tras tropezar un par de veces en el solar de El Teronaque, Epitafio entra gritando en la precaria construcción donde duermen sus muchachos y los sinnombre que llegaron de otras tierras. Uno tras otro, como hacen también ahora los dos chicos de la selva allá en su casa, los hombres que obedecen a ElquequieretantoaEstela abren sus párpados, al mismo tiempo que se espabilan los *que no podrán pronto poner otra vez coto a sus lloreras.*

Durante los minutos siguientes, en la casa que corona El Teronaque y en la casa que se esconde en lo profundo de la selva, todo será un acontecer apresurado: se alistarán los chicos para irse nuevamente; entrarán los hombres de Epitafio en el cuarto que no estuvo Mausoleo vigilando; dirán adiós a sus mujeres y a sus hijos los dos chicos; castigarán de nuevo los muchachos de Epitafio a los sinalma que nacieron más allá de las fronteras; se internarán los dos chicos en la jungla, y vestirán los que obedecen a Epitafio, con impermeables color blanco, a los sinDios que vienen de otras patrias.

En el hospicio El Paraíso, en cambio, todo sucede de manera más pausada: sentada en su cama, buscando sus calcetas con los ojos, Estela advierte, al mismo tiempo que su gesto pierde la paz que le había traído el sueño y sus facciones vuelven a tensarse: ¡vas a pedirme… a rogarme al rato que te cuente y no te voy a contar nada!

Estirando una pierna y tratando de alcanzar con el pie izquierdo sus calcetas, Estela mira sus uñas un segundo y sus facciones se endurecen hasta ser casi de piedra: le molesta más que nunca haber cedido a los anhelos de Epitafio, haberse pues pintado del color que él eligiera estas uñas que está viendo. Tragando un grumo espeso de saliva, Estela afirma, sin poder imaginar que lo que dice es un augurio: ni te vuelvo yo a dar gusto ni sabrás tú ya jamás lo que nos pasa.

No te voy a contar nada aunque supliques… aunque te tenga que dejar yo para siempre, se enterca Estela en el augurio que no sabe que es augurio y sus facciones se relajan. Luego se pone sus calcetas, se enfunda sus botas y anudando los cordones piensa en Cementeria: LaqueadoraaEpitafio no sabe tampoco que la muerte de su amiga es el nudo de su augurio.

Tras levantarse nuevamente de su cama, Estela avanza a la ventana, abre la hoja y con un salto se encarama sobre el nicho: ante sus ojos muere el día y los recuerdos la golpean como hicieran al llegar ella a este sitio. Sacudiendo la cabeza, LaqueadoraaEpitafio lee otra vez los nombres que tallara hace ya tanto: esta vez, sin embargo, sus uñas tratan de borrar lo que hay escrito.

Cuando el verde de sus dedos se ha descascarado y sus diez yemas han ya derramado el rojo de su sangre, Estela deja de rascar las viejas piedras, entrega su atención de nueva cuenta a la tarde que se apaga y así observa, entre su cuarto y las montañas que se alzan como lomos de animales calcinados, el trajín de sus muchachos: es lo que ella le pidió al padre Nicho, cuando bajó al salón por el teléfono inalámbrico: diles que estén listos… que nos vamos a ir bien pronto.

Hastiada pronto del ajetreo de sus muchachos y del marcharse de la luz, Estela escupe encima de su sangre, brinca al suelo y se aleja de su nicho. Ante la cama, LaqueadoraaEpitafio desconecta su teléfono, enrolla el cargador y toma de la almohada las dos ligas con las que ata su encrespada cabellera. Después contempla el cuarto un segundo y finalmente se apresura hacia la puerta.

En los pasillos y escaleras del hospicio camuflado en las costillas de la sierra, Estela trenza sus cabellos y aplastando, sin quererlo, la antenita de su prótesis derecha, hace eructar la interferencia y recuerda el teléfono inalámbrico que no sacó del cuarto. Más que preocuparse por haber dejado este aparato, LaqueadoraaEpitafio se preocupa al recordar la voz de Epitafio preguntando: ¿cómo está el padre Nicho?

¿Cómo está el padre Nicho?, pronuncia Estela en voz alta, y escuchándose a sí misma se pregunta: ¿por qué me hiciste esta pregunta? Luego, sintiendo que en el vientre se le enciende un calor nuevo y extraño, LaqueadoraaEpitafio aprieta el paso y llega al gran salón de El Paraíso, donde escucha los murmullos, débiles y flacos, del padre en el que estaba ella pensando, quien a unos metros de su cuerpo se despide: un fuerte abrazo, mi Sepelio.

Volviendo el rostro al padre Nicho, Estela entiende que los calores de su vientre son una advertencia y reclama para sí el temor que había antes desterrado: ¡algo raro está pasando en este sitio… por qué mierdas lo negué si ya… si yo lo había ya intuido? Deteniendo entonces su avanzar ante el padre que acaba de colgar y que acaba de entender también que no está solo, Estela aprieta la quijada nuevamente y suma, en el silencio de su mente: no debí de haber venido… no tenía que haber parado en este sitio.

Por su parte, caminando con Estela hacia la puerta que enmarca el espectáculo final de cada día: en la distancia puede verse el sol hundiéndose en los cerros, el padre Nicho siente que en el pecho se le agolpan los latidos, y preguntándose a sí mismo si habrá ella escuchado lo que le dijo él a Sepelio, esboza una sonrisa, alarga sus dos brazos y le muestra a LaqueadoraaEpitafio sus dos puños.

—¿En cuál guardo hoy tu sorpresa? —inquiere el padre Nicho apresurando el paso y deteniéndose ante Estela.

—¿En serio quieres otra vez que juegue? —pregunta LaqueadoraaEpitafio haciendo a un lado al padre—: ¿o también esto es un engaño?

—¿De qué mierda estás hablando? —suelta el padre Nicho alcanzando a Estela bajo el marco de la puerta principal de El Paraíso—: ¿ahora qué se te ha metido en la cabeza?

—Como si tú no lo supieras.

—¿Como si no supiera qué chingados?

—Será mejor que ya me vaya… eso es todo lo que yo quiero que sepas —dice LaqueadoraaEpitafio apretando el ritmo de sus piernas y sintiendo que los calores de su vientre son de pronto ardores.

—¿Sin darme un beso… vas a irte así sin darme ni un abrazo? —pregunta el padre agarrando a Estela por un hombro y sintiendo cómo los latidos de su pecho se aceleran todavía un poco más convierte su sonrisa en risa y suma—: ¿qué tal que es tu último beso?

—¿Cómo… qué chingado estás diciendo? —interroga LaqueadoraaEpitafio zafando su hombro de la mano que la agarra—: ¿qué puta mierda estás diciendo?

—¿Qué puta mierda dije cuándo?

—¡No quieras hacerme aquí pendeja! —grita Estela apurando aún más sus pasos, y volviendo la cabeza añade—: ¿o también esto es una trampa?

—¡Primero engaño y ahora esto… ¿de qué trampa estás hablando?, inquiere el padre sin dejar aún de reírse—: sólo quiero yo un último.

—¿En serio quieres que te diga? —ruge Estela interrumpiendo al padre Nicho, y deteniéndose a unos metros de su enorme camioneta advierte—: ¡estoy hablando de que hablé con Epitafio!

—¿Con Epitafio… hablaste?

—Me dijo él… mándale abrazos —anuncia Estela, y al hacerlo siente cómo se desinfla al fin su vientre—: a ver si un día de éstos hablamos… hace tiempo que no lo oigo… también me dijo Epitafio que dijera.

—Estaba él medio dormido —apura el padre intentando así salir del paso—: y sabes bien que no se acuerda cuando está medio dormido.

—Conmigo estaba bien despierto —suelta Estela abriendo su Ford Lobo, y esbozando ahora ella una sonrisa añade—: y ahora quiero el izquierdo.

—¿Cómo?

—¿No me tenías una sorpresa? —pregunta LaqueadoraaEpitafio disfrutando el extravío del padre Nicho y arrancando su Ford Lobo pone fin al intercambio—: ¡estoy bromeando… nada tuyo me interesa!

Mientras la enorme camioneta y las dos viejas estaquitas, en las que tiemblan nuevamente los que son de más allá de las fronteras, abandonan la explanada del hospicio El Paraíso, Estela observa de reojo al capitán que tiene al lado y que ha girado la cabeza para ver al padre Nicho. ¿Qué chingado estás tú viendo?, exige LaqueadoraaEpitafio al mismo tiempo que se dice a sí en silencio: ¿por qué no le pregunté a Epitafio?

Ni la pregunta que se hace ni la que le ha hecho al soldado, sin embargo, traen consigo una respuesta y Estela acelera su Ford Lobo, alejándose del sitio donde acaba de dejar a los seis niños que traía en sus estacas y donde los sinnombre que vinieron de otras patrias, en la estaquita rojo sangre, *encontraron entre sí y de forma inesperada un faro improvisado de esperanza.* En la estaquita azul marino, en cambio, todo es como fue antes de llegar a El Paraíso: *yacen los cuerpos de las mujeres rotas sobre el suelo.*

Por la ventana que abre Estela se meten el polvo de la sierra, las sombras que ahora caen como aguacero y el griterío de los murciélagos que llenan el espacio. ¿Por qué no te pregunté si habías llamado?, machaca Estela en su mutismo, mientras enciende las luces de su enorme camioneta y alumbra el camino en que se arrastran los últimos destellos de la tarde: nunca te pregunto lo que debo ni te cuento lo que tengo que contarte.

¿Por qué nunca logro yo decirte lo que antes de llamarte siempre pienso ahora sí voy a contarte?, implora LaqueadoraaEpitafio, cambiando un par de marchas y acelerando, sin saberlo, la velocidad de su cabeza y del instante en que se encuentran ella, sus muchachos y los hombres y mujeres que llegaron de otras patrias, quienes ahora, en la estaquita rojo sangre, forman un círculo en torno del más viejo de entre todos los sinalma que en el claro El Tiradero fueron secuestrados: es él el faro inesperado.

Me lo dice aquí esta línea... antes que mueras
pasarán más de once años... habrás gozado
de una vida nueva y plena... habrás vivido días de

luz y de calores… atrás habrá quedado este
tiempo horrible y doloroso… será toda
esta tristeza apenas un recuerdo…
una bisagra entre una y otra vida.

Contemplando, por su parte, el convoy que se aleja, el padre Nicho saca su teléfono, marca el número que llevará su voz al corazón de la Meseta Madre Buena y asevera, en cuanto sabe que ha empezado a grabarse su mensaje: se han ido antes… ella acaba de largarse hacia La Carpa… salgan ahora mismo ustedes… no podrán en La Cañada retenerla mucho tiempo… ni sé tampoco si eso quiero… mejor que allí no intenten detenerla… hoy trae ella más hombres.

En cuanto cuelga, el padre Nicho duda del teléfono en su mano, de las líneas y de aquel otro teléfono en el que acaba de grabar este mensaje: esto mismo le sucede cada vez que se entromete en su existencia un aparato. Por eso, sacudiendo la cabeza, el padre vuelve a marcar y nuevamente escupe su mensaje, añadiendo: ¡me da igual si habíamos dicho que sería mucho más tarde… quiero que la estén allí esperando cuando llegue!

A pesar de haber grabado su mensaje un par de veces, el padre Nicho no consigue convencerse de que éste le ha llegado a esos hombres que muy pronto abordarán su falsa camioneta de valores y que después saldrán de Lago Seco, dirigiéndose a esta sierra por la que otra vez ascienden la Ford Lobo de Estela y sus dos viejas estaquitas. Es por eso que el padre marca entonces los diez dígitos que llevan su ansiedad al bosque en donde se alza El Teronaque.

Sepelio, sin embargo, no va a responder a la llamada que timbra ahora en su teléfono pues justo está formando, en el solar de El Teronaque, a los sinnombre que muy pronto comprará el señor Hoyo.

II

Puta suerte que dio tiempo, piensa Epitafio observando en la distancia el acercarse de los vehículos que traen al señor Hoyo y resoplando se da vuelta, echa a andar hacia el lugar donde sus hombres acabaron de formar a los sinDios hace un instante y ordena: ¡vayan todos a sus puestos!

¡Tú también, pinche Sepelio!, suma Epitafio quitándose y poniéndose la gorra al mismo tiempo que el sol se hunde tras los cerros y despiertan los sonidos que la luz mantenía a raya. Luego, apurando el ritmo de sus piernas, arrastrando a Mausoleo y pensando: puta suerte que llamaste, ElquequieretantoaEstela observa cómo el hombre al que le grita mete algo en su bolsillo y suma: ¿qué chingado estás haciendo?

¿Qué chingado… estoy… haciendo?, masculla Sepelio y apurando sus palabras suelta lo primero que le viene a la cabeza: ¡no encuentro mi lápiz!, reclamándole en silencio al padre Nicho: ¡cómo tengo que decirte que no me hables cuando estoy con Epitafio! ¡De milagro no oyó ahorita que sonaba!, añade Sepelio en su cabeza, sacándose la mano del bolsillo en el que acaba de guardarse su teléfono y dirigiéndose al lugar donde aguardan *los que yacen otra vez turbados, pálidos como aquel que se desmaya y rígidos de espanto como leños.*

¡Más te vale que lo traigas!, gruñe Epitafio en la frontera del tezontle y de la hierba macilenta, contemplando cómo, en el solar de El Teronaque, se entremezclan los murciélagos del bosque con esos otros que llegaron de la selva. ¡Como no traigas el lápiz!, amenaza ElquequieretantoaEstela, pero antes de que logre terminar con su ultimátum oye el nuevo grito de Sepelio: ¡aquí los tengo… aquí están la hoja y el lápiz!

Esto es cosa de ese loco, explica entonces Epitafio a Mausoleo, volviendo la cabeza y señalando los vehículos que acaban de aparcar en la distancia: el señor Hoyo pide siempre que le demos a él los nombres. Luego, girando el cuello nuevamente y pensando: si no llamas seguiría yo allí durmiendo, ElquequieretantoaEstela observa a Sepelio, que diciéndose a sí mismo: debería yo de llamarlo antes que vuelva él a marcarme, está a punto de alcanzar a los sinvoz que atravesaron las fronteras.

Él no va a parar hasta que hablemos, suma Sepelio para sí cuando por fin llega al lugar en donde tiemblan, atrapados en sus enormes impermeables color blanco, *los que fueron arrancados de su alma*. Entonces, enterrando en los sinnombre su mirada y esbozando una sonrisa, Sepelio aclara su garganta y grita: ¿qué es lo que quiere ahora la patria?

¡La patria quiere oír sus nombres!, responde Epitafio echando a andar sus pies de nuevo y arrastrando tras de sí a Mausoleo, que para no ver lo que pasa en el centro del solar vuelve su rostro y mira el bosque que rodea El Teronaque: es esta la hora en la que no es aún de día ni tampoco es ya de noche.

¡Ya escucharon a la patria!, ruge Sepelio encarando, uno tras otro, a los sinalma que llevaban varios días andando y anotando, en el papel que hay en sus manos, cada uno de los nombres que van éstos pronunciando y que no dejan tras de sí un solo eco. En el espacio reverbera únicamente la veloz metamorfosis de las horas: los graznidos de los grajos dejan su lugar al ulular de las lechuzas, cubren con su manto las chicharras a los grillos y los tapires, ocelotes y coyames callan para que hablen los coyotes, los pavones y los zorros.

¡Tú también dinos tu nombre!, ordena Sepelio cuando choca con un muro de mutismo. ¿Qué no entiendes o qué pasa?, insiste al hombre que aunque quiere no consigue abrir sus labios: ¿por qué no dices tu nombre… puta mierda… por qué siempre hay un imbécil que se quiere hacer el héroe? Como si comprendieran lo que pasa, los sonidos del ocaso callan un segundo y el silencio del que no va a abrir la boca lo oyen todos.

Avanzando un paso más hacia el muchacho que *segara el coro de las lenguas que a sí mismas se deshonran y se agravian*, Sepelio lanza enfurecido: ¿quién te crees que no le dices tú tu nombre… te está hablando a ti la patria! Como lo único que logran sus palabras es que se haga más profundo el mutismo del que fuera secuestrado hace trece horas, Sepelio siente que un nuevo odio enciende su alma y empuñando su lápiz como si fuera una navaja vuelve el rostro hacia Epitafio.

¡La patria dice di tu nombre en este instante… dilo ahora o todo acaba!, ruge ElquequieretantoaEstela, echando él también a andar sus pasos y arrastrando nuevamente a Mausoleo. A pesar de la amenaza que la patria ha lanzado, el muchacho aprieta la quijada, abraza su terquedad y clava sus dos ojos en los ojos de Sepelio, cuyos dedos rompen sin quererlo el arma improvisada: sobre el suelo yacen los pedazos de su lápiz.

¡Di tu nombre en este instante… dilo o va a decir la patria: ahora mismo!, vocifera Epitafio y Sepelio alza del suelo un grueso tronco al mismo tiempo que el muchacho cierra sus dos párpados y acepta ser ya sólo el silencio de su paso por el mundo. ¡La patria dice: acábalo ahora mismo!, clama ElquequieretantoaEstela y el sinnombre oye el crujido de sus vértebras: *no digo mi nombre ni mi alma yo les muestro, por más que a ella asesten golpes.*

Como a las seis o a las siete... nos sacaron otra vez afuera... nos preguntaron si teníamos allá parientes... nos pidieron sus teléfonos... para pedirles a ellos un dinero por nosotros... uno no les quiso decir nada... lo rompieron con un palo... pero no les dijo ni su nombre... el que le habían dado sus padres.

Alzando del tezontle los pedazos de su lápiz y saltando el cuerpo del que acaba de partir sobre la tierra, Sepelio encara a otro sinalma y exhorta aún más alto que antes: ¡ya escuchaste lo que quiere aquí la patria... y ya viste qué te pasa si te callas! El suplicio de los sinDios que escaparon de sus tierras vuelve entonces a escucharse y con éste vuelven a oírse los sonidos del crepúsculo y del bosque.

Reparando en un sonido que no había aquí escuchado y que despunta entre los otros, Epitafio vuelve el rostro sobre un hombro y ve acercarse al señor Hoyo, instante antes de que grite: he pensado un nuevo trato. A ver ahora con qué sale, se dice entonces ElquequieretantoaEstela y arrastrando a Mausoleo se dirige al ser que llega resguardado por sus hombres de confianza: te lo apuesto que ahora intenta una rebaja, susurra Epitafio a su gigante: pero no voy a dejarme.

—Va a ser como habíamos ya quedado —advierte Epitafio adelantándose incluso a los saludos.

—¿Cómo puedes ser tan necio?

—Dije tres y serán tres o terminamos —suelta Epitafio, quitándose y poniéndose la gorra.

—Tienes tantos que te sobran —reclama el señor Hoyo despojándose del saco y pasándoselo a uno de sus hombres, que azorados miran al gigante.

—¿Qué te importa cuántos tengo?

—Dos cajas y media por cada uno... ése es el nuevo trato.

—Tres y un palenque.

—Dos y media y el palenque… tres no voy a darte.

—Pues no hay trato —lanza Epitafio y volviendo la mirada a Mausoleo ordena—: diles que los metan en la casa.

—¡Espera… tres y para la otra dos y media!

—Como sigas van a ser hoy tres y media.

—Pinche necio —dice el señor Hoyo resignado y ordena a sus hombres—: díganles que acerquen ya las camionetas… y díganle al Macizo que se vaya preparando.

—Tú ve y diles que los suban —suelta Epitafio observando a Mausoleo nuevamente.

Cuando en los vehículos que son del señor Hoyo han encerrado ya a los *que adivinan que no será su nueva marcha menos desdichada ni menos cruel ni menos larga* y en el solar de El Teronaque, donde la lluvia de las sombras se ha convertido en aguacero, han sido descargadas ya las cajas, Epitafio se pone la gorra, le dirige al señor Hoyo un gesto complacido y, metiéndose dos dedos en la boca, silba por primera vez en esta tarde.

Mientras sus hombres y los hombres que trajo hoy el señor Hoyo se entremezclan, precipitan sus andares rumbo al centro del solar y prenden fuego a las antorchas que Sepelio repartiera hace un instante, ElquequieretantoaEstela le sonríe al señor Hoyo y pone fin a la mudez en la que habían permanecido ambos sumidos: ¿cuánto piensas hoy perder con mi muchacho?

Atraídos por el fuego y el hedor de las antorchas: arden éstas gracias a un aceite preparado con naranjas fermentadas, los insectos de las horas que ahogan a la tarde envuelven el corazón de El Teronaque y su zumbido se convierte en un motor enfurecido. Hoy traigo a uno que le gana de seguro a Sepelio, asevera el señor Hoyo y antes aun de que Epitafio pueda decir algo añade, echando a andar hacia el círculo de hombres que en el solar están rugiendo: ya verás cómo le ponen en la madre a ese pendejo.

Revoloteando enloquecidos en la nube de mosquitos, se alimentan los murciélagos mientras se siguen acercando el señor Hoyo y Epitafio al centro del solar y mientras sigue escalando el griterío de los hombres aferrados a sus fierros y a sus lumbres. ¿Quién te dijo que echaré hoy allí a Sepelio?, sorprende ElquequieretantoaEstela y levantando luego un brazo apunta a Mausoleo con la mano: ¡ése de ahí es el que va ahorita a pelear con tu muchacho!

Contemplando cómo el gesto presuntuoso del señor Hoyo se deforma, Epitafio apremia su andar rumbo del círculo de fuego pero en su pecho es la emoción la que también de pronto se deforma: puta madre… le dije a ella que le hablaba nada más se fueran éstos. ¿Para qué quise hoy palenque… vas a estar encabronada porque no te he llamado!, se dice Epitafio y girando el cuerpo se dirige a Mausoleo, al mismo tiempo que avanza el señor Hoyo hacia Macizo.

A un lado ya de Mausoleo, cuyos ojos miran el cadáver de la cerviz reventada y el grueso tronco ensangrentado, Epitafio imagina la furia de Estela y agarrando al grandote de ambas manos le ordena: vas a pelear con un cabrón y más te vale que no tardes... que no fuera una mentira… que en serio sepas tú madrearte. En torno de ellos, cada vez más encendidos, rugen los hombres aferrados a sus fuegos y a sus armas.

¡Ponle rápido en la madre porque tengo yo otra cosa… estás oyendo?, exige Epitafio a su gigante, levantándole el rostro con la mano y consiguiendo así que deje éste de ver al ser caído, *cuya ceja hasta la nariz yace ahora hendida.* ¡Vas a acabar con ese imbécil sin tardarte!, repite ElquequieretantoaEstela fulminando a Mausoleo con la mirada y volviendo luego la cabeza al señor Hoyo y al muchacho que a su lado está parado entra en el círculo de llamas: ¿por qué putas no dejé que hablaras mientras iba yo corriendo hacia la casa… qué más daba que fingiera estarte oyendo?

¡Ya hasta habríamos terminado y no tendría ahora que llamarte!, se reclama Epitafio dentro del círculo que forman sus muchachos y los hombres que aquí trajo el señor Hoyo. ¡Me podrías haber contado qué te pasa mientras éstos lo arreglaban aquí todo!, insiste Epitafio para sí al mismo tiempo que impone a Mausoleo: en cuanto traiga aquí las armas el Sepelio agarra el tubo… ¡quiero que ganes con un golpe!

¡Sepelio… dónde mierda está Sepelio?, lanza entonces Epitafio alejándose un metro del gigante y pensando: si me hubieras dicho qué te pasa no tendríamos ya que hablarlo… sólo quieres hablar de eso y yo te tengo a ti que hablar de La Cañada. ¿Van o no van a traer aquí las armas?, interrumpe el señor Hoyo el pensamiento de Epitafio y tomándolo de un hombro lo encara: ¿o prefieres que hoy se pongan en la madre así sin fierros?

Justo antes de que pueda Epitafio contestar al señor Hoyo, Sepelio, que se está otra vez guardando el teléfono al que acaba de llamarlo el padre Nicho, entra en el círculo de lumbre y sobre el suelo deja caer los artefactos con que va a encarnarse la ira. El sonido que hacen estos artefactos cuando ruedan sobre el suelo enardece a los presentes, calma la ansiedad del señor Hoyo, apremia la impaciencia de Epitafio y se entierra en las entrañas de Macizo y Mausoleo.

El griterío es ya un rugir enloquecido cuando en el círculo están solos el Macizo y Mausoleo: Sepelio toma entonces su antorcha y levantándola hacia el cielo ordena que comiencen. ¡Ponte vivo!, exclama el señor Hoyo mientras insta Epitafio a Mausoleo: ¡el tubo… agarra el tubo! El Macizo precipita entonces su avanzar hacia las armas y del suelo alza un machete. Mausoleo, por su parte, no se mueve de su sitio.

¡El puto tubo!, corea Epitafio enfurecido pero su hablar, que se entremezcla con el coro de alaridos, no espabila al gigante, alrededor del cual está girando, dubitativo y vigilante, el Macizo. En las alturas suena, justo entonces, el grito de una inmensa ave que, como una sombra, surca la alta bóveda apagada y se aleja sin que nadie vuelva al cielo la cabeza: ¡el puto tubo… no te quedes ahí parado!

Tras medir por dónde entrarle y dudando: ¿por qué mierdas no hace nada… por qué no agarra un arma?, el Macizo se decide y embiste a Mausoleo levantando su machete. En el último momento, sin embargo, el gigante que yacía imperturbable y como ido de la mente esquiva el golpe y con un leve movimiento de una pierna tira al suelo al Macizo, que arrastrándose dos metros toma su machete nuevamente y se levanta dando un salto.

¡Cualquier madre… agarra tú ya cualquier cosa!, grita Epitafio, ido también él de la cabeza, contemplando enfebrecido cómo el enemigo de su hombre se rehace y presenciando, aún más nervioso que antes, cómo su gigante vuelve a plantarse sobre el suelo como un tronco: ¡puta mierda… qué chingado estás haciendo! Alrededor de Mausoleo y del Macizo el perímetro de hombres es ya puro ruido y pura rabia desbocada: uno tras otro, todos los presentes se han marchado de sus mentes.

Tras dudarlo otra vez un breve instante, el Macizo alza su arma y nuevamente embiste a Mausoleo, que esta vez agacha el cuerpo, agarra a su oponente por las piernas, lo levanta metro y medio y lo azota sobre el suelo de tezontle.

Antes de que pueda el Macizo comprender qué ha sucedido, Mausoleo alza el machete, lo ofrenda a la noche y lo deja caer sobre el cuello y el hombro del muchacho que trajera el señor Hoyo.

El griterío de los que no sueltan sus armas ni tampoco sus antorchas estalla cuando el cuerpo del Macizo se abre como un leño al que le ha caído encima un hacha. El señor Hoyo patea entonces la tierra y Epitafio corre hacia el grandote, levantando las dos manos: ¡eso es… así me gusta… pero al principio me asustaste… hijo de puta!, asevera pensando en Estela: también quiero llamarte para hablarte del retén y del Chorrito.

Saltando el cuerpo *que desde ahora casi son dos cuerpos, cada uno con un brazo solamente y con una sola pierna*, Epitafio le repite a su gigante, que otra vez yace inmóvil como estatua: ¡me asustaste pero bien que hiciste caso!, mientras a sí mismo se dice: ¡quiero hablar con ese imbécil y saber por qué movieron los retenes… por qué si los movieron no me habló para avisarme?

Levantándo el brazo izquierdo del gigante, que parece estar en otra parte, Epitafio está a punto de anunciar: ¡ha ganado Mausoleo!, pero éste se adelanta a sus palabras y emergiendo del lugar al que de golpe parecía haberse marchado afirma: Es… Este… Esteban… ése era antes mi nombre… ése soy… el que ha ganado… es Esteban. Como absorbidos por un enorme aspirador, los gritos de los hombres y las bestias de la noche callan de repente.

Esteban… ése fue siempre mi nombre, machaca Mausoleo clavando sus dos ojos en los ojos de Epitafio, que echa entonces a reír porque no sabe si existe otra manera de poner fin a este instante. ¡De qué mierda estás hablando… ese puto no lo habría hecho como lo hizo Mausoleo… por eso eres

Mausoleo... sabía bien que tú no ibas a fallarme!, anuncia entonces Epitafio y sus palabras son las únicas que se oyen en el solar de El Teronaque.

Justo entonces cruza el cielo, de regreso, la inmensa ave como sombra que surcara las alturas hace rato y esta vez su grito, además de conseguir la atención de casi todos los presentes, arrastra tras de sí el concierto de sonidos que declaran el imperio de la noche y que espabilan a los que habían permanecido antes callados. ¡Vuelvan todos a los autos!, dispone el señor Hoyo al tiempo que Sepelio, porque cree que esto desea Epitafio, lanza: ¡ahora sí a lo que sigue!

¿Quién te crees para decir lo que aquí se hace?, ruge Epitafio dándose la vuelta hacia Sepelio, olvidando a Mausoleo y pensando: ¡puto Chorro desgraciado... me debiste haber llamado... no tendría que llamarla ni tendría que hablar ahora contigo... podría esperar a que pasara su coraje! Es como si él, ElquequieretantoaEstela, adivinara que ella, LaqueadoraaEpitafio, ha dejado que su ira siga hinchándose en la sierra en que se encuentra.

¡Aquí soy yo el que les dice lo que se hace!, refrenda Epitafio, y a un metro de Sepelio ahonda: ¿está claro? Está claro, acepta Sepelio aguantándose la rabia, y esbozando una sonrisa tan ambigua que no alcanza a ver nadie, piensa: no estará muy pronto eso... no estará eso aquí tan claro ya muy pronto. Por su parte, Epitafio endurece las facciones de su rostro y se piensa: mientras cargan éstos lo que falta debería llamar a Estela.

¡Ojalá que me contestes... que no sea tanta tu rabia!, se dice Epitafio mientras se acerca el señor Hoyo a pagarle su apuesta, y mientras vuelve, por su parte, Sepelio a decirse: ya verán que no estará eso aquí tan claro. Ya verán quién va a mandar aquí muy pronto: es la primera vez que Sepelio se atreve a decírselo en presencia de Epitafio, quien ahora, tras cobrarle y despedir al señor Hoyo, está ordenándole a sus hombres: ¡suban otra vez al tráiler a los mierdas que aún nos quedan!

Cuando el último muchacho se ha marchado a la casa donde yacen encerrados la pequeña de cabeza desmedida y la mitad de la mitad de los sinDios que llegaron de otras tierras, *cuyos ojos ha cocido el llanto y cuyas almas ha el miedo descosido*, Epitafio refrenda: voy a hablarte en este instante.

Luego otea el horizonte y distingue, este hombre que ha querido siempre estar casado con Estela pero que tuvo que casarse con quien dijo el padre Nicho, el aguacero de las sombras: el mismo aguacero que en la selva ahora contemplan los dos chicos que aprietan sus andares pues anhelan, antes de internarse en el pueblo al que dirigen su camino, poder bañarse en esa poza que sólo ellos dos conocen.

Atestiguando cómo la noche se apodera de la tierra, ElquequieretantoaEstela saca su teléfono y sintiendo que en su pecho también entra el aire negro de las horas en que se halla rumia, para pensar en cualquier cosa que no impida que sus dedos marquen el teléfono que sabe de memoria: también donde tú estás debe haber oscurecido. Luego, cuando sus dedos han comenzado ya a marcarle a Estela, sus pensamientos lo traicionan y sus yemas dejan las teclas del minúsculo aparato: si oscureció y no has llegado a La Cañada sólo voy a retrasarte.

De cualquier modo qué más da que ahora le hable yo al Chorrito… mejor que llegues tú a La Cañada sin que te haga yo perder ahora más tiempo y sin que te haga hacer nuevos corajes, insiste Epitafio para sí, guardando su teléfono de nuevo y murmurando: tampoco es que aquí nos sobre el tiempo… también tenemos que apurarnos… que subir a esos cabrones y largarnos… hay que ir luego a venderlos.

Tres o cuatro metros antes del umbral de la precaria construcción que un día fuera matadero, Epitafio se une a Sepelio y Mausoleo, y acusando la distancia con la mano le reclama al primero: vete de una vez a traer el tráiler... y que traigan tus muchachos la escalera. Sería más fácil si no hubiéramos devuelto esa rampa, medita Sepelio alejándose del par de hombres que están ahora entrando en la casa que corona El Teronaque y reclamando: pinche terco desgraciado.

Pinche terco hijo de perra... has sido igual toda la vida, repite Sepelio sacando su teléfono, volviendo el rostro, revisando que no esté nadie vigilándolo, y sonriéndose a sí mismo insiste: ya verán que será todo diferente... que será alguien más el que reparta aquí la suerte.

Va alguien más a ser la patria aquí muy pronto, promete Sepelio, y convirtiendo su sonrisa en risa franca repara en su teléfono un instante y marca el número que guarda también él en su memoria. La línea, sin embargo, está ocupada: el padre Nicho está hablando con los hombres que dejaron la Meseta Madre Buena hace ya un rato.

III

—No dijimos que podía estarnos hablando —dice el copiloto de la falsa camioneta de valores que dejó hace casi una hora Lago Seco.

—Yo los llamo cuando quiera.

—Le dejamos eso claro a Sepelio… ya empezando, nada de llamadas.

—Además es la segunda vez apenas —suelta el padre Nicho dejándose caer sobre el sillón de su oficina—: quería ver si habían llegado.

—¿Cómo vamos ya a haber llegado? —inquiere el copiloto del vehículo blindado en apariencia, extrayendo un cigarro del paquete que sacó de su bolsillo—: ¿qué no sabe cuánto se hace?

—No les digo que ya estén allí en la sierra… quiero saber si ya están cerca —insiste el padre, y levantándose advierte—: esto no es un puto juego.

—¿Y quién mierda está jugando? —pregunta el copiloto golpeando la ventana—: si nos llamas otra vez no seguiremos.

—No sabía que eso podías tú decidirlo —provoca el padre Nicho, caminando por su cuarto y agarrando el punzón que utilizó en el sótano hace un rato.

—Yo no soy de tus pendejos… como llames nuevamente terminamos —repite el copiloto de la falsa camioneta de valores.

—Aunque sea dime dónde andan —se enterca el padre, y acercándose el punzón a la nariz añade—: si me dices no vuelvo a llamarlos.

—Viejo terco —asevera el copiloto exasperado—: le hablaré cuando hayamos acabado.

—¿Y si me hablas cuando estén viendo la sierra?

—¡Este cabrón nomás no entiende! —murmura el copiloto despegándose el teléfono del rostro y viendo al chofer que está a su lado.

—O cuando estén en Tres Hermanos —provoca el padre Nicho y al hacerlo cuelga riendo.

—¡Puta madre... ya está bien de pendejadas!

Escuchando el tono entrecortado que le dice: han colgado al otro lado de la línea, el copiloto del vehículo blindado en apariencia vuelve el rostro hacia el chofer que, como él, es policía y luego advierte: va a estarnos llamando a cada rato. Después calla un breve instante y, pensando: hijo de puta... me colgaste, deja que sus ojos se extravíen sobre el camino que se pierde en la distancia y que divide en dos la tierra.

Se lo dije a Sepelio varias veces... mejor con él no hablamos... queremos sólo hablar contigo... no nos pongas a nosotros por un lado y a ese viejo por el otro... mira ya lo que pasó con Cementeria. Las palabras que pronuncia el copiloto, gruesas como él y como él llenas de encono, no encuentran respuesta pues la falsa camioneta de valores pisa un bache y coletea sobre el asfalto: ha también oscurecido en esta parte de la patria y al chofer le sobran seis dioptrías.

Además del chofer y el copiloto, en sus sitios salta y rebota el resto de muchachos que también son policías en Lago Seco y que, en la caja disfrazada de vehículo blindado, cruzaban otra vez apuestas, justo antes de empezar otra partida: sobre el suelo yacen las fichas, las monedas, los billetes, los cigarros, los vasitos, la botella, los cerillos, los dolores y los corajes de estos hombres que por primera vez son mencionados: ¡puta madre... como no vienen aquí atrás encerrados!

Tras golpearse con el toldo y morderse los cachetes, abotagados hacia dentro y hacia fuera de su boca, el copiloto del ex camión municipal de la basura, este vehículo que tanto tiempo se encargó de mantener limpio Lago Seco, busca en el asiento el cigarro que cayera de sus dedos, golpea al chofer y escupiendo un hilo de saliva ensangrentada clama: ¡hijo de puta… se quemó mi pantalón con el cigarro!

¡Y lo que cuesta que tú encuentres de tu talla!, exclama el chofer a la vez que acomoda en su nariz los gruesos lentes que el bache descolgara de su rostro. Antes de que pueda el copiloto contestarle al chofer, que allá en el ministerio de Lago Seco es su superior pero que aquí es su igual, los reclamos de los hombres encerrados en la caja son acompasados por sus golpes: putean los rasos al capitán y al teniente que son también aquí sus jefes aunque lo sean de otra manera. ¡Qué madrazo se habrán dado!, exclama el copiloto riendo, y recogiendo los objetos que cayeran: un par de discos, un pequeño cristo disfrazado de soldado, varios cascos de cerveza, un diminuto pino navideño, una hielera, tres encendedores y una pareja de muñecas ataviadas con camisa y shorts de futbolistas, ruega: si ves otro. ¡Si veo otro me lo como!, promete el chofer interrumpiendo al copiloto y riendo él también añade: te lo apuesto que no aguantan sus guacales.

Cuando los dos hombres que ocupan la cabina de la falsa camioneta de valores notan que han dejado ya sus subalternos de quejarse, el chofer abre su ventana, saluda al aire con la mano y fingiendo que un hedor asalta su nariz inquiere: ¿estás seguro que apagaste ya tus pantalones? Levantando un pitufo disfrazado de Juan Diego, el copiloto vuelve el rostro y se dispone a defenderse pero el chofer lo adelanta: ¿en serio dime dónde encuentras tú esos pantalones?

¡Estoy harto de que sigas presumiendo… si pareces ya un pelón de hospicio!, provoca el copiloto al chofer que aún finge que olfatea y que perdió en el último año poco más de treinta kilos. ¡Puto topo… cómo no vas a tener que andar oliendo si ver ya no ves tú nada!, suma el copiloto alzando una pulsera de oro y plata: pobre Cementeria… se quedó aquí su pulsera, explica, y en sus labios aparece un gesto que podría ser una sonrisa pero también un tic nervioso.

En la caja del ex camión municipal de la basura, mientras tanto, los seis rasos que allí viajan oyen la discusión de sus jefes como un eco en la distancia y se convencen, mientras colocan otra vez el pizarrón que usan de mesa y vuelven a colgar de los tornillos que asoman bajo el toldo las linternas que utilizan como lámparas, que son ellos el objeto de ese hablar lejano: no podrían imaginar estos seis hombres que sus jefes se pelean cuando nadie los observa.

Prefiero mil veces mi puerco que el que a ti se te ha quedado… ve nomás qué chico te quedas, suelta riendo el copiloto y la sonrisa del chofer se cae de entre sus labios. ¡Te ha quedado grande el traje… ve nomás toda la piel que ahora te sobra… hasta parece que te vienes derritiendo!, se burla el copiloto porque quiere seguir riendo y porque nadie más lo escucha: no diría esto enfrente de otro hombre.

¡Tú qué dices… pinche enema de ballena… puto tampón de elefanta… cállate y no estés aquí chingando!, la violencia con que El Topo pone fin al intercambio sorprende al copiloto, y encogiéndole la lengua también le quita a éste las ganas de seguirse aquí peleando: nunca había ninguno hablado de este modo. Los minutos siguientes, entonces, transcurren tensos al interior de la cabina, marcados por el silencio arrepentido que queda en el espacio tras haberse dos amantes lastimado.

Es lo opuesto, exactamente, que sucede allá en la sierra, en la casa que corona El Teronaque, en lo más hondo de la selva y en el hospicio El Paraíso, donde Estela, por un lado, Epitafio, por el otro, los dos chicos que se fueron de su casa hace una hora y el padre Nicho apresuran sus palabras: quiere ella estar segura cuando llegue a La Cañada y por eso sigue hablándole al Chorrito; él desea estar manejando ya su tráiler y por eso está gritándole a los *seres vueltos sombras que han perdido ahora sus cuerpos y que si alguien intentara aquí abrazar no asir podría*; ellos dos anhelan más que nunca esa poza que conocen en secreto y por eso se apresuran uno al otro, y Nicho quiere que le cuente alguien qué pasa y es por eso que a sí mismo se pregunta: ¿le hablo ahora a Sepelio o los llamo a esos otros dos pendejos?

Estos otros dos pendejos que, hartos del mutismo al que no está ni uno habituado, ponen otra vez a hablar sus lenguas y, al hacerlo, sin saber que es esto lo que hacen, tratan de borrar la discusión que sostuvieron hace apenas un momento: por eso vuelve el copiloto al instante en el que todo se desviara, al segundo pues en que perdieran el control de sus palabras y sus rabias: vas a ver que va a llamarnos todo el rato el viejo ese... va a estar hoy chingue que chingue.

Encendiendo los dos faros del falso vehículo blindado, El Topo vuelve la cabeza hacia El Tampón y asiente: yo también creo que va a hablarnos todo el tiempo. Luego extiende el brazo izquierdo, señala el paquete de cigarros empotrado entre el pitufo disfrazado de Juan Diego y la pulsera que un día fue de Cementeria y solicita: pásame un cigarro, al mismo tiempo que a sí mismo se interroga: quién diría que iba a ser así de fácil... que no iba ni a costarnos volver loca a Cementeria... que acabaría ella imitando a Osamenta... tenía razón la desquiciada esa de Ausencia.

—No me gusta que nos llamen —se enterca El Tampón pasándole a El Topo el paquete de cigarros.

—No contestes… o apágalo y que el viejo ese se chingue —reclama El Topo agarrando los cigarros, y mirando de reojo la pulsera de oro y plata piensa—: ¿quién diría que quería tanto a Osamenta… que insistir con la mentira haría que ella le copiara?

—¿Y qué tal que habla Sepelio? —inquiere El Tampón pasándole a El Topo el viejo encendedor que estaba en el tablero.

—Entonces nada más no llames —sugiere El Topo encendiendo un cigarro y pensando: es increíble que ella hiciera mi mentira… como si hubiera dicho: vete allí y acaba con tu vida.

—¿A quién dices que no llame?

—¿Cómo?

—Que no llame… eso dijiste… ¿o de qué mierda estás hablando?

—No contestes… era eso —corrige El Topo exhalando una larga bocanada.

—Estás pensando en otra cosa… no me estás haciendo caso.

—Te lo juro que no estoy pensando en nada.

—¿En serio? —interroga El Tampón llevándose a los labios él también un cigarrillo—: pinche viejo… no me gusta que me llame.

—Más bien no te gusta el viejo —expone El Topo devolviéndole a El Tampón el viejo encendedor que éste le diera—: hay uno solo que te gusta… sólo un hombre que te pone a ti contento.

—Siempre intentas enredarme… sí que estabas tú pensando en otra cosa… pero da igual… ya me estoy acostumbrando —lanza El Tampón y luego baja su ventana—: ¡puto frío de la chingada!

—Y eso que tú traes chingo de capas —exclama El Topo eligiendo el intercambio de agresiones pues prefiere esto que hablar de sus continuas distracciones.

—Otra vez la misma madre —reclama El Tampón, y cerrando su ventana añade—: mejor tú también sube tu vidrio... y no sigas chingando.

—No me quiero apestar a humo —dice El Topo y sorprendido de que El Tampón no haya estallado vuelve a provocarlo—: si sabías que iba a hacer frío hubieras traído una chamarra... ¿o no hacen de tu talla?

—¡Voy a hacerme con tu puta pinche madre una chamarra!

—¡Ahí está... nomás no sabes qué decir y empie... ¡agárrate que estoy viendo otro bache!

—...

—...

—¡Qué putazo se habrán dado! —suelta El Tampón al mismo tiempo que retumba la hojalata de la falsa camioneta de valores.

—¡Y los que todavía les faltan! —grita El Topo, y al instante, aprovechando que el bache ha alejado a El Tampón de su coraje, vuelve al tema que dos veces ya han dejado—: ¿Sepelio qué dice del viejo?

—¿Qué nos va a decir Sepelio... lo conoce desde siempre... desde que a él se lo llevaron... cuando cerró el de Lago Seco y no encontraron otro hospicio.

—...

—Lo mandaron a Sepelio al de la sierra... conoció allí al viejo este... a Epitafio y a Estela —explica El Tampón apagando su cigarro y abrazándose a sí mismo—: es en serio que hace frío.

—Pobre Estela —apunta El Topo apagando también él su cigarrillo y sin apenas darse cuenta de lo que han dicho sus labios.

—¿Por qué pobre… pinche vieja hija de puta!

—Yo no creo que sea culera… ella no es Cementeria ni tampoco es Osamenta.

—Eso… no lo estés diciendo… no nos toca —advierte El Tampón y luego agrega—: ¿o te gusta a ti también la puta esa?

—¿Cómo va ella a mí a gustarme?

—Aquí está cerca el desvío —dice El Tampón interrumpiendo a El Topo, y olvidándose del frío baja su ventana y asoma medio cuerpo—: no alcancé a leer el letrero!

—¿Cómo va a estar aquí cerca?

—Párate que vuelvo y leo el letrero —ordena El Tampón sacando aún más el cuerpo.

—¡Métete pendejo… cuántas veces tengo que decirte que no saques tanto el cuerpo? —inquiere El Topo enfurecido—: además todavía falta!

—¿Cómo va a faltar si ahí están esos silos? —inquiere El Tampón metiendo el cuerpo y señalando con la mano dos enormes sombras triangulares.

—Cómo ladras pendejadas —escupe El Topo sacudiendo la cabeza—: ¡silos hay en todas par!

Antes de que El Tampón suelte el tablero al que sus manos se agarraron un segundo antes del nuevo bache, los seis rasos que ocupan la caja del ex camión municipal de la basura vuelven a quejarse y esta vez su rabia se descubre todavía más encendida: uno de ellos se ha abierto la cabeza y se ha partido otro la barbilla. Furioso, el ser cuyo mentón está sangrando saca su arma, la alza y sin pensárselo dos veces la descarga contra el techo de hojalata.

Derrapando un par de metros y controlando luego el ex camión municipal de la basura al mismo tiempo que controla los latidos de su pecho, El Topo frena en seco y es así, frenando en seco, deteniéndose de golpe, como apresura estos sucesos: enfurecidos se apean El Tampón y El Topo al asfalto; ansiosos rodean la falsa camioneta de valores; frenéticos abren de par en par sus puertas traseras; embravecidos interrogan: ¿quién chingado fue el imbécil?, e iracundos bajan al imbécil al asfalto.

Tras descubrir que el imbécil sangra por la barba y escuchar la explicación de qué ha pasado, El Tampón y El Topo intercambian un par de palabras y estallan en sonoras carcajadas: con ellos ríen el resto de hombres que ahora yacen asomados a las puertas de la caja. Luego, cuando el imbécil finalmente también ríe, es un concierto de estertores el que recorre la planicie desolada que se extiende hacia el oriente del lugar donde se hallan los que son en Lago Seco dueños de la ley y el ministerio.

Atraídos por el vacío deslucido e interminable, los ojos de los hombres que dejaron la Meseta Madre Buena y que dejaron ahí también su oficio vagan un momento y se extravían en la planicie impenetrable. Entonces, como atraídos todos por la fuerza intemporal y el magnetismo inexplicable de las piedras, el teniente, el capitán y los seis rasos vuelven la cabeza hacia occidente y atestiguan, en silencio, la sombra inmensa y fantasmal que es a esta hora aquella sierra a la que tienen que llegar dentro de poco.

¡Puto frío de cagada!, exclama El Tampón después de un rato y sus palabras son como un telón que cae y que al alzarse, luego de un par de segundos, ha transformado ya la escena: están ahora los seis rasos en la caja nuevamente y El Topo y El Tampón están sentados otra vez en la cabina del ex camión municipal de la basura.

¿Qué estabas diciendo?, cuestiona El Tampón cuando la falsa camioneta de valores vuelve a acelerar sobre el asfalto. Que nos falta aún un buen rato para estar en Tres Hermanos, explica El Topo encendiendo otra vez los faros, y contemplando el par de hoyos que éstos le abren a la noche añade: también dije que no creo que Estela sea cabrona: Estela, esta mujer que está a punto de llegar hasta el retén de La Cañada.

Dudando detenerse o no sobre el camino y ordenar o no al Chorrito que desde ahí siga él andando, Estela ve las rocas que atestiguan su avanzar sobre la sierra y se pregunta, porque no quiere en el fondo detenerse, si habrá Epitafio abandonado El Teronaque. No sabe ella que los muchachos que obedecen a ese hombre que ella adora están cargando, apenas, las cajas que llevara el señor Hoyo a El Teronaque.

¡Acaben ya con esas cajas!, grita Epitafio, y volviéndose después hacia Sepelio ordena: ¡súbanlos también de una vez a ellos… amárrenlos colgados de las manos! Observando a sus muchachos y señalando a los sinnombre que vinieron de otras tierras, Sepelio indica: ¡ya escucharon… váyanlos subiendo también a ésos! Luego, cuando del grito de Sepelio queda solamente su eco, Epitafio y Mausoleo atestiguan lo que pasa, sin estar del todo en ello: el grandote piensa que no va a atreverse a preguntar qué hay en las cajas y ElquequieretantoaEstela evoca, sin tener del todo claro por qué lo hace, a los dos chicos de la selva.

Estos dos chicos que ahora, ante la poza que anhelaban, sueltan los bultos que traían sobre la espalda: estos bultos retacados con las cosas que perdieron en el claro Ojo de Hierba los que cruzaron las fronteras, se desnudan luego apresurados, atraviesan los diez metros que los separan del lugar que tanto anhelan y saltando entran al agua.

IV

—¿Por qué hoy se ven como más luces?

—Es verdad… hay hoy más luces.

—Mira allá hasta dónde llegan —dice el menor de los dos chicos, sacando un brazo de la poza.

—Y tras la barda también van hasta más lejos —suelta el mayor nadando hacia el centro de la poza.

—Quiero ir contigo —señala el menor dando también él unas brazadas—: ir también yo al otro lado.

—Alguien tiene que quedarse —afirma el mayor flotando de muertito—: cuidar las cosas que trajimos.

—Podrías quedarte tú algún día —sugiere el menor apoyando sus dos brazos sobre el vientre del mayor—: podría ir yo solo a ese lado.

—¿Cómo vas a ir allí solo? —inquiere el mayor haciendo fondo nuevamente—: no conoces allí a nadie… ni siquiera en la barda.

—Tú tampoco conocías antes a nadie.

—Pero ahora sí conozco —aclara el mayor, y haciendo con sus manos una pala le lanza al menor una ola de agua.

—Estoy hablándote en serio —reclama el menor limpiándose la cara—: si no quieres que yo vaya un día solo, vamos juntos.

—¿Y qué hacemos con las cosas?

—Un día que no nos quede nada… que ya hayamos terminado.

—No podemos ir tan tarde… eso tú también lo sabes.

—En serio, llévame contigo… me da igual que sea esa hora peligrosa —suplica el menor acariciando con las palmas la superficie del agua.

—Igual podríamos ir al rato —ofrece el mayor de forma inesperada.

—¿Estás diciéndomelo en serio?

—Tendríamos ahí que acabar pronto —suma el mayor señalando el pueblo que titila en la distancia y girando echa a nadar hacia la orilla.

—Te prometo que no va a quedarnos nada —lanza el menor viendo el pueblo que la gente de este lado del gran muro bautizó como Toneé aunque la gente que lo habita al otro lado lo conoce como Olueé—: lo venderé todo en un rato.

—No te quedes ahí entonces que tenemos que apurarnos.

—Ya me habría apurado... si me hubieras dicho que hoy irías... que podría ir contigo —dice el menor nadando también él hacia la orilla—: pero no habías dicho nada.

—Se me acaba de ocurrir apenas ahora... conozco a alguien de ese lado que nos puede ayudar a vender esto —asevera el mayor saliendo de la poza y quitándose del cuello la medalla—: él seguro sabe cuánto vale.

—¿Vamos a venderla? —interroga el menor sorprendido y en su rostro la alegría se deforma.

—¿No querías ir pues al otro lado? —pregunta sonriendo el mayor, y alzando de la tierra su camisa añade—: piensa que por fin podrás hacerlo y que será por tu medalla... ¡qué mejor cosa iba a darte!

Cuando los chicos de la selva finalmente han levantado de la tierra sus enseres y los bultos retacados con las cosas que perdieron, allá en el claro El Tiradero, *los que no saben si aún les late el corazón dentro del pecho*, el mayor pone a andar sus piernas y alcanza la vereda que conduce rumbo al río: este río que serpenteando por la selva lleva al pueblo.

Antes de echar él también a andar sus piernas, el menor levanta el rostro, ve las copas de las ceibas y chujumes y oye el griterío de los monos saraguatos, sin escuchar en realidad lo que está oyendo: durante un par de segundos se extravía en la ensoñación de ese lugar que aún no conoce y que se extiende al otro lado del gran muro. Otro grito, sin embargo, lo extirpa del ensueño y lo arrastra a la vereda en la que está el mayor dándose prisa: ¡no te quedes ahí parado!

¡Si no estamos allí pronto no habrá ya ni a quién venderle... no que ibas a acabar ahí con todo!, ruge el mayor de los dos chicos volteando el rostro sobre el hombro y advirtiendo, entre las sombras y las lianas de la selva, cómo el menor por fin apura el ritmo de sus pasos, piensa: a ver luego qué me invento para que él no me acompañe. A su lado, en la orilla del arroyo, cantan los anuros envolviendo con su manto al zumbido de la selva.

¿Para qué ponernos ambos en peligro?, insiste el mayor en su silencio y deteniéndose un instante abronca: ¡en serio apúrate si quieres tener tiempo!, mientras aguarda al que hace entre ellos dos de subalterno, quien justo antes de alcanzarlo anuncia: ¡estoy llegando!, al mismo tiempo que se vuelve a imaginar ese lugar que no conoce. En el pecho siente entonces, el menor de los dos chicos, que le late el corazón igual de recio que al silbarles Epitafio allá en el claro Ojo de Hierba, cuando emergieron de la masa de migrantes que habían antes engañado.

Hijos de puta... hasta esos pinches desgraciados ya conocen los dos lados, piensa el menor, y viendo al que hace entre ellos dos de jefe agrega: soy el único pendejo que no ha estado en los dos lados. En su pecho late entonces el coraje y en su mente, sin que entienda bien cómo sucede, germinan los rostros que recuerda de los hombres y mujeres que vendieron a ElquequieretantoaEstela: son los rostros de los sinnombre que otra vez han sido encerrados en la caja del gran tráiler que aún está en El Teronaque. El Teronaque, este sitio donde vuelven a apurarse Epitafio y sus muchachos y donde siguen los sinalma cantando sus horrores.

Nos devolvieron a la troca esa grandota… nos amarraron otra vez… nos aventaron al piso y nos pegaron y gritaron… nos volvió el miedo… pero ya era otro miedo… no había fuerzas de temblar… no había fuerzas de sentir nada… no había ni qué pensar ni qué decir ni qué llorar tampoco.

¡Ve allá y súbete ahora mismo… no te quedes ahí parado!, ordena Epitafio a Mausoleo: ¡vas a venirte con nosotros… no dejarás que él haga nada sin que tú veas lo que hace!, insiste ElquequieretantoaEstela, señalando con un brazo a Sepelio y empujando con el otro al grandote, que había vuelto al solar, atraído por los caídos. Amparados por las sombras de la noche, los diez gatos que aquí viven, cuando se marchan Epitafio y Mausoleo, dudan si acercarse o no a los muertos.

No te le despegues ni un segundo… quiero que veas todo lo que hace, añade Epitafio acicateando el avanzar de Mausoleo y luego, apuntando el brazo hacia Sepelio nuevamente, que ante el umbral de la precaria construcción se felicita por haber ya terminado con las cajas que aquí trajo el señor Hoyo y los sinDios que tantos días habían andado, suma: ¿está claro o no está claro? En la distancia suenan los maullidos de los gatos y aún más lejos se oyen los sonidos y las voces de este bosque que rodea a El Teronaque.

¿Está claro o no está claro?, repite Epitafio porque no obtiene respuesta y porque ve cómo Sepelio se da vuelta ante el umbral de la precaria construcción y echa a andar también hacia ellos. ¡Está claro… quieres que yo no lo deje solo… que vea todo lo que hace!, responde Mausoleo: ¡estás cansado de cargarlo... no quieres que te la...! Las palabras que pronuncia Mausoleo, sin embargo, son por Epitafio interrumpidas pues podría oírlas Sepelio: ¡tú también súbete al tráiler... vamos a irnos ahora mismo!

¡Aquí estaba ya esperando!, explica Sepelio interceptando a Epitafio y Mausoleo, quien regresando su visión hacia delante y encontrándose a Sepelio a medio metro de su cuerpo entiende, sin hacer mayor esfuerzo, por qué mierdas lo ha callado ElquequieretantoaEstela. En la distancia los maullidos de los gatos son un griterío en mitad del cual despunta, cada tanto, algún bufido amenazante, y en lo alto de la noche vuelve a oírse el canto del gran ave, que ha regresado a El Teronaque.

Junto al tráiler, Epitafio alza la cabeza un breve instante y vislumbrando el torbellino de pájaros, que allí en el cielo trazan círculos concéntricos, murmura: nunca había visto aquí de éstos. Luego retira su atención a las alturas y contemplando a Mausoleo y a Sepelio, que también miran el cielo, exige: ¿qué chingado están ahí viendo... por qué siguen aquí abajo... por qué no están allí adentro? Obedientes, Sepelio y Mausoleo bajan la cabeza, rodean a Minos y así abordan el vehículo en que fueron encerrados *los ciegos de esperanza, los sufrientes cuyas lenguas anudadas lanzan sus palabras inconexas.*

Hacia la espalda... sogas de plástico... grande, vieja,
oscura... pinzas afiladas... vendaron nuestros ojos...
colgados con candados... frío en la espalda...
que nadie grite... quejidos, puros quejidos...
cadena y tubos... motor sonando... mecernos...
otra vez todo... tenso el cuello.

Cuando por fin todo está listo, Epitafio también sube a la cabina, entrega a Mausoleo una bolsa con comida, azota la puerta, contempla su reino a través del parabrisas, abre su puerta nuevamente, asoma la cabeza, grita: ¡no use nadie la onda corta!, azota por segunda vez la puerta, se pregunta si trae todo lo que quiere, se revisa los bolsillos y descubre que no viene su teléfono consigo: ¡puta mierda… dónde pude yo dejarlo?

¿Si no voy por él cómo chingados voy a hablarte?, se pregunta ElquequieretantoaEstela abriendo otra vez la puerta de su tráiler, y sorprendiendo a Sepelio y Mausoleo vuelve al solar de El Teronaque dando un salto: tengo que llamarte ahora sí en serio… quiero saber si ya pasaste La Cañada… aunque seguro ni contestas. Tan sorprendidos como Sepelio y Mausoleo, los que yacen aferrados a sus fierros miran a Epitafio atravesando el solar mientras escuchan las palabras que éste va diciendo: por lo menos me di cuenta antes de irnos… ¡quiero hablarte en cuanto esté en la carretera!

En la cabina, mientras tanto, Sepelio vigila el errático andar de ElquequieretantoaEstela en el espejo retrovisor que hay en su puerta, y cuando ve que éste se mete en su Cheyenne se dice: ¿y ahora qué mierdas le pasa… qué chingados está haciendo? Luego despega su mirada del espejo, gira el rostro lentamente, clava sus dos ojos en los ojos del gigante y asevera, dirigiéndose por vez primera a Mausoleo: no confíes todo a la suerte… no te creas que aquí es todo la suerte.

Más extrañado que asustado, Mausoleo ignora las palabras que le han dicho y acusando con la mano el espejo que está todavía admirando le devuelve la atención de Sepelio al reflejo apenumbrado: ha salido Epitafio otra vez de su Cheyenne y está ahora dirigiéndose a la casa que un día fuera matadero.

¿Dónde mierdas lo dejé yo hace rato?, implora ElquequieretantoaEstela cuando pasa junto al sitio en que sus gatos y esas aves que él no había antes visto se alimentan con los cuerpos de los caídos. Qué pinche asco, escupe entonces Epitafio al mismo tiempo que en silencio vuelve a repetirse: hablarte y ver si me respondes… estoy seguro que no vas a contestarme.

¿En qué puto lugar lo habré yo puesto?, se enterca ElquequieretantoaEstela ante la puerta de la casa que corona El Teronaque y diciéndose a sí mismo: si no te hablo vas a estar tú más y más encabronada, se interrumpe pues sus ojos dan con su aparato: ¡sabía que iba yo a encontrarte! Recogiendo su teléfono de la cornisa, Epitafio duda: ¿cuándo vine aquí y lo puse?, mientras suma, en las profundidades de su mente: quizá sea eso que dijiste que tú tienes que contarme… quizá sea eso lo que te tiene tan encabronada.

Esta vez es la presencia de otro hombre, que aferrado a su arma y cargando una antorcha y un bidón de gasolina atraviesa el espacio, el suceso que hace que Epitafio se dé cuenta de que habla a voz en cuello y el que hace que se calle, que se olvide de Estela un breve instante y que apresure su volver rumbo del tráiler, donde Sepelio y Mausoleo siguen viendo su reflejo en el azogue y donde siguen los sinnombre, en el vacío oscuro, frío y pestilente de la caja de metal, sacudiendo los enredos de sus lenguas.

Otra espera… amarrados… el frío helado… manos,
brazos tensos… ahí colgados… pies apenas sobre…
no sonaba nada… algún llanto… los quejidos… la piel
recia… carne acalambrada… un chorro a veces…
gruesos impermeables… alguien meaba…
olor a mierda… olor a miedo.

Cuando está junto al conteiner y la silueta de éste lo resguarda de los ojos indiscretos de los seres aferrados a sus armas y de la presencia fantasmal de ese hombre que cargando su bidón, su antorcha y su arma, se dirige rumbo el centro del solar, Epitafio se detiene, marca el número de Estela y tras oír que entra el buzón de los mensajes suelta: ¡puta sierra... puta suerte... puta madre! Luego cuelga enfurecido, se echa el teléfono a un bolsillo y se encamina a la cabina.

Abriendo la puerta y azotándola a su espalda, ElquequieretantoaEstela entra en Minos sin decir nada a Sepelio y Mausoleo, que lo contemplan resignados. Luego, Epitafio saca su llavero, inserta la llave en el contacto y girándola revisa, en el retrovisor que hay en su puerta, El Teronaque convertido en su reflejo: en la distancia, el hombre del bidón de gasolina ahuyenta a los diez gatos y a las aves que resignadas abandonan sus festines, empapa de petróleo los dos cuerpos y acercándoles la lumbre los enciende.

Mientras los caídos arden como teas sobre el tezontle, Epitafio mete primera, tuerce el volante y acelerando mueve su presente al mismo tiempo que regresa en su memoria a su pasado: esa imagen de los dos cuerpos ardiendo entre las sombras de la noche lo ha llevado a ese día en que sus padres se marcharon, cuando a través de la ventana vio a su padre prender fuego a los hombres que a su casa habían llegado más temprano.

Dejando atrás su camioneta, las tres motocicletas, la casa que un día fuera matadero y las dos filas de hombres que atestiguan su marcharse, Epitafio alcanza el camino que atraviesa El Teronaque, pide a Mausoleo que le pase una torta y comiendo ávidamente acelera rumbo al bosque, al mismo tiempo que se hunde más y más en su pasado: cuando el fuego finalmente terminó por apagarse entró su padre en la casa, los besó a él y a sus hermanos y se marchó llevándose a su madre.

No tendrían que haberse ido sin nosotros, piensa ElquequieretantoaEstela metiendo una nueva marcha, alejándose de El Teronaque y reviviendo en su cabeza el día siguiente al abandono, cuando vinieron tres señores y cada uno se llevó de aquella casa a un hermano. Nos tenían que haber llevado con ustedes, suma Epitafio en su silencio, acelerando nuevamente su gran tráiler. Sobre el retrovisor que siguen apreciando Mausoleo y Sepelio las teas humanas son ya sólo un par de brasas diminutas.

Solitario, el gran Minos atraviesa el bosque en el que chillan los murciélagos, zumban las chicharras, aúllan cada tanto los coyotes, ladran los perros que nadie ha domesticado y cacarean de vez en cuando los pavones. A partir de aquí no seguirá ningún vehículo a Epitafio, quien prefiere llevar a cabo así el reparto de los seres *que en el pecho y la garganta llevan ahora encerrada una tormenta* y quien, cambiando otra vez la marcha, roe de nuevo su memoria: tenían ustedes que haber vuelto... sacarme a mí de El Paraíso... encontrar a mis hermanos... juntarnos nuevamente.

No volví jamás a verlos... por su culpa se perdieron para siempre, se dice Epitafio llegando al cruce en que se encuentran la vereda de tierra con el camino asfaltado, y reduciendo la marcha asevera, sin darse cuenta de que habla a voz en cuello: ¡por su puta pinche culpa no volví nunca a ver a mis hermanos! Sorprendidos, Mausoleo y Sepelio, que hasta ahora habían permanecido en silencio, vuelven la cabeza hacia Epitafio.

¿De qué mierda estás hablando?, inquiere Sepelio mientras conduce Epitafio a Minos al asfalto. Sólo entonces ElquequieretantoaEstela se da cuenta de que ha hablado en voz alta y rugiendo se despide del pasado y de la historia que no quiere que conozcan los dos hombres que con él comparten la cabina: ¿qué te importa a ti qué digo… yo hablo aquí de lo que quiera!

—¿Y también haces lo que quieras… o por qué das para acá vuelta? —pregunta Sepelio girando la cabeza.

—¡Doy la vuelta a donde quiero! —responde Epitafio acelerando y alejándose del cruce de caminos.

—Prometiste que no iríamos a tu casa —reclama Sepelio adivinando qué sucede y echando el cuerpo hacia delante.

—¡Si quiero ir para mi casa vamos ahí y tú te callas! —exclama Epitafio y en su mente ocupan el vacío que dejaran sus hermanos la mujer con la que el padre Nicho lo casara y el pequeño que parió ella allá en El Paraíso.

—Nunca cumples lo que dices.

—¡A ti te cumplo una chingada! —brama ElquequieretantoaEstela mientras comienza su memoria a incomodarlo: cada vez que se aparece en su cabeza esa mujer a la que el padre Nicho lo uniera su voz más honda lo desgarra: ¿Estela… llegará un día nuestro día?

—Se nos va a hacer aún más tarde… no llegaremos hoy a tiempo si ahora vamos a tu casa —lanza Sepelio volviendo el rostro hacia Epitafio—: quedamos tú y yo de entregarlos a una hora.

—¡Me da igual que se haga tarde… me da igual en qué quedamos! —clama Epitafio interrumpiendo a Sepelio y golpeando con las palmas el volante vuelve a oír su voz más honda—: ¡Estela… no quiero seguirme esperando… no quiero seguir como ahora estamos!

—Sabes bien que ellos no esperan… va a caérsenos la entrega —insiste Sepelio golpeando con las manos el tablero.

—¡Me da igual lo que ellos hagan! —amenaza ElquequieretantoaEstela y luego, dejando que su voz más honda se enrede con la voz con la que habla, advierte—: ¡si no vas ahora a callarte… si lo que quieres es estar hablando… háblale a Estela!

—¿Cómo? —inquiere Sepelio sorprendido.

—¡Háblale a Estela en este instante… háblale y pregúntale dónde anda… está conmigo encabronada… si la llamo de seguro no contesta!

—¿En serio quieres?

—¡En serio quiero que la llames!

—¿Y qué mierda le pregunto? —cuestiona Sepelio sacando su teléfono y luchando por no reírse.

—¡Que si está embarazada… imbécil! —grita Epitafio cambiando la marcha, y acelerando aún más su tráiler piensa: ¿cómo pude cargar tanto a este pendejo?

—¿Que si está ella embarazada? —tienta Sepelio al mismo tiempo que sus dedos aparentan marcar el número de Estela.

—¿Cómo mierdas… por qué iba yo a querer que eso preguntes? —interroga Epitafio exasperado y sacudiendo la cabeza: es capaz este tarado de creerse cualquier cosa.

—No contesta —suelta Sepelio observando a Epitafio nuevamente y pensando: el idiota cree que voy a hablarle.

—¡Cuelga y vuelve a intentarlo!

—Otra vez está sonando… pero nadie me contesta —asevera Sepelio volviendo el rostro a la ventana, donde su sonrisa es una mueca sugerida en el reflejo—: y otra vez entró el buzón de mierda.

—¿Por qué putas no contestas? —inquiere Epitafio gritando, perdiendo el control sobre sus nervios y dudando en su silencio: ¿qué si te pasó algo en La Cañada?

—¿Quieres que otra vez intente? —lanza Sepelio controlando la emoción que lo habita y volviendo el rostro hacia Epitafio dan sus ojos con los ojos del gigante: se ha dado éste cuenta de que él finge las llamadas.

—¿Quiero que otra vez? —balbucea Epitafio pero en lugar de responder debate en su mutismo: no te pudo pasar nada... a lo mejor estás pasándolo ahora mismo... nomás no puedes contestarnos porque estás justo llegando... ¿hace cuánto habrás dejado El Paraíso?

—¿Quieres o no quieres? —provoca Sepelio, cuyos ojos siguen engarzados con los ojos del gigante.

—¡A El Paraíso... mejor llama a El Paraíso —ordena Epitafio—: que te digan hace cuánto salió Estela!

—¿A El Paraíso? —pregunta Sepelio cada vez más excitado, y despegando sus pupilas del grandote vuelve el rostro nuevamente a la ventana.

—¡Que te digan cuánto se hace a La Cañada... igual por eso no responde!

—Estoy marcando —interrumpe Sepelio a Epitafio y esta vez, además de estar gozando del momento, no le está mintiendo a nadie.

—¿Bueno... padre... padre Nicho?

—¿Sepelio... bueno?

—Sí... aquí Sepelio.

—¿No dijiste que no era hora de llamarnos? —pregunta el padre Nicho.

—No soy yo el que le está hablando... es Epitafio el que me dijo que le hablara —suelta Sepelio midiendo sus palabras.

—¿Está contigo?

—Está diciendo que le diga: ¿cuánto se hace a La Cañada?

—¿Cuánto se hace a La Cañada… eso quiere… no te dijo si habló antes con Estela… si le dijo que le dije que…?

—Desde allí hasta La Cañada —interrumpe Sepelio al padre Nicho—: eso es todo lo que quiere.

—Entonces no ha hablado con ella… por lo menos no de si habíamos él y yo hablado.

—Quiere saber si habrá ella ya llegado… si es posible que esté ya en La Cañada.

—Por poquito y me engaña esa culera.

—Está Epitafio preocupado —dice Sepelio aguantándose la risa.

—Preocupado… qué ternura… qué buen hombre.

—Así que no habrá aún llegado —inventa Sepelio domando en su garganta la alegría que se le hincha en el estómago.

—Eso es… dile que no habrá aún llegado… que no se apure… que me dijo ella que iba a llamarlo tras pasar por La Cañada.

—¿Eso le dijo? —ahonda Sepelio a la vez que Epitafio lo interpela: ¿qué le dijo?

—Hablé por cierto con tus hombres —asevera el padre Nicho.

—¿Que iba a llamarlo tras pasar por La Cañada… eso le dijo? —suelta Sepelio, dirigiendo sus palabras a Epitafio y no al hombre con quien habla.

—Me sorprendió lo bien que tú los tienes controlados… quieren estar sólo contigo en contacto —afirma el padre—: sigue así y serás el bueno… aunque también diles que van a hablar conmigo si eso quiero… diles que yo soy el que manda… que tú lo entiendes y que tienen que entenderlo también ellos… no como ese idiota de Epitafio.

—Tienes razón… eso voy ahora a decirles… a decirle… digo… que no se apure… que no debió pasarle nada… que está camino a La Cañada... que es un pedo la señal en esa parte.

—Pinche Epitafio no debió nunca olvidarlo... no debió de creerse tanto... tú sí lo entiendes... vas a decirles quién chingados es el jefe... en Lago Seco... en La Carpa... donde putas mierdas sea —asevera el padre Nicho—: y mándale a Epitafio un abrazo... dile que pronto será otro ahí el bueno.

—Ahora le digo... que le mandas un abrazo —lanza Sepelio y al instante oye a Epitafio, anunciando que también manda él abrazos.

—Que salga todo como debe.

—También él manda abrazos —dice Sepelio.

—Ahí luego hablamos.

Contemplando, a través de la ventana y más allá de su reflejo emocionado, la negra imprimatura que le roba al espacio su calado y a la tierra sus presencias, Sepelio guarda su teléfono y medita: más que nunca debo estar ahora tranquilo... no puede él imaginarse nada ahorita... no mostraré ningún gesto distinto... ningún indicio pues de nada. Luego, girando el rostro y devolviendo su visión al interior de la cabina, repara en Epitafio un breve instante y le pregunta: ¿te quedaste más tranquilo?

Lo estaré cuando ella llame, explica ElquequieretantoaEstela a pesar de estar un poco más tranquilo: su ansiedad se ha calmado y su cabeza está de pronto únicamente en su presente. Contemplando él también la noche, a través del parabrisas del gran Minos, Epitafio piensa que no falta tanto ya para su casa y que tendrán ahí que apurarse si no quieren llegar tarde a vender a los sinnombre. Estos sinalma que, colgados en la caja del gran Minos, han empezado a deshacer los nudos de sus vidas hace apenas un momento.

No sé quién fuera el primero pero empezó a hablar de pronto... y fue como si hablando de antes no estuviéramos allí encerrados... "este fue el tercer intento que hice"... dijo el que empezó a hablar de pronto... "vengo del Kino... desde muy lejos... allí dejé yo cuatro hijos... allí también a mi perico y a mis perros... mi mujer se vino antes...hace dos años... no sé de ella".

Cambiando la marcha, acelerando un poco más su tráiler y alargando un brazo, Epitafio pide que le alcancen los cigarros que hay encima del tablero, y Mausoleo, obediente, echa el cuerpo hacia delante y se los pasa. Sepelio saca entonces sus cerillos, enciende uno y ofrece a ElquequieretantoaEstela la pequeña flama viva, estirándose ante el rostro del gigante, que sorprendido vuelve la cabeza hacia Epitafio cuando tose éste exhalando la primera bocanada de este humo que de a poco irá llenando la cabina.

Encendiendo él también un cigarrillo, Sepelio escupe diminutas donas y lanza luego sus cerillos al tablero: al hacerlo ve el estéreo del gran Minos y se dice que la música podría distender entre ellos, los tres hombres que aquí viajan, el ambiente que ahora está como apretado. ¿Puedo poner música un rato?, sondea Sepelio aventando al tablero el paquete de cigarros que quedara entre sus piernas.

Por supuesto que no puedes, rechaza Epitafio quitándose y poniéndose la gorra un par de veces con la mano que sostiene el cigarro: ¿qué tal que ella llama y no escuchamos? ¡Ni siquiera quiero oírlos aquí que hablan!, suma ElquequieretantoaEstela exhalando una nueva bocanada, y acelerando el motor de su gran tráiler fija sus ojos un instante en Mausoleo: juega el grandote con la caja de cerillos que ha agarrado del tablero.

Encendiendo y apagando un cerillo, otro más y luego otro, como el imbécil que deshoja una flor muerta, Mausoleo duda entre arrimarse al fuego o arrimarse al humo negro. Y cada vez, además, que soplando apaga el cerillo que sus dedos encendieran, el grandote cree que apaga el incendio de las dudas que en su mente están ardiendo: ha escuchado la llamada entre Sepelio y ese hombre al que ellos llaman padre Nicho.

Mientras el humo sigue llenando la cabina: las ventanas del gran Minos no pueden bajarse porque al igual que el parabrisas son blindadas, y los tres hombres que ocupan este espacio siguen adentrándose en las profundidades de sus mentes y mutismos, los sintiempo, que además de estar colgados de las manos viajan en la caja con los pies atados a unos raros pesos, siguen expulsando lo que llevan ellos más adentro y así siguen recordando su pasado.

Otro contó… "soy enseuguense… y soy migrante… hice el camino varias veces… me tocó ver un chingo de madres… pero no esto… esto no es cierto… no puede serlo… haber dejado todo para esto… no puede serlo… mis cuatro hermanos… mi viejecita… mis dos naranjos… no puede serlo… mis herramientas… esto no es cierto".

Acicateado por las luces de un pueblo que de pronto ha aparecido en la distancia, Epitafio alarga el brazo, apaga su cigarro, toma los cerillos que dejó sobre el tablero Mausoleo, agarra el paquete de cigarros, saca de éste otro cigarrillo, lo enciende y, tras toser de nuevo un par de veces, asevera: vamos a parar sólo un momento en mi casa… quiero dejar un par de cajas… las dejamos, saludamos y nos vamos… ya verán que vamos a irnos enseguida.

En cuanto ElquequieretantoaEstela vuelve a callarse, el silencio se hincha en la cabina y Mausoleo, que abrió los ojos tras oírlo, cierra los párpados de nuevo y cabecea al mismo tiempo que Sepelio ríe consigo mismo: sabe que si está Epitafio refiriéndose a su casa está también pensando en Estela. Esa mujer que acaba de bajarse de su enorme camioneta y que ha ordenado al capitán que la acompaña que él también baje al camino.

V

¡Apúrate y no vuelvas si no traes buenas noticias!, grita Estela observando en la distancia al capitán que alumbran los dos faros de su enorme camioneta: está adentrándose el Chorrito en el camino que se traga la penumbra y que conduce hacia el retén de La Cañada.

A lo lejos suenan los rebuznos dislocados de dos burros, y los balidos de un grupo de cabras, acompasados por el tañer de sus minúsculos cencerros, llenan el espacio de sonidos que podrían ser destellos y que cavan huecos en el cansado ronroneo de los motores de las viejas estaquitas.

¡Si no vuelves en media hora vamos a ir allí nosotros!, amenaza Estela contemplando cómo, en la frontera de la luz y de las sombras, el Chorrito desvanece su presencia. ¡Vuelve aquí antes de media hora o armaremos un desmadre!, lanza luego LaqueadoraaEpitafio y al hacerlo escucha cómo los cencerros apresuran su tañer, recordándole de golpe las campanas del hospicio: ¿por qué habrá el padre inventado que llamaste?

Pinche Nicho mentiroso, piensa Estela cuando callan los cencerros, y escuchando el aullido de un coyote que anuncia su presencia aún más lejos que los burros y las cabras, vuelve el rostro y pide a los choferes que apaguen los motores. El callar de estos metales calma a los que siguen aquí a Estela, inquieta a las sincuerpo atrapadas en la estaca azul marino y sobresalta a los sinnombre que ocupan la estaquita rojo sangre, quienes siguen escuchando al más viejo de entre todos los que vienen de otras tierras.

Tus líneas son mucho más claras… tu futuro
es transparente… encontrarás al hombre que ya
te está a ti esperando… tendrán varios hijos

juntos... te espera a ti además un buen trabajo...
el que soñaste tantos años... el trabajo que has
querido siempre... llenarás cajas con fruta...
podrán tus hijos ayudarte desde chicos.

Oyendo los ladridos de unos perros que le advierten al coyote: ¡no te acerques!, LaqueadoraaEpitafio vuelve la cabeza hacia el camino, busca la silueta del Chorrito en el océano de sombras donde mueren los dos faros de su enorme camioneta pero como no halla lo que quiere engulle la amenaza que tenía ya entre los dientes: ¡media hora únicamente!

Como ha abierto ya la boca y ha también acicateado ya su lengua, sin embargo, Estela murmura: ¡pinche Nicho... qué buscarías inventando eso... qué ganabas? Luego, dándose otra vez la vuelta y contemplando el convoy que encabeza, LaqueadoraaEpitafio lanza a sus muchachos: ¡más les vale estar atentos!

¡Que esté todo mundo alerta!, insiste Estela, y echando a andar sus pasos rumbo al sitio donde yacen sus muchachos y sus viejas estaquitas suma: ¡tengan listas ahí sus armas... vaya a ser que se aparezcan de repente! Aún más lejos que hace rato, cuando el grito de LaqueadoraaEpitafio se deshace, vuelve a oírse el aullido y esta vez no ladra ningún perro: ha anunciado el coyote que se marcha.

¿Por qué siguen ahí metidos?, exhorta Estela tras un par de minutos y sus gritos son como empujones en la espalda de sus hombres: no pensaron que su jefa estuviera esperando que bajaran. ¡Cada quien tras una piedra!, señala LaqueadoraaEpitafio cuando están ya sus muchachos sobre el suelo de la sierra: ¡vaya a ser que aquí aparezcan disparando!

Esta palabra: *disparando*, viola a las sinalma que aún yacen sobre el suelo de la estaquita azul marino y a los sin-

Dios que siguen encerrados en la estaca rojo sangre, quienes ponen a andar sus pies de un lado al otro, deshaciendo el círculo que habían formado en torno del más viejo.

¡No hagan caso de lo que oyen… no va aquí
a pasarnos nada…no veo fuego yo adelante… no veo
ni oigo yo disparos en el aire… vuelvan todos
a mi lado… vuelve tú a darme la mano…aquí no va
a pasar nada… se los juro… por favor
cálmense todos!

¡Puto Nicho hijo de perra… ya sabía que traías algo entre manos… no tenía que haber ido hoy al hospicio!, se dice Estela ovillándose a espaldas de una piedra, y atestiguando cómo sus muchachos van también acuclillándose o hincándose asevera: ¡nadie tire aunque ellos lleguen disparando… solamente si me ven que lo hago yo antes!

En la distancia, tras otros dos minutos de silencio, vuelven a escucharse el rebuznar de los dos burros, los balidos de las cabras y el aullido del coyote: suena ahora éste tan lejos que es sencillo confundirlo con el viento que, de pronto, recorre La Cañada sorprendiendo a los muchachos aferrados a sus armas, al Chorrito: está llegando éste al retén que antes gobernara, a los soldados que apenas ayer fueron desplazados a este sitio y a LaqueadoraaEpitafio, que abrazándose las piernas lucha contra el frío que consigo trae el viento. Lo único que Estela logra al abrazarse, sin embargo, es acordarse de los brazos de Epitafio.

¿Por qué quiero que me escuches solamente cuando quiero que me escuches… ya tendría que haberte hablado… ya tendría que haberte dicho: te lo dije que se trae él algo raro!, medita Estela y abrazándose aún más fuerte añade:

¡pero no quiero que me oigas solamente cuando quieres tú escucharme... si te llamo no vas a aprender a respetarme... no vas a oír lo que te tengo que contar ni vas a oír lo que te tengo que decir del puto padre!

El viento que recorre la sierra, mientras Estela aprieta aún más el abrazo que a sí misma se está dando, arrecia arrancándole a las piedras los sonidos y las voces de los seres que hace años habitaron este sitio y que hoy son solamente polvo. Su canto pétreo, helado y hondo eriza los sentidos del capitán que ha llegado hace un instante al retén de La Cañada, de los hombres que lo están ahí recibiendo, de los muchachos aferrados a sus armas y de LaqueadoraaEpitafio.

¡Quiero contarte qué nos pasa y qué le pasa al padre Nicho... pero quiero antes que me llames y que veas que no te cuento!, medita Estela liberándose a sí misma de su abrazo y acariciándose los brazos para ver si recupera el calor que el viento está sacándole del cuerpo: ¡que seas tú el que me llame... que me llames y que veas que si me llamas soy distinta... aunque a ver si tú me crees cuando me llames que algo trama el pinche padre... que no es ya quien era antes!

¡Porque hoy justo te lo dije y no me hiciste ningún caso... no quiero ir a El Paraíso... eso fue lo que te dije y fue lo mismo que no haberte dicho nada... nunca escuchas si se trata de ese idiota... cómo ibas a escuchar que no es el mismo!, reclama LaqueadoraaEpitafio susurrando, y sus palabras, sin que pueda darse cuenta, ponen en alerta a una serpiente.

Esta serpiente que detiene su arrastrarse entre las lajas y se enrosca cuando vuelve a oír a la mujer que la amenaza: ¡nada quieres escuchar del puto Nicho... menos aún que está cambiado... como si fuera entre ustedes diferente... como si nunca!

¡Hijos de puta... hijo de puta!, lanza Estela interrumpiéndose de pronto y así también: de pronto, cambia el sujeto al que le habla: de Epitafio pasa al padre Nicho y al hacerlo alza el tono con que escupe sus palabras. ¡Hijo de puta... sabía que iba yo a hartarte... como si no lo hubiera visto antes con otros!

Entre las piedras de la sierra, mientras Estela sigue murmurando, la serpiente aprieta el nudo que se ha vuelto, sacude el cascabel y prueba el aire con la lengua.

¡Hijo de perra... sabía que ibas al final a traicionarnos!, clama LaqueadoraaEpitafio: ¿cuál será hoy tu traición... qué puta mierda estás planeando?, añade luego levantándose de un salto pues acaba de escuchar al cascabel que la amenaza. Entonces un temblor desciende por la espalda de Estela, que arrastrando sus dos ojos por el suelo busca a la serpiente pero no deja de hablarse: ¿dónde piensas traicionarnos... desgraciado hijo de puta?

¡De seguro que será en este retén de aquí adelante!, infiere Estela, y aceptando que sus ojos no darán con la serpiente gira tan despacio como puede. ¡Puto padre desgraciado... esto te valen tantos años?, continúa LaqueadoraaEpitafio alejándose despacio del sonido que enroscado sobre el suelo estaba a punto de atacarla: ¿cuántas veces se lo dije a Epitafio... hasta crees que con nosotros será siempre diferente!

Cuando el cascabel vuelve a callarse, Estela ya ha cambiado nuevamente el sujeto al que dirige sus palabras: ¡te lo dije hasta el cansancio... va al final también a ti y a mí a tirarnos! Luego, sin embargo, también se olvida de Epitafio porque ha dejado de dudar de la traición, y apretando el ritmo de sus piernas vocifera convencida: ¡es una trampa... el retén de aquí adelante es una trampa!

En el retén del que habla Estela, mientras tanto, el Chorrito explica a los que están allí apostados qué le dijo el padre Nicho en el hospicio y qué le acaba también ahora de decir: recién colgó él con el padre hace un momento. Dijo que mejor no la paremos mucho tiempo... que la hagamos perder tiempo pero no que pierda tanto, informa el capitán jugando con el cable del teléfono, y enredándoselo luego entre los dedos, como se enredan en su lengua las palabras, ratifica: que no hace falta que al hacerla perder tiempo la hagamos perder tanto.

Me dijo él que habló hace rato con sus hombres, agrega el Chorrito desenredándose el cable del teléfono y tratando de que no sigan saliendo las palabras enredadas de su boca: que habló él ya con sus hombres y que van a estar a tiempo... que estarán allí a la hora y que por eso pase lento pero pase. Luego, arrastrando su cojera hasta la pluma del retén donde mandara tantos años, el Chorrito recupera el sentido con el que habla y suelta: ¡vayan a esconderse y que parezca que no hay nadie... que al llegar yo me encontré todo desierto!

Hay que hacer que pase tras haberla retrasado, repite el Chorrito echando a andar por la vereda que lo trajo hasta este sitio, llevando su mirada al fondo de la noche y buscando en la distancia el ruido del motor de la Ford Lobo de Estela o de las dos viejas estacas hacia las cuales precipita su avanzar LaqueadoraaEpitafio, vociferando: ¿qué no oyeron o qué pasa?

¡Vamos a ir allí nosotros... no me va a joder ese pendejo!, advierte Estela enfurecida y sus gritos sacan a sus hombres de las piedras donde estaban escondidos y después los corretean sobre las lajas: ¡vamos a darle allí a estos pinches desgraciados! ¡Vamos ahí a sorprender a los traidores que aquí puso el padre Nicho!, amenaza Estela y esta vez es a los sinnombre a los que alcanzan sus palabras.

No se asusten... no va aquí a pasarnos nada...
no hagan caso de esos gritos... sigan todos
aquí junto... sigan todos aquí oyendo... que no tiemble más tu mano... que no escape lo que
observo... tú también vivirás un chingo
de años... también a ti te espera allí
una historia nueva... al otro lado.

Poco a poco, la voz del más viejo de entre todos los que vienen de otras patrias tranquiliza a los sinalma que ocupan la estaquita rojo sangre: en la estaquita azul marino, en cambio, no se escucha ni un hablar que sea capaz de sosegar a las sincuerpo que en el suelo siguen todavía tiradas y que empezando a temblar escuchan otra vez a Estela en la distancia: ¡súbanse a las putas estaquitas... quería tendernos una trampa... pues va a ver cómo le damos a su trampa!

Observando a sus muchachos, que tras correr entre las sombras de la noche suben en las dos viejas estacas, LaqueadoraaEpitafio exclama: ¡cada quien en su lugar y con su fierro preparado... vamos a llevarles nuestro fuego! ¡Vamos a arrasarlos!, suma Estela echando a andar hacia su enorme camioneta y diciéndose a sí misma: qué pendejada haber estado aquí esperando... tenía que haberme dado cuenta.

Justo antes de meterse en su Ford Lobo, Estela gira la cabeza, observa su convoy y anuncia: ¡no vamos allí ni a pararnos... nomás llegando hay que arrasar allí con todo! Luego gira la llave en el contacto y acelera repitiéndose en silencio: ¿por qué no lo entendí antes... puto Nicho desgraciado... no te importan ni el trabajo ni los años que te dimos!

Cuando el convoy que sigue a Estela se ha llevado el rumor de sus motores, el polvo levantado por las llantas vuelve al suelo lentamente: es una ola que en su extremo opuesto se está apenas levantando: metro a metro aceleran más y más su avanzar la Ford Lobo y las dos viejas estacas donde cruje el recortar de los cartuchos.

Acicateados por el rugir de estos motores, los perros que hace rato le ladraron al coyote se levantan y esta vez ladran al viento, que otra vez presume su violencia. ¡Eso es... sopla con fuerza... esconde mi convoy bajo tu polvo!, pide LaqueadoraaEpitafio al mismo tiempo que el Chorrito ve a lo lejos que se acerca este convoy y los que estaban hace nada aquí apostados buscan una grieta que los trague.

A ver ahora qué le digo, se dice el Chorrito levantando los dos brazos y batiéndolos con fuerza en el espacio, donde el viento hace bailar el polvo que levanta el convoy que a pesar de que se acerca desbocado va a frenar aquí de pronto. A ver cómo logro que me crea que no había nadie, se repite el hombre de la piel pegada al hueso mientras Estela delibera: ¡había olvidado a este pendejo!

¡De seguro estás metido en esto... debes haberte tú arreglado con el padre!, murmura Estela y advirtiendo que el Chorrito está cada vez más cerca duda si debiera detenerse o aplastar al puto cojo, que por su parte sigue preguntándose en silencio: ¿cómo voy a convencerte... a explicarte que tardé aunque no había aquí una sola alma?

¡Estás tú trabajando para Nicho... cómo pudiste hacerle esto a Epitafio?, susurra Estela todavía dudando si debiera acelerar o detenerse: un segundo antes de aplastar al capitán que ha cerrado ya los ojos y que ha apretado el cuerpo, LaqueadoraaEpitafio se decide y frena en seco su Ford Lobo. Luego, abriendo la puerta y apeándose de un salto, Estela inquiere: ¿qué chingado está pasando?

¿Qué chingado estás haciendo?, repite LaqueadoraaEpitafio echando a andar sus piernas mientras derrapan, detrás suyo, las dos viejas estaquitas: los muchachos aferrados a sus fierros bajan entonces también ellos dando un salto, y las sinvoz, en la estaquita azul marino, ruedan sobre el suelo.

Los sintiempo, en cambio, en la estaquita rojo sangre, se agarran de las manos y consiguen mantener el equilibrio escuchando al más viejo que hay entre ellos.

> Según mi juicio me precisa... encontrarás justa venganza tú a esta guisa... escucha bien lo que te digo... de gran sentencia te hará entrega mi palabra... aún a pesar de que esta hora es negra y no ves nada... se arrimará el sol a ti y se abrirá un enorme valle de años buenos.

Mientras sus hombres se dispersan por la brecha y el polvo que han alzado los vehículos se funde con el polvo que levanta el viento que castiga aún más fuerte que antes al retén y a los soldados que corrieron a esconderse, Estela se acerca al Chorrito: ¿qué chingado está pasando?

—Está desierto.

—¿De qué mierda estás hablando?

—Aquí no hay nadie.

—¿Cómo puede no haber nadie? —pregunta Estela alcanzando al capitán al mismo tiempo que machaca en su silencio: hijo de puta.

—Lo recorrí todo enterito y nada más aquí no hay nadie —insiste el Chorrito mientras la voz de sus adentros le sugiere: no te está creyendo nada.

—No te creo... tiene que haber alguien ahí dentro.

—Yo tampoco podía creerlo —dice el Chorrito y luego añade—: deben haberse ido en la tarde... a veces pasa con los nuevos.

—¿A veces pasa? —inquiere LaqueadoraaEpitafio avanzando un nuevo paso y obligando así a retroceder al capitán que tiene enfrente.

—Les da miedo por la noche… ya lo he visto otras veces.

—¿Ya lo has visto?

—No es tan fácil aguantar la primer noche —asevera el de la piel pegada al hueso y otra vez oye la voz de sus adentros: eso es… sigue este rumbo… te está ahora ella creyendo—: oscurece y quieren irse… faltó aquí un capitán o algún teniente.

—¿No andarán por ahí ocultos? —interroga Estela ensartando en sus pupilas al Chorrito, y avanzando un nuevo paso ordena a sus muchachos que levantan sus metales.

—Podría ser… que están haciendo… en una de ésas… qué sucede… igual está alguno escondido —titubea el capitán viendo las armas levantarse y observando luego, en las pupilas de Estela, el fuego de la duda.

—¡Ya sabía que algo pasaba… era raro que estuviera esto vacío! —lanza LaqueadoraaEpitafio buscando en su cintura el arma que allí carga y contemplando el cuartucho del retén de La Cañada en el instante en que aterriza una lechuza encima de su techo.

—También eso he visto que hacen… por qué agarras… cuando ven que hay alguien cerca corren todos a esconderse… por qué tu arma —vacila el Chorrito volviendo él también el rostro—: luego esperan que uno llegue aquí confiado y ¡pum… te caen encima!

—¿Te caen encima… eso crees que va a pasarnos?

—No te estoy diciendo eso.

—¡Qué puta mierda estás diciendo entonces? —pregunta Estela enfurecida.

—Que podrían estar en cualquier parte —suelta el Chorrito y la voz de su cabeza lo amenaza: estás metiéndote en su trampa.

—¿En cualquier parte? —inquiere LaqueadoraaEpitafio masticando sus palabras y sintiendo en el pecho un regocijo.

—En cualquiera... por qué mejor no sueltas eso... por qué no... mejor vámonos ya yendo —balbucea el capitán de nueva cuenta.

—¿Mejor vámonos ya yendo? —arremeda Estela levantando la cabeza en el instante en que aterriza otra lechuza encima del cuartucho.

—Hay que largarnos lo más pronto que podamos —se enterca el Chorrito y la voz de sus adentros lo abandona: te metiste hasta el fondo y ya ni sabes qué chingado estás diciendo.

—¿No querías aquí quedarte... por qué quieres de repente acompañarnos?

—¿Por qué quiero?

—¿Por qué quieres que dejemos este sitio? —repite LaqueadoraaEpitafio exprimiendo el regocijo de su pecho: ha decidido ya que todo ha terminado para el hombre de la piel pegada al hueso.

—¿Por qué quiero... quiero... por qué... qué por quiero? —tartamudea el Chorrito y sus palabras son seccionadas por la voz de la mujer que ahora lo obliga a desandar un nuevo paso.

—¿En serio crees que soy pendeja? —reclama Estela—: ¡a mí podías traicionarme... pero cómo te atreviste a traicionar a Epitafio!

—¿A traicio... por favor... suelta eso... a Epitafio?

—¡Hijo de puta... en serio creíste que yo no iba a darme cuenta... que no iba a descubrir que estás mintiendo?

—¿Mintiendo... de qué... no me hagas... estás diciendo? —se enreda el Chorrito y aferrándose a su última esperanza disfraza de insolencia sus palabras—: ¡no he traicionado nunca a nadie... aquí no va a pasar nada!

—¡Exactamente... aquí no va a pasar nada porque vas a dar ejemplo! —grita Estela y agarrando por los pelos al capitán lo arrastra hacia el cuartucho del retén de La Cañada, en cuyo techo las lechuzas están ahora ululando.

Sorprendidos, los muchachos que obedecen a Estela atestiguan cómo su jefa lanza al Chorrito sobre el suelo, cómo lo patea, vuelve a arrastrarlo y alzándolo de nuevo de la tierra lo apoya ante la puerta. Aunque no sé dónde putas se escondieron te lo apuesto que están viendo, susurra LaqueadoraaEpitafio al oído del de la piel pegada al hueso, y grita: ¡al que se atreva a hacernos algo va esto mismo a sucederle!

Aunque quiere prometer que él no ha hecho nada, el capitán ya no consigue articular ni una palabra: su lengua ha muerto antes que el resto de su cuerpo, y el Chorrito, que quisiera estar ahora suplicando, no consigue más que oír a la mujer que ahora le manda: ¡di su nombre... quiero oírte... di Epitafio en este instante! ¡E-pi-ta-fio... puta mierda... di Epitafio!, clama Estela enloqueciendo y su hablar sacude a los muchachos que la siguen, a los hombres escondidos en las grietas de la sierra y a los sinDios que llegaron de otras tierras.

> Lo veo claro... tan claro como no había visto nada...
> se marcharán al fin las sombras... verás tú muchos
> horizontes todavía... volverás a estar con esos que
> te quieren... volverán a ti aquellos que tú quieres...
> premiará la vida tus esfuerzos y tus ruegos.

El eco del disparo que destroza los dientes, la garganta, el hipotálamo y la nuca del Chorrito secciona las palabras del más viejo de entre todos los que son de más allá de las fronteras, ahuyenta a las lechuzas que seguían sobre el techo del cuartucho, acicatea los murmullos de los hombres que obedecen a Estela y hunde aún más en sus grietas a los seres que corrieron a esconderse: estos seres a los que ahora, tras soltar el cuerpo del soldado, dirige Estela su última amenaza: ¡más les vale no estorbarnos!

¡Si no quieren terminar como este cojo no se acerquen... y no vuelvan a servirle al padre Nicho!, reclama Estela dándose la vuelta y caminando hacia sus hombres suma: ¡otra vez todos arriba que dejamos ya este sitio! Espiando el caminar de LaqueadoraaEpitafio y de sus hombres, los soldados escondidos sienten cómo se derriten sus entrañas y así, sucios de miedo, embarrados de vergüenza, se aferran a sus grietas cuando Estela alcanza su Ford Lobo.

Ni siquiera el hedor que los envuelve conseguirá que estos soldados se levanten de sus hoyos y regresen al retén que está a su cargo: no volverán pues estos hombres a este sitio hasta que no hayan transcurrido varias horas: cuando aquí no queden rastros de Estela y sus muchachos, cuando se hayan éstos ya encontrado con los hombres que dejaron la Meseta Madre Buena, cuando Epitafio haya salido finalmente de su casa y cuando los chicos de la selva hayan vendido el contenido de sus bultos en el pueblo en donde se hallan.

Para que todo esto suceda, sin embargo, falta aún un largo rato: están los chicos de la selva apenas extrayendo de sus bultos las cosas que perdieron en el claro El Tiradero los que llevaban varios días andando, está Epitafio entrando apenas en su casa, están apenas en las faldas de la sierra los que son de Lago Seco y está Estela apenas encendiendo su Ford Lobo. Esta camioneta que después de un breve instante, tras avistar en el espejo que sus hombres han subido en sus estacas, pone en marcha LaqueadoraaEpitafio mientras rumia: estoy harta de esta sierra.

Más bien harta ya de todo, se corrige Estela y acelerando su Ford Lobo vuelve a extraviarse en los caminos de la sierra, donde pronto parará para llamar a Epitafio, al mismo tiempo que extravía su cabeza otra vez por los caminos de su mente: ¿cómo puede ser que tantos años valgan hoy así de poco... que tanto dado nos lo cobre el puto padre así de caro? ¡Y tú y yo tan preocupados... pensando siempre cómo hacer para que no fuera a sentirse él decepcionado... dejando que la vida se nos fuera entre sus manos!

¡Preocupados todo el tiempo de que no fuera a pensar él que lo estábamos dejando... decidiendo siempre por su bien y nunca por el nuestro... tú aguantaste hasta casarte con Osaria!, insiste Estela en su cabeza pero de golpe para en seco su extravío: sabe bien que si ella sigue no se detendrá para llamar a Epitafio, que acabará extraviándose en las brechas de esta sierra donde el viento ha detenido su coraje y donde vuelven a escucharse los aullidos del coyote, los balidos de las cabras y el rebuznar de varios burros escondidos en la noche.

Esta misma sierra en cuyas faldas circula ahora el ex camión municipal de la basura que dirige a Estela y sus muchachos su camino: sería por eso bueno que al final sí extraviara LaqueadoraaEpitafio aquí su ruta. Bueno para ella, sus muchachos y los sinnombre que llegaron de muy lejos pero no para los seis rasos que otra vez apuestan en la caja blindada en apariencia, ni tampoco para El Topo y El Tampón, que en la cabina de su falsa camioneta de valores viajan extraviados en la historia que uno está contándole ahora al otro.

VI

—Pero peor fue lo del hijo —asevera El Tampón tras un par de segundos.

—¿Qué del hijo? —pregunta El Topo despegando una mano del volante y bostezando.

—¿Ya te hartaste... te doy sueño?

—¿De qué mierda estás hablando?

—Si eso quieres ya me callo —suelta El Tampón abriendo la hielera y sacando una cerveza.

—Lo que quiero es que me cuentes —afirma El Topo alcanzando también él la hielera—: es nada más que estoy cansado.

—Pues ya no quiero contarte —lanza El Tampón destapando la cerveza que El Topo le ha pasado—: por eso nunca sabes nada.

—Lo dice el genio.

—Vete mucho a la chingada.

—El señor enciclopedia —provoca El Topo, pero alargando luego el brazo y chocando su botella con la botella de El Tampón pide perdón a su manera—: ándale, sígueme contando.

—Estaba más loco que el padre... en serio fue peor lo que él hizo —dice El Tampón recuperando el hilo y dejando su cerveza en el tablero—: estaba ese hijo como cabra.

—¿Pero de qué hijo estás hablando? —inquiere El Topo, y señalando la botella que El Tampón acaba de dejar sobre el tablero añade—: no la dejes ahí que va a caerse.

—¿Cómo no vas a saberlo... lo sabe todo Lago Seco... qué te digo Lago Seco... lo sabe toda la meseta! —suelta El Tampón alcanzando su cerveza nuevamente—: estoy hablándote del hijo que le vive.

—Hay un montón que son sus hijos —revira El Topo abriendo su ventana y lanzando hacia la noche la botella que ha vaciado ansiosamente.

—Pero hay uno nada más con su apellido… el único Alcántara que queda.

—¿Estás diciendo el hijo hijo… el que anduvo con mi jefe? —pregunta El Topo riendo—: ¿ése que vi cuando era niño?

—¡Hijo de puta… ves que sabes! —estalla El Tampón, y aventando su botella él también por la ventana reta—: vete a burlar de otro pendejo.

—Estoy bromeando… no te arranques otro drama —afirma El Topo divisando en la distancia el mismo anuncio que El Tampón está leyendo, y pensando: ahora sí ya estamos llegando, suma—: sé qué hijo pero no sé lo que hizo… así que cuéntame que allí no podrás contarme.

—Ahora sí quieres saberlo… nada más porque ya vamos a llegar te entra la prisa —reclama El Tampón echando el cuerpo hacia delante, y señalando los destellos que titilan en el fondo de la noche añade—: vas a quedarte con las ganas.

—Acuérdate tú entonces… te lo voy a recordar cuando me pidas que te cuente yo a ti algo.

—¿Cuándo me has contado tú algo? —reclama El Tampón abriendo la hielera nuevamente.

—¡No te vas a tomar otra! —grita El Topo dándole a El Tampón un manotazo y cerrando al mismo tiempo la hielera—: ¡no llegaremos ahí chupando!

—Me da tiempo de acabármela —asegura El Tampón abriendo la hielera nuevamente, y señalando los destellos que palpitan a lo lejos interroga—: ¿o es que no alcanzas a ver cuánto nos falta?

—Mira quién viene chingando.

—¡Cuando estemos a unos metros igual sí alcanzas a verlo! —provoca El Tampón pero al instante se arrepiente y vuelve a la pregunta que ya hiciera hace un momento—: ¿cuándo me has contado tú algo?

—¡Ahora resulta… quién te dijo de su hijo ese deforme? —inquiere El Topo acelerando el ex camión municipal de la basura—: y no sabrías tampoco lo que hizo con mi jefe si no fuera porque yo te lo he contado.

—Tienes razón —acepta El Tampón destapando su cerveza, y abrazando el impulso que lo hizo hace un segundo arrepentirse elige no seguir peleando.

—No tendrías ni puta idea de que fue ese desgraciado… de que fue él quien contrató a mi jefe para ir aquella tarde a la breña… para matar al loco ese… para acabar ahí con la rabia y con los perros de su padre.

—¿Quién diría que iba el puto a traicionar luego a tu jefe… aunque si había ya traicionado el muy puto a su padre tampoco es de sorprenderse.

—¿Puto… ya quisiera ése ser puto!

—¡Puto no es cualquier pendejo! —completa El Tampón echando el cuerpo hacia delante, y aunque querría seguir bromeando señala los destellos que de golpe se descubren como fuegos—: allí está Tres Hermanos.

—Te lo dije que no iba a darte tiempo… mejor tira ya esa madre —pide El Topo observando la cerveza de El Tampón, y reduciendo la velocidad del falso vehículo blindado añade—: júrame antes de llegar que luego sí vas a contarme.

—¿Crees que sepan que venimos… que les haya él llamado? —interroga El Tampón tirando su cerveza, y contemplando los tres tambos que vomitan a la noche sus ardientes llamaradas suma—: ese cabrón lo olvida todo… pinche Sepelio más le vale haber llamado.

—No te hagas pendejo… júrame que vas luego a contarme —insiste El Topo tocando el claxon del ex camión municipal de la basura.

—Te prometo que al largarnos te lo cuento —se compromete El Tampón viendo los tambos que arden al otro lado de la reja principal de Tres Hermanos—: deben tener mucho trabajo… a ver si aceptan los que vamos luego a traerles.

—Si no quieren no sé qué mierdas haremos —apunta El Topo estacionando la falsa camioneta de valores—: si el Sepelio no mintió la pobre Estela trae un chingo.

—¡Otra vez la misma mierda… por qué pobre? —reclama El Tampón mirando a El Topo—: ¿qué te importa a ti esa vieja?

—Ahí están esos pendejos —suelta El Topo cambiando el tema y señalando a los dos viejos que se ven en la distancia.

—Ya los vi desde hace rato —indica El Tampón tratando de advertir con qué actitud se acercan los hermanos que está viendo—: te apuesto que el pendejo se olvidó de hablarles a ellos.

—Ahora vamos a saberlo —apunta El Topo y luego de un momento añade—: te toca a ti esta vez bajarte… yo bajé la vez pasada.

—Hijo de puta… a ti siempre te tocó la vez pasada —dice El Tampón abandonando el ex camión municipal de la basura y echando a andar hacia la reja que resguarda Tres Hermanos.

Alargando el brazo hacia el tablero en donde yacen las muñecas ataviadas con camisas y con shorts de futbolistas, el cristo disfrazado de soldado que es también destapador, el diminuto pino navideño y el pitufo revestido con el ayate de Juan Diego, El Topo alcanza los cigarros y la caja de cerillos al mismo tiempo que observa a El Tampón en el momento que éste llega hasta la reja, apoya allí los brazos y aguarda a que se acerquen los dos viejos que están aún atravesando su imperio.

Con el cigarro entre los labios, El Topo intenta raspar la cabecita del cerillo pero al hacerlo se da cuenta de que está aún más nervioso de lo que él mismo esperaba, y cerrando los ojos intenta no pensar en El Tampón ni en esos viejos que se siguen acercando. Entonces, sobrevolando las profundidades de su mente, El Topo se repite: mejor piensa en otra cosa, y es así que evoca a Estela: esta mujer que recorriendo los caminos de la sierra, para no pensar en Epitafio ni en el padre ni en su vida, se mete dos rayas de coca y piensa en los dos chicos de la selva.

Estos dos chicos que hace apenas un momento, en la plaza principal del pueblo que para ellos es Toneé y que al otro lado del gran muro es Olueé, han terminado de tender sobre las lozas de la plaza las dos mantas sobre las cuales ponen ahora los enseres y las cosas que perdieron, en el claro Ojo de Hierba, los sinnombre que ellos traicionaron.

Agotado, el mayor de los dos chicos se ha tumbado en un arriate, mientras el menor, acicateado por su anhelo de cruzar por fin al otro lado de la barda que divide en dos las tierras arrasadas, ofrece a gritos los objetos, las pertenencias y los bienes que extraviaron, en el claro El Tiradero, los sinalma que cruzaron hace días las fronteras a estos otros seres que recién las han cruzado hace unas horas.

Con los ojos cerrados y las manos convertidas en almohada, el mayor de los dos chicos ruega al cielo que no apure el menor tanto la venta pues no sabe cómo va luego a explicarle que no quiere tampoco hoy llevarlo al otro lado: pero mejor no pienso en esto, se dice el mayor cambiando la imagen que hay en su cabeza, y evocando el rostro de Epitafio resuelve que ha sido un acierto empezar a trabajar con ese hombre que ahora mismo está saliendo de su casa porque quiere ir al baño y éste está del otro lado del terreno.

Este terreno que Epitafio cruza pensando en Estela: esa mujer que acaba de parar hace un momento allá en la sierra para hablarle y contarle la traición del padre Nicho. La misma mujer en la que todavía está pensando El Topo cuando de golpe abre los ojos y otra vez observa a El Tampón ante la reja, aguardando a los viejos que fundaron Tres Hermanos.

Sin alejarse uno del otro, los dos viejos que quedan aún en Tres Hermanos, este taller de carretera que devino gran deshuesadero y que la gente empezó hace tiempo a referir como El Infierno, finalmente se acercan a la reja que deslinda su universo y que protege su existencia, sin entender qué hacen ahora ante su puerta esos muchachos que de tanto en tanto vienen.

No tendríamos ni que abrirles, suelta el trillizo encanecido aunque sabe que su hermano está diciéndose lo mismo: que se queden allí afuera hasta que se harten y se larguen… a ver si así por fin lo entienden. En torno de los trillizos que aquí quedan baila el humo de los tambos, se sacude la lumbre que revuelve la penumbra y una manada de perros esqueléticos pelea por una hembra en celo.

No les voy a abrir la reja… que hablen ahí de ese otro lado, asevera el trillizo que hace años decidió teñir su pelo y sus palabras son las mismas que habría dicho su hermano. A ver si entienden de una vez que no pueden venir cuando ellos quieren, suma el trillizo encanecido a un par de metros de la reja y, haciendo un ademán con ambas manos, solicita a los que son de Lago Seco que apaguen las luces de su falsa camioneta de valores.

Obediente, El Topo apaga los faros del vehículo blindado en apariencia y las sombras de los hombres que ya están ante la reja multiplican sus presencias y se mueven con el ritmo de las llamas: ¿por qué vienen a esta hora… por qué así sin llamar antes? Detrás de los hermanos, cuando el que había permanecido en silencio secunda al que había hablado: ¿qué no saben que aquí hay reglas?, gana un perro la batalla de las ansias, la hembra en celo aúlla y los animales derrotados tarasquean al victorioso.

¡Te lo dije que el idiota no iba a haber llamado!, reclama El Tampón retirando su atención de la jauría y volviendo el rostro al ex camión municipal de la basura: ¡ya sabía que iba a olvidarlo! Estas palabras, sin embargo, El Topo no alcanza a escucharlas y su mente las convierte en otra cosa: es por eso, porque cree que necesita El Tampón que baje él a respaldarlo, que abre su puerta y se apea sin pensar en lo que hace. Sobre la vieja carretera estalla entonces el claxon de un vehículo que casi lo atropella y suena luego el derrapar de cuatro llantas.

Los chillidos del hule en el asfalto hacen reír a los hermanos que gobiernan El Infierno y sorprenden a los perros: aterrada, la manada que comparte un mismo gen dañado: tienen todos una pupila azul y café la otra, se dispersa entre los tambos y los coches deshuesados mientras el perro a cuyo miembro está aún pegada la hembra echa a correr desesperado, arrastrando tras de sí a la perra cuyo hocico barre el suelo de El Infierno.

¡Súbete ahora mismo… pinche idiota!, brama El Tampón volviéndose hacia El Topo y avanzando varios pasos: ¿por qué mierdas te bajaste… qué no oíste que te dije: no te bajes! Al oír los gritos de su jefe, los seis rasos encerrados en la caja desesperan y, mirándose unos a otros, se interpelan: ¿qué estará pasando ahora allá afuera? Por su parte, los dos viejos que gobiernan Tres Hermanos ríen a carcajadas y relajan sus corajes, advirtiendo al mismo tiempo que El Tampón vuelve a acercarse hacia su reja: ¡buenas noches!

—¿Qué chingado están haciendo en este sitio?

—…

—¿No escuchaste a mi hermano o por qué mierdas no contestas?

—Iba a hablarles… el Sepelio… pero creo que.

—¡Otra vez la misma historia! —anuncia el trillizo encanecido, dirigiendo su mirada hacia su hermano.

—Me dijo él que iba a llamarlos… que hablarían él o el padre Nicho —insiste El Tampón apoyándose en la reja.

—Aquí no ha llamado nadie —dice el hermano que además del pelo se tiñe la barba y el bigote.

—¿Por qué no se les ocurre algo distinto?

—Ellos tenían… iban ellos a pedir que nos dejaran irnos por aquí hacia la sierra… que se hicieran luego cargo de una carga.

—¡Que aquí no ha llamado nadie! —se enterca el trillizo encanecido, aporreando la reja.

—¡Ni Sepelio ni el padre! —asevera el teñido, agarrando las dos manos de su hermano y susurrando—: ¡cálmate que vas a hacerte daño!

—…

—Están pendejos si se creen que van a usar nuestro camino.

—¡Vuelve a tu camión y váyanse largando!

—No podemos… me da que eso yo no puedo —lanza El Tampón y luego añade—: también iban a decirles que les vamos a pagar más que otras veces… se los juro que Sepelio iba a decirles.

—¿Por qué tendríamos que creerte… tú no habías hablado nunca de Sepelio! —advierte Encanecido, apoyándose también él en la reja.

—Tampoco habías tú nunca mencionado al padre Nicho —suma Teñido—: ¿por qué vamos a creerte que trabajan ahora juntos?

—Si eso quieren los llamamos —propone El Tampón al mismo tiempo que se dice: puta mierda… ojalá que me conteste.

—Nos da igual que ahora lo llames… ése no es aho.

—¿Bueno… Sepelio?

—¿Por qué mierdas me marcaste?

—Escúchame un momento.

—¿Cómo tengo que explicarte a ti las cosas? —pregunta Sepelio, y encimando sus palabras suma—: ¡no me llames cuando estoy con Epitafio, eso fue lo que te dije; sólo yo puedo llamarlos!

—Estoy en El Infierno —apresura El Tampón—: estoy aquí y no los llamaste.

—¡Puta mierda… El Infierno!

—Exactamente… ahora dicen que no vamos a pasar ni aunque roguemos.

—Esos viejos y sus putas obsesiones.

—Que no vamos a pasar y que no van a recibirnos luego nada.

—Pásamelos que hablo yo con ellos —pide Sepelio y otra vez apura sus palabras—: y no vuelvas a llamarme… nada más te contesté porque Epitafio está en el baño… yo decido cuándo hablamos.

—Órale pues ya te los paso —suelta El Tampón despegándose el teléfono del rostro y pasándolo a través del entramado de la reja.

—¿Bueno? —inquiere Sepelio.

—¿Sepelio? —interroga el trillizo encanecido.

—Exactamente.

—¿Qué chingado está pasando? —pregunta Encanecido compartiendo el teléfono que acaban de entregarle con Teñido.

—Lo siento… les tenía que haber hablado —asevera Sepelio—: necesitamos… necesito que nos dejen hoy usar su paso… a esos pendejos… que los reciban luego de regreso.

—Nada más porque eres tú y porque es también el padre Nicho —se compromete Encanecido.

—¿Es verdad que van a traernos una carga? —cuestiona Teñido acercando él también los labios al teléfono.

—Exactamente… de la sierra —explica Sepelio—: les pagaremos además mucho más que antes.

—Eso ya luego lo vemos —corta Encanecido.

—Se los juro que les quedo debiendo una.

—¿Te lo paso otra vez a este pendejo? —pregunta Encanecido observando a El Tampón un breve instante.

—Nomás dile que no vuelva a llamarme… que si quiero hablar.

Las palabras que Sepelio está diciendo se deshacen en su lengua cuando escucha que han colgado al otro lado de la línea. Par de locos… siempre quieren que uno llame y siempre tienen luego prisa, razona Sepelio, y guardándose el teléfono alza sus ojos a la noche y mira el cielo que sepulta el sitio en que se encuentra.

Tras dejar que vaguen sus pupilas por el alto firmamento, Sepelio desliza su mirada y contempla el contorno de las copas de los árboles más altos, observa luego sus ramajes más tupidos, ve después los sitios donde los troncos se dividen en sus brazos y tras uno de éstos ve la antena de la casa de Epitafio. Luego mira un par de cables, el techo con sus tejas, las paredes mal pintadas, las ventanas y la puerta.

Levantando el cuerpo del columpio en que se halla, Sepelio rumia: nos dijo él que sería solamente un rato y ya llevamos aquí un chingo. Apurando el paso entre la hierba descuidada del jardín de Epitafio, Sepelio avanza hacia el camino que conduce rumbo al baño donde sigue aún encerrado ElquequieretantoaEstela, y volviendo el rostro ordena a Mausoleo: ¡ve subiéndote tú al tráiler… a ver si así lo apuramos!, al mismo tiempo que se dice: ¡hijo de puta… siempre es todo como él quiere!

Sorprendido de que le hable a él Sepelio, Mausoleo clava las plantas de sus pies sobre la tierra, frena su estarse balanceando en el columpio al que entró haciendo un gran esfuerzo y se levanta dando un salto. ¿Por qué ahora empieza a hablarme?, se pregunta el grandote atravesando el jardín de casa de Epitafio y al hacerlo se da cuenta de que es otro el asunto que le importa: ¿por qué habló a mi lado con la gente esa con que habla?

¿Por qué no le importó a él que allí estuviera yo a su lado… qué quería él que yo escuchara?, duda Mausoleo a unos metros del gran Minos, pero en lugar de responderse frena y le da vuelta a su recelo: ¿a poco cree que yo no entiendo lo que pasa… a poco piensa que es igual lo que yo escuche? Apretando sus dos puños y masticando su coraje, el grandote vuelve el rostro hacia el jardín de Epitafio: en éste, sin embargo, no hay ya nadie: Sepelio está llegando al baño en el que está Epitafio encerrado.

VII

Encerrados en sus jaulas, seis canarios y un par de pericos saltan cuando Sepelio pasa a un lado suyo y grita, ante la puerta de este baño construido al fondo del terreno en el que viven Epitafio, la esposa que le impuso el padre Nicho y el pequeño que ella parió en el hospicio El Paraíso: ¿por qué sigues allí adentro... nos dijiste: voy a mear y nos largamos!

¡Vamos a irnos cuando diga que nos vamos... deja ya de estar chingando!, responde Epitafio y sus palabras salen del cuartucho que hace poco era letrina como salen los relámpagos del cielo. ¿Quién te crees tú para estarme a mí apurando?, añade ElquequieretantoaEstela y las facciones de Sepelio se hinchan de ira mientras vuelven, en sus jaulas, a alebrestarse los cotorros y canarios.

¿Quién me creo... hijo de puta... quién me creo?, exclama Sepelio y está a punto de estallar cuando otra vez grita Epitafio: ¡no eres nadie para estar diciendo nada! ¡No eres nada ni eres nadie!, insiste Epitafio sin reparar en sus palabras pues su cuerpo y su cabeza están sólo pendientes del teléfono que tiene entre las manos: lo llamó Estela hace rato y no pudo contestarle.

Mientras estaba aún en su casa y le explicaba a Osaria, esa mujer de la que el padre Nicho abusara tantas veces, que nomás venía a dejarle un par de cajas vibró el teléfono anunciando una llamada. Un tornado de coraje giró entonces dentro de Epitafio: sabía él que a esa hora podía ser sólo Estela. Cuando menos ya pasaste La Cañada, pensó acariciándose el bolsillo, clavando sus dos ojos en Osaria y odiándola un poquito más que siempre.

Luego, aunque el teléfono ya no volvió a vibrar, su tener que estarse quieto puso ansiosa el alma de Epitafio y apurando sus quehaceres acostó al hijo de Osaria, se despidió de esta mujer a la que no aprendió nunca a querer y salió al jardín en donde estaban esperándolo Sepelio y Mausoleo: voy al baño y nos largamos. Ya en el baño, Epitafio sacó este teléfono que tiene entre las manos y comprobó lo que sabía desde hacía rato: era Estela, que detuvo su descenso allá en la sierra, quien había llamado hacía un momento.

¡Ahora sí que vas a estar encabronada!, fue lo primero que se dijo Epitafio al ver su número en la pantalla del pequeño aparato que ahora salta entre sus dedos: vas a creer que sigo sin querer yo a ti llamarte y vas a estar más que emputada, sumó ElquequieretantoaEstela en su silencio y decidió que había llegado la hora de llamarla. Justo entonces, sin embargo, escuchó el ruido de unos pasos acercándose al baño y oyó luego a Sepelio preguntando: ¿por qué no nos hemos ido... nos dijiste voy a mear y nos largamos!

¿Quién putas te crees para venir tú a apresurarme?, respondió Epitafio enfurecido y sus dedos tropezaron en las teclas. ¿Quién putas te crees... pinche Sepelio, hijo de perra?, insistió ElquequieretantoaEstela acercándose a la puerta de este baño que hace poco era letrina y guardándose el teléfono de nuevo. Justo antes, sin embargo, de agarrar el pomo y de salir para encararse con Sepelio, Epitafio se detiene, se recuerda que le quiere hablar a Estela y en lugar de abrir ordena: ¡vuélvete ahora mismo al tráiler... no me estés aquí chingando... vamos a irnos cuando diga que nos vamos!

¡Que nos vamos!, imita una cotorra en su jaula y la ira que hace apenas un momento tensó el rostro de Sepelio, que se está dando la vuelta para volver rumbo del tráiler mientras rumia: hijo de puta... nada más porque ya no voy a tener que obedecerte, se dirige contra el ave: ¡a ti quién te está hablando? ¿Cómo que a mí quién me está hablando... a quién si no estás tú chingando?, ruge Epitafio sacando su teléfono de nuevo, sentándose en la taza y arrastrando a Sepelio a la misma confusión a la que acaba él de meterse.

¡No era a ti a quien yo le hablaba!, trata Sepelio de explicar pero la rabia de Epitafio vuelve a interrumpirlo: ¡vete a Minos y no sigas aquí hinchándome los huevos... pinche idiota hijo de puta! ¡Hijo de puta!, arremeda la cotorra y Sepelio acerca el rostro hacia la jaula de madera: más que las palabras que el ave ha escupido es el sonido de las risas de Epitafio, que en el baño ha entendido qué sucede, el puñal que hiere el amor propio de Sepelio.

No me va a insultar un loro, asevera Sepelio levantando la puerta de la jaula, y metiendo en ésta las dos manos advierte, sin pensar en lo que dice: ¿quién putas te crees para decirme lo que piensas? ¿Quién putas me creo para decirte lo que pienso?, interroga Epitafio, divirtiéndose en el baño con lo que está afuera pasando, pero el rostro de Estela irrumpe en su cabeza y reconstruye lo que estaba él pensando. ¡Voy a salir dentro de poco y más te vale que ya estés allá en el tráiler!, amenaza ElquequieretantoaEstela, cerrando los ojos.

¡Más les vale que estén tú y Mausoleo allí listos!, refrenda ElquequieretantoaEstela, contemplando en la penumbra de sus párpados caídos la efigie de la mujer que quiere tanto: ¡y tú ojala que me contestes! La advertencia que Epitafio lanza, sin embargo, ya no la oye Sepelio: está él atravesando el jardín con el perico aleteándole en las manos y en la casa ha encendido Osaria, esta mujer que como tantas otras volvió padre al padre Nicho, el televisor que está aquí siempre haciendo ruido.

Como si hoy no quisiera ella escuchar ninguna otra cosa, Osaria sube al máximo el volumen y las voces que se pisan y se empujan llenan la penumbra: son tantos los susurros que

Epitafio, Sepelio y Mausoleo, en los sitios en que cada uno se encuentra, se sienten de golpe acompañados. Por su parte, los sinnombre *que agotaron hace rato ya su llanto y empujados por el ya-no-queda-nada comenzaron a contarse sus pasados* callan un par de segundos y no vuelven a hablar hasta que entienden que esas voces que ahora escuchan vienen de una tele.

"Me da rabia que estés sólo esperando por largarte..."
eso me dijo a mí mi padre... "mejor debías tú
de quedarte aquí en tu tierra... aquí que están tus vivos
y tus muertos... no te espera a ti allá nada... mira
cuántos se devuelven humillados... cuántos ni regresan
ni allá llegan..." pero no le hice caso...
y ahora estoy aquí metido.

Protegidos de los otros por el ruido de la tele, los tres hombres que llegaron a este sitio hace media hora se hunden más y más en lo que está cada uno haciendo: espabila Epitafio sus pulgares y rogando que no esté Estela furiosa se pregunta qué tendría que decirle al saludarla; Sepelio deja encima del columpio, en el que estuvo antes sentado, a la cotorra que le dijo: ¡hijo de puta!, y Mausoleo se martiriza, en la cabina del gran Minos, preguntándose otra vez qué está pasando entre los hombres que acompaña.

¿Qué me estoy aquí perdiendo?, machaca Mausoleo en su silencio, y golpeando con los puños el tablero emerge de sí mismo: levantando la cabeza saca entonces sus ojos al jardín y ahí distingue a Sepelio en el instante en que levanta éste una piedra: ¿qué chingados está haciendo? ¡Puto loro desgraciado!, grita Sepelio alzando aún más la piedra y dejándola caer sobre el perico, que en el columpio se deshace como un ave de origami: ¡con quién crees que estás hablando?

¡No me va a insultar a mí un cotorro!, exclama Sepelio levantando la piedra ensangrentada, y rematando el amasijo de tendones y de plumas añade: ¡pronto no me va a insultar ya nadie! Las palabras que Sepelio lanza cruzan el espacio y dan con las orejas del gigante, pero no alcanzan los oídos de Epitafio, que en el baño en el que sigue encerrado se atreve finalmente a marcar el número de Estela.

El corazón de ElquequieretantoaEstela se detiene y todo él se hunde en el cráter de silencio que de pronto se abre en su oído izquierdo: ojalá que me contestes… que no estés encabronada. Las palabras que Epitafio está pensando mientras oye el parpadeo aciago y lento de la espera, sin embargo, son segadas de raíz por esa voz que asevera: *el teléfono que acaba de marcar está apagado o se encuentra fuera de nuestra área de servicio.*

Decepcionado, Epitafio se levanta, decide lanzar contra el suelo su teléfono pero al instante se arrepiente: el aparato, sin embargo, brinca entre sus dedos, escapa y cae dentro del tanque cuya tapa se rompió el mismo día que lo instalaron. ¡Puta madre!, grita ElquequieretantoaEstela y su impotencia busca en torno suyo cualquier cosa que la ayude a ser de nuevo rabia: ahí está el rumor de la televisión que está observando Osaria.

¡Puta vieja… sabes cuánto odio esa madre y no puedes ni esperar a que me vaya!, clama Epitafio abriendo la puerta del baño: ¡por tu culpa no le pude yo además responder a ella! Sin saber aún que la rabia que lo arrastra hacia su casa es consecuencia de los años y no de la derrota que acaba la existencia de infligirle, Epitafio recorre el camino que conduce hasta el jardín en el que está Sepelio observándolo, con el ave hecha jirones todavía entre las manos: ¿a dónde va ahora este pendejo?

No se fija en Epitafio, en cambio, Mausoleo, que en la cabina de Minos llora la muerte del perico, sin comprender por qué la llora: ¡puto Sepelio desgraciado! Limpiándose los ojos y haciendo un gran esfuerzo, el grandote logra controlarse, levanta el rostro y saca afuera nuevamente su mirada: no entiende por qué todo este desprecio que ahora siente no consigue embarrárselo a Epitafio o a Sepelio, ese hombre que ahora está sobre el camino que conduce al baño.

Abriendo la jaula, Sepelio devuelve el cadáver del cotorro y regresa al jardín al mismo tiempo que en su mente aletean, chocan y se enredan, sin motivo ni sentido, estas dos frases que se vuelven una sola: vale más pájaro en mano que le falta solamente una velita a eso en el pico. Luego, ya en el jardín, Sepelio ve a Epitafio cuando éste entra en su casa y desde lejos le reclama: ¿no nos vamos a ir o qué te pasa… cuánto más hay que perder en este sitio!

¿Por qué vuelve allí a meterse?, suma Sepelio para sí, y caminando hacia la puerta que recién cruzó Epitafio abre y cierra sus dos manos. Cuando llega hasta la puerta, sin embargo, Sepelio se detiene: no es que no quiera encarar de nueva cuenta a ElquequieretantoaEstela; es que no quiere otra vez mirar a Osaria: esa mujer con la que compartió la vida antes del hospicio El Paraíso y a la que no supo defender del padre Nicho ni tampoco de Epitafio.

Osaria: esta mujer que al advertir a Epitafio, en la penumbra de su sala, experimenta un sobresalto y así, sobresaltada, suelta: no sabía que aquí seguían. ¿No se iban a ir desde hace rato?, pregunta luego la mujer que está parándose y que está además pasando de la sorpresa al miedo: el hombre que le impuso como esposo el padre Nicho avanza hacia ella enfurecido.

Imponiendo al ritmo de sus piernas ese andar mecánico con el que avanza cuando tiran de él las iras del pasado,

Epitafio franquea a Osaria, cruza el espacio en que las luces de la tele reverberan, desconecta el cable que alimenta los destellos, los vocablos, los aplausos y las risas, gira ciento ochenta grados y acercándose ahora a su esposa, que ha pasado ya del miedo al terror puro, le rompe la nariz de un cabezazo.

¡Hijo de puta!, grita Sepelio desde el vano de la puerta, y aunque el futuro y el coraje arrastran su pie izquierdo, la costumbre y el pasado clavan su otro pie sobre la tierra. ¿Qué chingado haces aquí tú meticheando?, pregunta Epitafio dándose la vuelta y avanzando sorprendido hacia Sepelio, cuyo pie izquierdo, cuyos recuerdos y cuyos planes de venganza fijan su existencia, a pesar de que su otro pie y sus anhelos se levantan para intentar retroceder aunque sea un paso: ¿no te dije que te fueras allá al tráiler?

Vigilando, a través del parabrisas, la danza de Sepelio ante la puerta en la que ve ahora aparecer a Epitafio, Mausoleo intenta que se adhiera a ellos el desprecio que desborda su existencia pero tampoco ahora lo consigue. El gigante intenta entonces maldecir las cosas que le han hecho esos hombres pero otra vez descubre que son vanos sus esfuerzos y su cuerpo es inundado por una extraña mezcla de sonrisas y de llantos: ¿qué chingados es todo esto?

Sin pensar ni preocuparse por el hombre que los mira desde el tráiler, Epitafio y Sepelio siguen todavía gritándose: ¡voy a contar ahora hasta tres y vas a estar tú enno va ser siempre de estavas en serio y ya tú a mí aen serio va ser un día diferente! Por su parte, Osaria se levanta del sillón y lanza al mundo su dolor desgañitado: es un sordo alarido que atraviesa el espacio, que no escuchan Sepelio ni Epitafio y que aun así cimbra a Mausoleo y a los sinalma que cruzaron las fronteras, quienes no han callado aún *sus lenguas temblorosas ni tampoco sus gargantas desgonzadas*.

Vivía en casa de mi tío... mis padres ya no estaban...
vivían también ahí mis hermanos... mis primos y otras tías
se habían ido a Oklahoma... dejé mi monte
y mis cafetos... para andarme allá a las vías... no le dije
nada a nadie... ni a mi mujer le dije nada...
tenía miedo... no sabía... pero ahora
entiendo... el miedo es esto.

Cayendo en cuenta del rumor, como un zumbido, de los seres encerrados en la caja del gran Minos, Mausoleo consigue controlar su cuerpo y retirando su atención de los dos hombres que aún siguen discutiendo intenta verse en el espejo. Es entonces, desmenuzando su reflejo, que el gigante por fin logra adherir a algo el desprecio que lo llena y lo desborda: ¡voy a sacarlos de allá atrás... me da igual lo que después me hagan ellos!

Ocupados todavía en gritarse e insultarse, Epitafio y Sepelio no reparan en el hombre que abandona la cabina y que rodea después la caja de metal en la que cuelgan, amarrados de las manos, los sinDios que ahora, al escuchar el ruido que el gigante hace al subir sobre las puertas del conteiner, sienten que *sus voces son de nuevo secuestradas y sus almas son de nuevo atropelladas.*

El sonido de las barras de metal, cuando las alza Mausoleo, parte el tiempo y el espacio pero no alcanza los oídos de Osaria, que allá en su sala sigue lamentándose, ni alcanza los oídos de los hombres que en la puerta de la casa siguen discutiendo: ¡siempre es más de lo queno lo quiero en serio estar yoella además qué culpavete de una puta vez alno voy a dejar que a ellaquién te crees para decirme a mí lo que hago?

Harto de estar vociferando, Epitafio avanza el paso que aún lo separaba de Sepelio y lo empuja con tal fuerza que por poco lo derrumba. Manteniendo de milagro el equilibrio, Sepelio duda devolverle la agresión, pero resuelve que no debe traicionar ahora sus planes y consigue controlarse al mismo tiempo que Epitafio cae en cuenta de las cosas que Sepelio ha expresado: ¿por qué otra vez te importa Osaria… desde cuándo?

Abriendo los puños y diciéndose: tienes un plan y no lo puedes traicionar nomás por rabia… piensa en lo que vas a conseguir si lo completas… en el dolor que va a sentir el hijoeputa, Sepelio aspira una larga bocanada y trata de calmarse al mismo tiempo que en el pecho siente cómo algo se le rompe: es el huevo de un ave que va pronto a abrir las alas, y cómo el suelo que hay debajo de sus pies se torna quebradizo y resbaloso: ¿de qué mierda estás hablando… sólo quiero que dejemos este sitio!

¡Vete entonces allí al tráiler… espera ahí a que yo acabe!, ordena Epitafio y metiéndose en su casa inquiere: ¿por qué tengo que decir siempre las cosas tantas veces? Aspirando una segunda bocanada, Sepelio muerde su coraje, y distinguiendo, entre las sombras de la casa, el cuerpo caído de Osaria jura: ¡no dejaré que esto vuelva a sucederte! Luego él también gira, observa el tráiler y sintiendo que en su pecho el ave que dejara el cascarón abre los ojos pone a andar sus piernas: ha decidido adonde ir a verter toda esta rabia que hace apenas un instante se tragara.

En la casa, el dolor que Osaria controló sentándose de nuevo en un sillón y echando la cabeza para atrás vuelve a ser grito cuando aparece, en el rabillo de sus ojos, la silueta de Epitafio. Antes, sin embargo, de que pueda ElquequieretantoaEstela decir algo, y antes también de que Osaria se levante, una silueta emerge en la penumbra y la voz de esta silueta escupe un enunciado indiscernible.

¿Por qué estás levantado?, inquiere Epitafio, y alzando al pequeño, cuyo peso lo sorprende, insinúa: ¿te despertaste con el ruido de la tele? Aunque lo intenta, el niño no consigue decir nada y Epitafio lo aprieta entre sus brazos: el mundo oscuro que rodea y ciñe su cuerpo cada vez que está él en esta casa se deshace y, convertido en el abrazo que está dando, se dirige al cuarto del pequeño, donde ingresa murmurando unas palabras que no sabe por qué sabe: son las mismas que su madre le decía todas las noches.

Sin soltar al niño: cada día pesa menos este infante en cuya piel también yacen las marcas del punzón del padre Nicho, Epitafio ve que la ventana está abierta y el oscuro mundo que lo ciñe vuelve a encogerse en torno suyo: ¿por qué tengo que decirle a todo el mundo tantas veces yo las cosas? ¡Vieja retrasada… por qué no puedes cerrar esta ventana?, murmura ElquequieretantoaEstela cerrándola él y corriendo luego la cortina. Lo último que mira, antes que la tela esconda al mundo, es a Sepelio caminando junto al tráiler.

Rodeando el conteiner, Sepelio llega hasta sus puertas y lo que halla, en el vano que separa su impotencia de su rabia, lo asombra: ha conseguido Mausoleo abrir la caja. ¿Qué chingado estás haciendo?, inquiere Sepelio y su hablar entume el alma del gigante, que no oyó que estaba él acercándose y que no halla qué decir cuando repiten, a dos metros de su cuerpo, estas palabras: ¿qué pensabas hacerles a éstos… por qué estás aquí montado?

Además del cuerpo del gigante, las preguntas de Sepelio violan el conteiner convertidas en tormenta: ¿por qué abriste aquí esta madre… qué pensabas hacerles a éstos? Cada gota de este ácido aguacero es una aguja que se clava en las costillas, en los brazos, en los vientres, en las piernas y en los rostros de los sinDios que *vuelven a tragarse ahora sus lenguas.*

Sintiendo cómo el ave de su pecho trata de pararse, Sepelio desespera y justo antes de que emerja el gigante del mutismo en que se halla exclama: ¡así que también tú quieres divertirte! Bajando la cabeza y arrastrando su visión entre dos cajas, Mausoleo vuelve a debatirse, pero a pesar de que sus labios se separan y su lengua intenta dar forma al aire que vomita su garganta nada emerge de su boca: ¡no te quedes ahí parado… ven y ayúdame a subirme!

En la casa, mientras tanto, Epitafio arropa en su cama al niño que hace tanto aprendió él a querer tanto, luego vuelve al pasillo que lo lleva de regreso a la sala en la que sigue Osaria sollozando y allí, en el centro de esta cárcel que hace tanto encierra sus anhelos, inquiere: ¿por qué pesa tan poquito mi pequeño? ¿Cómo puedes tú tenerlo así si es tu hijo?, repite Epitafio, y sorprendiendo a Osaria, que lo observa tiritando, vuelve a darle un cabezazo en pleno rostro.

Antes de que Osaria caiga al suelo, Epitafio está sobre su cuerpo y sentándose en su vientre le da rienda suelta a su ira. De pronto, sin embargo, Epitafio ve en el rostro que magulla y que destroza las facciones de Estela y se detiene: ¡por tu culpa no le pude contestar a ella hace rato! ¡Por tu culpa no escuché su voz ni oyó la mía ella en la sierra!, abunda ElquequieretantoaEstela, e imaginando a esa mujer que sigue acelerando su Ford Lobo sobre el camino en que se halla, ese camino que también recorren ahora los ocho hombres que cruzaron El Infierno, arrecia la violencia de sus golpes.

¡No le pude responder y va a pensar que no me importa lo que tiene que contarme… que me vale a mí ella madres!, ruge Epitafio escupiéndole a Osaria, y golpeándola de nuevo descubre que todo esto que siente, que todo eso que ha sentido él hace tanto, por fin sale de su boca utilizando las palabras indicadas: ¡por tu culpa va a pensar que no me importa... va a creer que no la quiero... por tu culpa ha creído siempre que yo no la quiero cuando sólo a ella la quiero... escuchaste... cuando sólo quiero a Estela!

Apoyando sus dos manos sobre el cuello de Osaria y encajándole en las tetas las rodillas, Epitafio se detiene, ve sus puños, mira con los ojos llenos de asco a la esposa que le impuso el padre Nicho y después observa sus bolsillos: en vano busca el teléfono que apenas hace un rato se hundiera allá en el baño. ¡Voy a usar otro aparato... voy a llamarte hasta que me oigas y me cuentes!, resuelve ElquequieretantoaEstela girando la cabeza en torno suyo y buscando el aparato de su casa.

¡No querrás ni contestarme si descubres que vine hoy a esta casa!, advierte sin embargo Epitafio renunciando al teléfono que había ya alcanzado. ¡Necesito su aparato... necesito que me preste su teléfono Sepelio!, declara ElquequieretantoaEstela apresurando su avanzar hacia la puerta y vislumbrando, a través del vano abierto y más allá de sus jardines descuidados, la silueta del gran Minos, en cuya caja ha ingresado Sepelio hace un instante.

¡Alcánzame esa barra!, indica Sepelio señalando el metal que atrancara las dos puertas del conteiner, pero el gigante no consigue que sus piernas lo obedezcan. ¡Esa barra de ahí tirada!, repite Sepelio apuntando con su mano al fierro. Convencido de que no ha entendido Mausoleo de cuál barra está él hablando, Sepelio explica: ¡ésa de ahí junto a la entrada! No sabe que la que entume aquí al gigante es la vergüenza de saber que no va a hacer lo que se dijo que haría en este sitio: ¡puta mierda... esa barra o vas a ver lo que te pasa!

Abrazando la ignominia como antes abrazara, en la casa que un día fuera matadero, la cobardía y el oprobio, Mausoleo acepta que no va a soltar a nadie y aceptando, asimismo, la estampa de desprecio que adhirió antes a su rostro, logra despegar sus pies del suelo. Inclinando la espalda ante la entrada del conteiner, el gigante alza entonces el metal, vuelve con éste entre las manos y se lo entrega a Sepelio en el instante en que éste afirma: vamos tú y yo a divertirnos... si nos vamos a quedar habrá aunque sea que desquitarnos.

Burlando las dos pilas de cajas que les diera el señor Hoyo y llegando el fondo del conteiner, donde cuelgan amarrados de las manos la mitad de la mitad de los sintiempo, Sepelio juega con la barra e interroga: ¿por qué todos tan callados? Luego aporrea el suelo y las paredes del conteiner, sin imaginarse que el ruido que le saca a la hojalata envalentona a Mausoleo igual que hicieran, allá en la casa que corona El Teronaque, las carcajadas de los hombres aferrados a sus armas: ¿por qué ni uno dice nada... por qué ni uno le responde?

¿Qué no saben quién les habla?, machaca Mausoleo, y acercándose a los bultos los empuja y los mece como antes se meció él en el columpio del jardín que va a cruzar pronto Epitafio. Los dos ojos como cuentas de vidrio del gigante vuelven entonces a llenarse de confianza y emocionado escucha que *los hombres y mujeres cuyos miedos ya no pueden referirse con palabras* sólo atinan *a escupir quejidos breves, hondos gritos y lamentos como ayes*.

Oyendo el eco de estos gritos y lamentos ante la puerta de su casa: se tardó en salir pues fue a despedirse del pequeño y a dejarle un regalo, Epitafio intuye lo que pasa en su tráiler, y caminando hacia la hierba descuidada inquiere: ¿por qué nadie puede hacer nunca las cosas como digo? ¿Por qué no pueden hacerlas como deben?, repite y el oscuro mundo que lo ciñe aprieta otra vez su cuerpo.

¡Tendrían que estar en la cabina!, ruge Elquequieretantoa Estela, pero la fuerza de su grito no alcanza el conteiner, donde acaba Sepelio de dejar la pesada barra de metal sobre una caja que en pequeñas letras rojas asevera: ¡Frágil! ¡Frágil!, lee Sepelio y riendo alcanza a los sincuerpo que vinieron de otras patrias y también empieza él a empujarlos y a mecerlos: ¿a poco quieren que les saque yo a la fuerza las palabras?

¿O quieren que mejor sea Mausoleo el que les rompa sus silencios?, pregunta Sepelio señalando al gigante: ¿que sea el campeón el que los haga hablar a ustedes? Riendo y empujando hacia el grandote el cuerpo que está meciendo y que rechina entre quejidos y sollozos, Sepelio dispone: ¡escoge el bulto que tú quieras y demuestra cómo pegas!

Dudando un breve instante, Mausoleo clava sus ojos en los ojos de Sepelio: ¡pégales o voy yo a ti a pegarte con la barra!, amenaza dándose la vuelta, regresando hasta las cajas, levantando el metal y golpeando nuevamente las paredes del conteiner. El sonido de estos nuevos golpes truena entre las sombras de la noche y atraviesa el jardín que está en sentido inverso atravesando Epitafio.

¿Qué chingado es todo eso?, se pregunta Elquequieretantoa Estela al mismo tiempo que en silencio insiste en las palabras que ha estado diciéndose desde el segundo exacto en que dejara atrás su casa: ¡necesito que me preste su aparato! ¡Que me entregue su teléfono Sepelio!, repite apresurando el ritmo de sus piernas y las ideas que lo arrastran: ¡voy a llamarte ahora mismo… por fin va a empezar mi vida!

¡No volveré nunca a esta casa… me da igual lo que nos diga el padre Nicho… he terminado con todo esto!, promete Epitafio, cada vez más cerca del conteiner: ¡hemos tú y yo terminado con todo esto! ¡No volveré a separarme de tu cuerpo… no volveré a tenerle miedo a lo que quiero!, promete ElquequieretantoaEstela sonriéndole a la luz que arrasará la espesa oscuridad que lo constriñe, al mismo tiempo que vislumbra el tráiler que está a sólo tres o cuatro metros de su cuerpo: ¿qué son esos pinches golpes… que chingado están haciendo?

A pesar de su potencia y de que está él casi llegando, las palabras que Epitafio escupe no entran en la caja, donde siguen cada uno a lo suyo: Mausoleo castiga con los puños a los sinnombre y Sepelio mece, con violencia renovada, a los sinalma mientras va también diciendo: ¿no les gusta que los meza o qué les pasa… por qué ni uno lo agradece?

Recargándose en la pared del fondo del conteiner y hablando por lo bajo, mientras contempla cómo Mausoleo se ensaña con los cuerpos que está ahora castigando, Sepelio interroga: ¿han visto qué contentos los canarios en sus jaulas… se mecen y se mecen y hasta cantan… no será por eso que no hablan… porque mejor quieren cantarnos… que cantemos todos juntos?

Las palabras que Sepelio está diciendo se cuartean y se rompen al erguirse, en la puerta del conteiner, la silueta de Epitafio. ¿Qué chingado es todo esto… quién les dijo que vinieran?, inquiere ElquequieretantoaEstela mientras sigue todavía pensando: ¡voy a decirte todo eso y vas a ver que ya no sigues enojada… he decidido hacerte caso… quiero que estemos tú y yo juntos!

¿Qué están haciendo aquí metidos?... deberían ya de estar listos, insiste Epitafio ingresando en el container y sorprendiendo nuevamente a Mausoleo y Sepelio, que pensaron que su jefe iba a regañarlos por madrear a los sinsombra y no tan sólo por estar en este sitio. ¡Bájense ahora mismo y cierren estas puertas!, manda ElquequieretantoaEstela, bajando él también de Minos, y volviéndose a Sepelio y Mausoleo ratifica: ¡pongan la barra y los candados!

¡Vamos a irnos ahora mismo!, declara Epitafio luego de un instante, al mismo tiempo que repite en sus adentros: ¡su teléfono… tiene que darme este pendejo su aparato! ¡Ya perdimos mucho tiempo y hay que ir ahora a venderlos!, expresa ElquequieretantoaEstela, y clavando su mirada en los ojos de Sepelio ordena: ¡y tú dame tu teléfono que tengo que llamar ahora a Estela!

¿Por qué pones esa cara… estoy diciendo que me entregues tu aparato!, repite Epitafio mientras piensa: ¡vas a ponerte más contenta tú que nunca! Mientras le pone Mausoleo los candados a las puertas del conteiner, Sepelio siente que en su pecho se encoge el ave negra pero metiéndose la mano en un bolsillo impide que ésta pliegue sus dos alas: antes de darle a Epitafio el aparato marca el número que él tiene de Estela: sabe que hace tiempo ése no es el que ella usa.

¡Está marcando!, asevera Sepelio entregándole al que todavía es su jefe su teléfono y al instante oye a Epitafio: ¡váyanse ahora mismo a la cabina… voy después allí a alcanzarlos! Atestiguando cómo lo obedecen Mausoleo y Sepelio, ElquequieretantoaEstela se pega el teléfono al oído, siente que su alma, por primera vez en varios años, se distiende y le sonríe a la efigie de Estela: esa mujer que acelera su Ford Lobo allá en la sierra y que acelera al mismo tiempo su cabeza con otras dos rayas de coca.

Defraudado, Epitafio vuelve a oír la voz que dice: *el número que usted marcó está apagado o se encuentra fuera de nuestra área de servicio*. Sacudiendo la cabeza y apartando de sí el júbilo, ElquequieretantoaEstela espera el buzón de los mensajes y asevera: ¡me da igual lo que querías tú decirme esta mañana… sea lo que sea he decidido… he terminado ya con todo… quiero que estemos tú y yo juntos… quiero tan sólo estar contigo! Luego, sin dejarse apesadumbrar por el revés que ha encajado, Epitafio suma: llama al de Sepelio… mi teléfono está muerto, pone luego fin a la llamada y se dirige a la cabina, donde lo aguardan Sepelio y Mausoleo.

Antes de trepar por la escalera y antes también de abrir la puerta, Epitafio aprecia el jardín, la casa y los columpios que no habrá ya de ver nunca, al mismo tiempo que evoca la sonrisa de Estela: no sabe, no imagina que el teléfono en que acaba de grabar él su mensaje no es el teléfono de Estela. Controlando, como puede, las emociones que lo inundan, ElquequieretantoaEstela ingresa en la cabina: ¡ya perdimos mucho tiempo… hay que largarnos… todavía hay que ir a venderlos!

Alumbrando, con los faros que ha encendido hace un instante, el espacio que hasta hoy fuera su exilio, Epitafio pone en marcha el motor de su gran tráiler, mete primera, tuerce el volante hacia la izquierda y acelera alejándose del sitio en que se encuentra y alejándose también de su pasado: lo único que va a echar de menos de este lugar es a ese niño que ahora duerme en su cama, junto a la gorra que Epitafio dejó encima de su almohada.

Acelerando aún más su tráiler, Epitafio sigue alejándose del sitio en que viviera y también sigue alejando del presente a su pasado. Los acelerones con que Minos jalonea su esqueleto de metal y de hojalata mece a los sincuerpo y, extrañamente, vuelve a traerles paz a los sintiempo que aún siguen colgando de las manos: estos sinlengua que hace ya diecisiete horas fueron conducidos hasta el claro Ojo de Hierba por los chicos de la selva.

Estos dos chicos que ahora, sobre un costado de la plaza de Toneé, tras comprar un pollo frito, siguen vendiendo el contenido de los bultos que llenaron en el claro El Tiradero. Estas cosas que ahora compran los que acaban de cruzar el muro que divide en dos las tierras arrasadas.

VIII

—¿Cuánto por los tenis?

—Veinte.

—Si están rotos.

—Valen veinte —repite el mayor de los dos chicos, descarnando un hueso de pollo.

—Tienen la suela despegada —reclama el joven que recién hace unas horas se atrevió a cruzar el muro que se observa en la distancia.

—Te los dejo pues en quince —suelta el mayor lanzando al suelo el ala que había estado royendo.

—Trece —ofrece el joven viendo el hueso que rebota entre las lozas de la plaza.

—Déjalos allí y no estés chingando —suelta el que hace aquí de jefe señalando el suelo, y observando las palomas que ahora picotean la alita que él tirara añade—: pero con esos que traes puesto no vas a ir a ningún sitio.

—Órale pues… catorce y tú me dices cómo llego a algún sitio —dice el que lleva varios días caminando—: cómo cruzo pues la selva.

—Quince y de eso hablamos luego.

—¿Luego cuándo?

—Luego es luego.

—Me los llevo —afirma el hombre que aún presume un nombre y señalando al menor de los dos chicos suma—: ése me dijo que lo otro era contigo y no me dijo que era luego.

—Ése de ahí es un pendejo —lanza el mayor señalando al que hace aquí de subalterno, que negocia con un padre y su pequeña el precio de unos pantalones.

—También dijo que ocho mil por todo el viaje.

—¡Ya te dije que eso luego… en otra parte!

—¿Luego dónde?

—Son cincuenta por los tenis y por juntarnos en dos horas en el atrio —resuelve el mayor alzando un brazo y señalando la iglesia que se alza al otro lado de la plaza.

—¿En la iglesia? —inquiere sorprendido Elquetieneaúnunnombre.

—Exactamente, confirma el mayor guardándose el dinero y dándose la vuelta.

—¿Y mi cambio?

—Si me dan ganas te lo doy allá en el atrio —dice el mayor llegando hasta el arriate frente al cual tendieron hoy su puesto.

Dejándose caer sobre el arriate, el que hace entre los dos chicos de jefe observa, sin mirarlo fijamente, pues son muchos los estímulos que llaman su atención sobre la plaza, al menor de los dos chicos de la selva en el instante en que éste cobra al padre el pantalón que acaba de comprarle a su pequeña: ¿cómo voy ahora a decirle... a explicarle que al final no cruzaremos... que otra vez no irá ahí conmigo?

Despegando sus ojos del que debe obedecerlo, que tras guardarse el dinero está también dándose vuelta y viniendo hacia el arriate, el mayor deja que sus ojos vaguen por la plaza: estoy seguro que pensó que hoy sí vendría, piensa admirando las balaustradas del kiosco, los faroles carcomidos por el óxido, el follaje de una jacaranda en flor, los troncos de unos flamboyanes, el trajín de los que llaman a este sitio Toneé, el de aquellos que le dicen Olueé y el errático andar de un perro hambriento.

Un instante antes de que el menor llegue a su lado y despegue la atención del mayor de lo que está ahora sucediendo en la plaza: avanza una pesada carretilla ofertando sus helados y se marcha apresurado el padre que comprara el pantalón, llega al puesto una mujer embarazada en cuyo rostro la noche es aún más oscura que en la plaza. Su aparición detiene al menor de los dos chicos y el mayor aspira una larga bocanada: ¿qué le voy ahora a inventar para que no vuelva a enojarse?

Podría decirle: calculé otra vez mal yo los tiempos, piensa el mayor poniéndose en pie y volviendo el rostro hacia el menor y la mujer con la que está éste negociando, siente cómo el vientre se le encoge de repente: ha visto ese rostro ensombrecido en otra parte. Sacudiendo la cabeza, el mayor de los dos chicos se agarra la barriga, jala una larga bocanada, recupera el control y se corrige: ¡qué estupidez estoy pensando... dónde voy a haberla visto? En algún sitio de la plaza, entonces, ladran varios perros y tras oírse sus gruñidos y sus rabias suenan los chillidos de uno de ellos.

¿Por qué habría de conocerla... se parece seguro a alguien!, murmura el mayor de los dos chicos, que tras mirar un breve instante hacia los perros se acerca nuevamente hasta su puesto, lleva a cabo el recuento de las cosas que les quedan y bostezando estira el cuerpo y deja que otra vez vaguen sus ojos por la plaza: en la distancia reconoce el muro que ha cruzado tantas veces: ¡dará igual lo que le diga... va seguro a armar un pedo!

¡No debí de prometerle que iría hoy al otro lado!, medita el mayor, y observando en el rabillo al menor y a la mujer vuelve a agarrarse la barriga: ¡aunque quizá si lo apuramos... si vendemos lo que queda igual le cumplo! ¡Eso es... hay que apurarnos!, piensa el que hace aquí de jefe, y dirigiéndose a los hombres y mujeres que llegaron hace poco de otras tierras y que recorren de un lado al otro la gran plaza grita: ¡a mitad todo... lo que queda está a mitad de precio!

Sorprendidos, el que obedece y la mujer del rostro ensombrecido, que no había reparado en la presencia de ese otro hombre, vuelven sus rostros al mayor un breve instante. ¿Y ahora qué mierdas le pasa?, se pregunta el menor de los dos chicos al mismo tiempo que la mujer embarazada inquiere: ¿este cabrón… cómo puede ser que sea él? Las palabras que ambos piensan, sin embargo, son interrumpidas por el tañer de las campanas, que han empezado a repicar en la distancia.

Dándose la vuelta, visiblemente agitada, la mujer del rostro ensombrecido se aleja y se extravía entre los hombres y mujeres que cruzaron las fronteras y que apenas oír el grito del mayor de los dos chicos se apiñaron frente al puesto. Mientras tanto, guardándose el dinero que acaba de pagarle la mujer embarazada y olvidándose de ella, el menor especula: ¡quiere apurarse para luego tener tiempo!

¡Quiere acabar para ir conmigo al otro lado!, insiste el menor de los dos chicos en el instante en que callan las campanas de la iglesia, vuelve a oírse la jauría y se levanta de la tierra la parvada que había hasta este instante estado oculta entre los pies de los que vienen de otras patrias y del resto de tenderos: estos hombres que ofertan también ahora lo que queda en sus puestos.

Bajo el cielo enmudecido de Toneé, que las luces de los faroles de la plaza tiñen de naranja, las palomas trazan su amplio círculo de sombras. Entonces, tras admirar un breve instante el vuelo de estas aves, los que venden y estos otros que ahora compran, apuran más y más sus transacciones: tanto que cuando vuelven las palomas a la tierra el trajín está acabando. Saben todos los presentes que la hora de irse se aproxima y que con ésta se aproxima también la hora de encontrar cómo marcharse.

Guardándose el dinero de la última camisa que vendiera, el que hace aquí de subalterno vuelve el rostro hacia el que hace entre ellos dos de jefe y lo ve cobrando una linterna que encontraron otro dia en el claro El Tiradero. Los ladridos y los gruñidos de los perros vuelven a sonar en algún sitio de la plaza y esta vez es el menor el que los busca con los ojos: lo único que encuentra, sin embargo, es la prisa de los tenderos que empezaron ya a alzar sus puestos.

Por su parte, observando, tras guardarse el dinero que dejara la linterna, a un palomo que cojea y que apresura su avanzar tras una hembra, el mayor de los dos chicos, sin tener del todo claro por qué lo hace y sin saber tampoco que el menor lo está de nuevo vigilando, chasquea la lengua, alza la cabeza, ve la prisa de los otros vendedores y evoca a la mujer del rostro ensombrecido: ¿o sería ella... qué si ella sí era ella?

Ella, la mujer embarazada, mientras tanto, a un par de cuadras de la plaza, se detiene un breve instante y así, en un instante, sin pensárselo dos veces, sin pensárselo pues muy bien, renuncia a los planes que había antes trazado. Entonces vuelve a ver el rostro del mayor de los dos chicos en su mente, muerde los restos de valor que hay en su cuerpo, deja que su alma trace un nuevo plan y escuchando el sonido que hacen un par de sirenas se convence de que es eso que recién se le ha ocurrido lo que quiere.

Echando a andar de nuevo, mientras sigue aún planeando su alma, la mujer embarazada tropieza con un viejo que recién había subido a la banqueta y pidiéndole perdón vuelve a perderse en la marea de gente que se aleja de la plaza. Es este viejo, que está todavía contemplando a la mujer con la que acaba de chocar y que está también atestiguando el acercarse de un par de patrullas por la calle, el último hombre que compró algo allá en la plaza.

Fue hace ya un par de minutos que este viejo, que pegando el cuerpo a la pared de una farmacia mira pasar las dos patrullas, negoció con el menor de los dos chicos esta vieja camiseta que ahora lleva echada al hombro. Y fue también hace ya casi dos minutos, tras cobrar aquella camiseta que se pierde por la calle sobre el hombro de aquel viejo, que el menor sintió que encima suyo volvía a caer la decepción de tantas otras veces: ¿para qué ando haciéndome ilusiones... va a decirme de seguro que otra vez no nos da tiempo! ¡Va a pasar hoy lo de siempre... no iré hoy al otro lado!, piensa el menor, y sacudiendo la cabeza ve el espacio que se abre enfrente suyo, donde quedan sólo algunos perros, varios cientos de palomas, algún migrante extraviado, un par de tenderos y cada vez más policías. Regresando su atención al que hace entre ellos dos de jefe, que está alzando ahora sus lonas y sus bultos, el que hace aquí de subalterno echa a andar sus pies y exhorta: ¡ahora dices: otra vez no nos da tiempo!

Te lo juro que hoy quería llevarte, asevera el que hace aquí de jefe, clavando sus ojos en los de quien debe obedecerlo: està vez, sin embargo, el mayor no aguanta el peso de los ojos del menor y baja la mirada. Apartando luego la cabeza, el mayor de los dos chicos vuelve a pasear sus dos pupilas por la plaza y es entonces que descubre que no hay nadie que no sea policía sobre la plancha de piedras.

Chasqueando la lengua, el que manda se traga su vergüenza, y como lo único que quiere es apurarse jura: te prometo que a la próxima te llevo... nos quedamos a dormir y ya verás como cruzamos. Luego, antes de que pueda el menor responder algo, señala a un par de policías, alza de la tierra un bulto y se encamina hacia la calle: cada vez hay más agentes en la plaza.

Hasta crees que voy a creerte, asevera el menor echando él también a andar, e ignorando lo que ha dicho el mayor ve cómo el cuerpo nacional de policía sigue desplegando su presencia. Es la primera vez que son los últimos en irse de este sitio en cuyos lindes caen, pesadas, las cortinas de metal y donde rugen, roncas, varias camionetas.

Para la próxima lo juro… vas a ver que nos quedamos y cruzamos… además hay que llevar ahí la medalla, insiste el mayor en la banqueta y luego añade: le dijimos a Epitafio que hasta el miércoles lo vemos… así que para la otra sí habrá tiempo de quedarnos. Luego, cruzando una segunda bocacalle y viendo el reloj del ministerio de Toneé, el que hace aquí de jefe advierte: mira cómo no te estoy mintiendo… ve qué tarde se nos hizo… sólo podremos descansar hoy un ratito.

¡Me da igual lo que me digas… no te creo ya a ti nada!, reclama el menor de los dos chicos, deteniéndose en la esquina en que se encuentran: además ¿cómo les piensas explicar a ellas que vamos a venir también pasado… que además vamos tú y yo aquí a quedarnos una noche? ¡No les tengo que explicar una chingada… y además me estás hartando… así que deja ya ese tema!, amenaza el mayor cambiando de actitud en un instante y girando la cabeza sobre un hombro.

Luego, contemplando las torres de la iglesia, el mayor vuelve a hablar como habla siempre: ¡mejor vamos a pensar en lo que hoy toca… les dije a todos que en dos horas en el atrio… y otra vez fueron un chingo… a ti cuántos te dijeron… cuántos pues te preguntaron? ¡También les dije yo hace rato a un chingo!, lanza el menor hablando con reparos al que hace entre ellos dos de jefe y siguiendo también a éste, que acaba de meterse en el pequeño callejón donde ellos dos siempre descansan.

¿Qué quieres decirme con un chingo?, pregunta el mayor tumbándose en el suelo y diciéndose a sí mismo: ¿para qué se lo pregunto... cómo va a saber este pendejo qué es un chingo? Luego, sin saber cómo o por qué esto asalta nuevamente su cabeza, el que hace aquí de jefe advierte: no le habrás dicho a esa vieja nada... a la que estaba embarazada. ¡Ya sabía que tú también la conocías... te vio a ti y se fue casi corriendo!, suelta el que hace aquí de subalterno, pero de golpe pierde el hilo: una sombra ha entrado en el pequeño callejón donde descansan.

¿De qué mierda estás hablando... por qué iba a conocerla?, indaga el mayor pero también su mente se extravía: la sombra que hace apenas un instante entrara al callejón donde ellos dos esconden las viejas lonas de su puesto, recorre el espacio cada vez más apurada y se acerca al sitio en el que yacen, encogiéndoles la lengua y poniendo, sin quererlo, sus dos cuerpos en guardia.

Contemplando la urgencia de la sombra, los dos chicos empuñan sus cuchillos y tensan los músculos del cuerpo, intercambiando una mirada que es pregunta y que es respuesta. Cuando el mayor está a punto de saltar y de blandir en el espacio su navaja, la sombra se detiene y lo detiene aseverando: se cayó esto de un bolsillo... pensé igual lo necesitan... igual y ellos dos lo quieren.

Reconociendo la voz que ha hablado y alumbrando luego las facciones de la sombra con la luz de la linterna que empuña en la otra mano, el menor de los dos chicos se levanta, aparta al mayor de su camino, alarga el brazo y agarrando la pequeña credencial que ofrece el hombre que no sabe que ha estado a punto ahora de ser asesinado, vuelve el rostro hacia el mayor y dice: nos compró éste allí en la plaza.

—Estaba eso metido en un bolsillo… estaba adentro de esta madre —repite el hombre que estuvo a punto de perder aquí su alma, sacudiendo el pantalón que le compró a los dos chicos.

—Puto susto nos metiste —apunta el menor revisando la pequeña credencial que hay en sus dedos.

—Volví nomás al darme cuenta pero no estaban ya en la plaza —explica el padre que dejó a su hija en la esquina.

—No es buena idea andar asustando.

—No quería asustarlos —asevera Quienaúnpresumedealma—: los vi luego caminando y los seguí hasta esta parte.

—No es tampoco buena idea andar siguiendo —lanza el menor rascando con la luz de su linterna la penumbra—: ¿dónde dejaste a la pequeña?

—Me está esperando allá en la esquina —suelta el hombre, y apurando sus palabras suma—: pensé igual les hace falta… pero olvídense que vine y nos vemos en el atrio.

—¡No es tampoco buena idea andarse dividiendo… no deberías dejarla sola ni un segundo! —advierte el menor interrumpiendo a Quienaúnpresumedealma—: ¡en un segundo puede pasarle cualquier cosa!

—Lo siento mucho… ojalá que me perdonen —dice Quienaúnpresumedealma dándose la vuelta y corriendo hacia la esquina.

—¡A ver si todavía la encuentras! —grita el menor y riendo vuelve luego el rostro al mayor, quien está todavía observando la pequeña credencial que les trajeron—: ¿qué te parece?

> —Pinche niña está bien fea —dice el mayor de los dos chicos, dejándose caer de nuevo al suelo.

—¿Cómo sabes que eso es niña? —pregunta el menor dejándose él también caer al asfalto, y acercándose al mayor mira la pequeña credencial un breve instante.

—¡Ya ni chingas… es la tarada esa que estaba con el viejo! —afirma el mayor apoyando la cabeza en la pared a sus espaldas.

—¿Con cuál viejo?

—El viejo ese que nos dijo que podía leernos la suerte —explica el mayor cerrando los ojos—: estoy cansado.

—¿Estás seguro? —inquiere el menor recargando él también su cuerpo.

—¿Cómo puedes no acordarte de ese idiota?

—De ese viejo sí me acuerdo.

—Era un pendejo —declara el mayor cuando sus dedos sueltan la pequeña credencial y sus párpados se cierran: me estoy durmiendo.

—Un pobre imbécil.

—…

—Pero no venía la pelota —murmura el menor y el cansancio que sobre él también cae como un golpe desprovee de sentido sus palabras.

—¿Quién… con qué… pelota? —susurra el mayor cabeceando.

—El viejo… ése —musita el menor y es su cuello el que ahora chicotea.

—Viejo… vieja… ¡la vieja esa!

Justo antes de quedarse ambos dormidos, el mayor de los dos chicos abre los ojos un segundo y, entre las sombras perforadas por la luz de la linterna que el menor dejó encendida, advierte, o cree que advierte, el rostro de esa mujer que vio en la plaza y que llenó su vientre de ansias.

Pinche vieja… no me daba… no me dijiste, trata de decir el mayor peleando con sus párpados: si dijiste… le dijiste o no… del atrio.

Aunque el mayor mantiene otro segundo sus párpados abiertos, no consigue del menor ni una palabra: se ha quedado éste dormido y está ahora entremezclando los sucesos de los días con las quimeras de la noche: en el fondo de un cañón que se hunde en un cárdeno desierto, sobre las olas de un río púrpura que fluye embravecido, baila y lee la suerte el viejo del que hablaban ellos dos hace un instante.

Este viejo que, encerrado en la estaquita rojo sangre que aún sigue a la Ford Lobo de Estela por las brechas de la sierra y que aún avanza por delante de la estaca azul marino, está ahora discutiendo con la más vieja de todas las sinalma que vinieron de otras patrias.

Necesito tu otra mano… no me sirve la derecha…
me da igual que esté quemada… está quemada nada más
para tus ojos… no se quema lo que guarda…
no se quema la promesa… te lo juro que
eso ni arde ni se pierde.

En mitad de lo que dice, como el resto de presentes, el más viejo de entre todos los que vienen de otras patrias pierde el equilibrio y cae al suelo: la parte de la sierra por la que ahora están bajando la estaquita rojo sangre, la estaquita azul marino y la Ford Lobo de Estela es la pendiente más agreste de estos cerros, una pendiente que los hombres y mujeres de los pocos caseríos que aquí se alzan llaman La Caída.

Recuperado el equilibrio y conformado nuevamente el círculo que lo oye, el más viejo de entre todos los sinnombre al fin recibe, entre las suyas, la mano izquierda de la sinDios que tiene enfrente y que ahora apoya la espalda sobre el pecho de otros hombres: sigue la estaca sacudiéndose en La Caída. La Caída, este mismo sitio que el chofer y el copiloto del falso vehículo blindado están mirando en la distancia.

Allí está al fin La Caída, suelta El Tampón echando el cuerpo hacia delante, y luego añade: no espero que la veas pero sí que ahora me creas que la estoy viendo... así que písale que vamos a agarrarla allí a Estela. Estela, esta mujer que sigue aún extraviada en su pasado y en los caminos de la sierra, donde también sigue encabezando el convoy en que el más viejo de entre todos los sinnombre acaricia la palma de una mano chamuscada y después lame esa piel de vidrio.

¡Es para mí sólo humo tu quemada... así que
humo... apártate y permite que se muestre
lo que escondes... apártate y permite que
este sabor me muestre lo que viene...
eso es... así... ya veo el tiempo
que te espera... volverás al sitio
del que vienes... serás feliz de nuevo!

Las palabras del que habla en la estaquita rojo sangre como habla un merolico caen con él de nuevo al suelo y rebotando entre los cuerpos que otra vez han extraviado el equilibrio ruedan sin que pueda nadie oírlas: frenó en seco el chofer de la estaquita hace un instante, tras ver frenar también en seco la Ford Lobo de Estela, esta mujer que hace un momento oyó el timbrar de su teléfono y oyó luego el mensaje que Epitafio le dejara hace ya tanto.

IX

Escuchando nuevamente el mensaje que Epitafio le dejara instantes antes de salir de El Teronaque: ¡puta sierra… puta suerte… puta madre!, Estela frena en seco, abre la puerta de su enorme camioneta y se baja de ésta aún más nerviosa que antes: tiene que haber señal en esta parte de esta pinche puta sierra.

Si pudo entrarme su mensaje también podrá salir el mío, se dice LaqueadoraaEpitafio echando a andar sus piernas, emergiendo del pasado en que se hallaba aún extraviada y renunciando a seguir aquí y ahora manejando: no nos vamos a ir hasta que te haya contestado.

No quiero que pienses que no quiero contestarte, se dice Estela apurando su avanzar entre la densa polvareda que el frenar de su convoy ha levantado: no sabe, no imagina que el mensaje que escuchó hace un momento lo grabó Epitafio hace ya horas.

¡No se bajen… seguiremos a La Carpa en cuanto acabe!, grita LaqueadoraaEpitafio en mitad de la espesa tolvanera que los faros de las dos viejas estacas casi vuelven un ser vivo. ¡Y no apaguen los motores!, suma Estela acelerando el ritmo de sus piernas y diciéndose de nuevo, en el silencio de su mente: tiene que haber señal por aquí a huevo.

Los choferes, sin embargo, han apagado ya las dos viejas estacas cuando su jefa está apenas gritando y es así que en torno del convoy el silencio se vuelve espeso y hondo. ¿Por qué apagan los motores… qué no oyeron lo que dije?, ruge Estela en su frenético alejarse, pero los hombres que encabeza ya no logran escucharla: está de golpe ella tan lejos que apenas pueden distinguirla entre las sombras de la noche.

Ahora me toca a mí llamarte… tú doblaste ya las manos… bien sabía que lo harías… ¡que no ibas a aguantarte!, piensa LaqueadoraaEpitafio combinando una sonrisa con un gesto apurado y alumbrando el camino por el que anda con la luz de este teléfono que carga entre las manos: ¡has de traer el rabo entre las patas! Luego, volviendo el rostro hacia la noche, Estela lanza un nuevo grito, más mecánico que cierto: ¡hasta aquí oigo que ya no oigo los motores!

¡Préndanlos de nuevo o van a ver lo que les pasa!, ordena LaqueadoraaEpitafio y aceptando que en el fondo esta vez le da a ella igual que le hagan o no caso sus muchachos, gira el cuerpo y le devuelve su atención al mar de sombras que aquí todo lo sepulta: ¡voy a llamarte porque quiero oír cómo me dices no debí haberte colgado... cómo me ruegas por favor ya no te enojes!

¡Y voy entonces a decirte lo que pasa... a contarte lo que hizo el pinche padre!, añade Estela en su silencio, mientras sus piernas la conducen al lugar donde se hunde La Caída y la alejan de ese sitio donde yacen los muchachos que obedecen sus dictados y donde al fin, en la estaquita azul marino, vuelven *las mujeres cuyas almas sólo entienden de tormentos* a dejar que hablen sus miedos, disfrazándose de anhelos.

"Quizá no vuelvan nunca ellos..." decía una señora cada vez
que nos violaban... "fue la última ésta que vinieron... creo
que ahora sí no vuelven... que nos dejan ya nomás aquí
tiradas... no se oyen... vamos a irnos de aquí solas...
a buscar quién nos ayude... quizá están cerca
las vías... igual está cerca la ayuda..."

En la estaquita rojo sangre, en cambio, los sinnombre siguen todavía formando un círculo en torno de Merolico y también siguen escuchando las promesas de este viejo que ahora le habla al dueño de una palma atravesada por un mar de cicatrices.

> Olvidarás pronto este tiempo... olvidarás los días
> que no fueron buenos días... enterrará una alegría
> la tristeza de estos años... enterrará el bienestar al
> malestar que está acabando... encontrarás
> un buen trabajo... encontrarás a la mujer
> que vienes tú buscando...se cumplirán todos
> tus sueños... cumplirás tú todas tus promesas.

¿Cómo no ibas a llamarme si hace rato me colgaste así de feo?, piensa Estela por su parte, adentrándose más y más en el océano de sombras que de pronto el viento de la sierra está de nuevo removiendo: ¿cómo si además yo a ti te dije tengo algo importante que decirte... cómo ibas tú... o más bien yo... por qué lo pienso de esta forma... por qué sigo creyendo que gané porque llamaste?

¡Qué más da si gané yo o si me ganaste... puta mierda... importa sólo lo importante... que el cabrón nos la ha jugado... el puto padre!, recapacita LaqueadoraaEpitafio revolviendo su cabeza y apurando su avanzar hasta la orilla de La Caída: ¡y tú y yo tan preocupados porque no fuera a sentirse él traicionado! En torno de Estela el viento de las cumbres se encuentra con el viento que asciende de La Caída y enredándose hacen que hablen sus bufidos.

¡Y tú y yo siempre pensando hay que hacerlo sin que vaya a darse cuenta... sin que vaya él a advertir que un día vamos a dejarlo!, insiste Estela hablándose de pronto a media voz, pues el bramido de los vientos que ante ella están bailando revuelve aún más su cabeza y la ensordece: ¡para que veas que me tenías que haber oído a mí desde antes!

¡Tenías que haberte decidido hace ya tanto... puta mierda... cuántas veces te rogué que lo dejaras... que nos largáramos un día sin decir nada!, exclama LaqueadoraaEpitafio a dos metros de La Caída, y alzando aún más el tono suma: ¡no lo hiciste y ahora él te ha traicionado! Los dos vientos que en el aire siguen enredando sus violencias, mientras tanto, aceleran como acelera, en el fondo de La Caída, el falso vehículo blindado y sus rugidos le dan forma a un nuevo aullido.

¡El cabrón nos la ha jugado!, asevera Estela ante la orilla de La Caída y observando su teléfono descubre que por fin tiene señal este aparato. Apurada, LaqueadoraaEpitafio marca entonces el número que sabe de memoria: ¡me encantaría verte la cara ahorita que oigas lo que me hizo... ahorita que oigas qué pasó allá en La Cañada y comprendas que a ti también debió tenderte una trampa!

El único rostro, sin embargo, que de golpe se deforma es el de Estela cuando escucha la misma voz que oyó Epitafio hace un rato: *el número que usted marcó está apagado o se encuentra fuera de nuestra área de servicio.* Tras un par más de intentos vanos, con la misma rabia con la que Epitafio maldijo al mundo en el solar de El Teronaque, en el baño de su casa y en la cabina del gran Minos, Estela lanza: ¡puta mierda... tengo yo ahora que advertirte!

Su grito, sin embargo, es acallado por el silbido de los vientos, y dejándose caer sobre las lajas que sepultan a la tierra LaqueadoraaEpitafio también deja que le caiga encima su pasado y que sea éste el que la aplaste: lo último que alcanza el presente a imponerle es la peste de un cadáver que en algún sitio se pudre. Pero muy pronto ni este olor le importa: está Estela en la cama de Epitafio y es el primer día que amaneció ella en esa cama.

¡Lo que tuvimos que hacer para que no se dieran cuenta!, recuerda Estela y todo es eso que recuerda: el despertar apresurado, el esconderse y el huir después por la ventana.

¡Hijo de puta... cuántas veces tuve que escaparme!, evoca LaqueadoraaEpitafio cerrando los ojos y sonriendo se ve a sí misma de niña, en el hospicio El Paraíso. Luego ve a Epitafio de pequeño y su sonrisa se deshace: ¡debo decirte qué me pasa... si te lo hubiera dicho antes quizá no estaría pasando esto... quizá hubiéramos dejado ya al cabrón del padre Nicho!

¿Por qué no te he dicho nada... por qué me he tardado tanto... no me puedo ir sin contarte qué me pasa!, repite Estela, y aunque no abre los ojos aprieta el teléfono que tiene entre los dedos: ¿por qué tengo tanto miedo de contarte lo que tengo que contarte? ¿Por qué tengo tanto miedo de lo que tengas que decirme... de lo que tú vayas a hacerme... de lo que vaya alguien a hacernos... qué si tú no me haces nada... qué si nadie hace nada?, añade LaqueadoraaEpitafio, extraviándose en su mente de por sí ya confundida por la coca: ¿qué si no ha pasado nada... si él no piensa traicionarnos... si no estamos en peligro?

¿Qué si todo lo imagino... si lo pienso nada más para no hablarte... si lo creo porque me asusta más contarte... porque me da miedo que no quieras ni así tú dejarlo todo?, repite Estela, y en la espalda de sus párpados cerrados aparece el rostro de Epitafio, que en el camino en que se encuentra acelera a Minos, imaginando que esa mujer a la que él ama está escuchando ahora mismo el mensaje que cree haberle a ella dejado antes de irse de su casa: una vida nueva y juntos... una vida sólo de ellos.

Mientras tanto, en La Caída, soplan los vientos aún más fuerte que antes y sacudiendo las antenas de las prótesis de Estela, abren éstos sus párpados sin que ella quiera abrirlos. ¡Puto ruido!, reclama LaqueadoraaEpitafio enfurecida y así, enfurecida, lleva sus manos a sus oídos y arranca sus minúsculos implantes. Sumergida en el mutismo repentino que se ha impuesto, Estela cierra otra vez los ojos y otra vez también se escinde del lugar y del instante en que se encuentra: ¿qué si aquí no pasa nada y nada más pasa mi miedo?

¿Por qué no puedo decirte que nos traigo ahora aquí adentro... por qué mierdas temo tanto que ni así lo dejes todo?, repite LaqueadoraaEpitafio una y otra vez en la sordina sólida y compacta que la encierra: no hay más mundo ni más tiempo, de repente, que las dudas en las que Estela se esconde, ningún otro territorio ni momento que éstos en los que ella se ha encerrado y de los que no habrá de salir hasta que haya el universo estallado: cuando en el fondo de la noche los relámpagos del fuego y de la pólvora incendien la penumbra.

Para Estela no existen, ahora mismo, ni los cerros ni sus hombres, ni tampoco los sinalma ni La Caída en que se encuentra y por la que ahora está ascendiendo el vehículo blindado únicamente en apariencia. Esta falsa camioneta de valores en la que viajan el capitán y el teniente que gobiernan la Meseta Madre Buena: estos dos hombres que hace apenas un instante regresaron al tema que dejaran inconcluso ante las puertas de El Infierno.

—¿En qué parte nos quedamos?

—En lo que hizo con su hijo... el hijo de él pues con su hijo.

—Eso era... el nieto ese de El Gringo —suelta El Tampón diciendo sí con la cabeza—: puto loco desquiciado... mira que hacerle eso a su hijo.

—¿Pero qué chingado le hizo... deja ya de darle vueltas!

—Me cae que no vas ni a creerlo... aunque pensándolo mejor no fue a su hijo —dice El Tampón dejando quieta la cabeza—: no es que se lo hiciera pues a su hijo… o no a su hijo exactamente.

—¿Qué chingado estás diciendo? —pregunta El Topo al borde mismo del hartazgo.

—Que ya estaba muerto el niño… estaba muerto cuando él le hizo todo eso —asevera El Tampón abriendo la hielera.

—Pásame una.

—Se lo hizo pues a su cadáver… pero bien que lo pensó desde que estaba vivo el niño —explica El Tampón y luego suma—: así que sí se lo hizo a su hijo.

—¿Y mi cerveza?

—Ya no quedan —responde El Tampón azotando la tapa de la hielera, y regresando luego al tema que le importa explica—: dicen que a él se le ocurrió desde que estaba enfermo el niño… pinche gente enloquecida.

—¡Dime ya qué fue lo que hizo!

—Dicen también que habló desde antes con el hombre ese que a él le disecaba sus mascotas —afirma El Tampón bajando su ventana—: lo amenazó para que hiciera ese trabajo… lo obligó a medir a su hijo cuando estaba aún en su cama.

—¿Estás diciéndomelo en serio?

—Ordenó también alzar entonces el reloj ese que puso en el jardín de enfrente de su casa… tenía todo preparado cuando al fin se murió su hijo.

—¿Viste ese reflejo? —inquiere El Topo interrumpiendo a El Tampón y señalando la parte alta de La Caída.

—¿Qué reflejo? —pregunta El Tampón echando el cuerpo hacia delante, y viendo para arriba agrega—: yo no veo ningún reflejo… lo que quieres tú es que ya me calle… que no te siga yo contando.

—Claro que quiero... nomás pensé... igual y eso no era nada —duda El Topo acelerando el falso vehículo blindado—: olvídalo y dime cuál reloj estás diciendo.

—Cuando murió su hijo ya estaba terminado... se alzaba en su jardín ese reloj en el que puso luego al niño disecado... no dejó ni que su madre lo velara... lo disecaron cuando estaba aún calientito y lo subieron hasta arriba de la torre.

—¡Cómo dices chingaderas!

—Estoy diciéndotelo en serio... el puto loco puso a su hijo ahí disecado... en el reloj ese que sólo daba la hora de su muerte —lanza El Tampón pero de golpe calla sus palabras, echa el cuerpo hacia delante y asevera—: ¡ahora sí ya vi yo allí algo!

—¡Te lo dije! —exclama El Topo deteniendo el ex camión municipal de la basura, y olvidándose de lo que estaba El Tampón aquí contando suma—: será mejor seguir andando.

Iluminando el suelo con la luz de su linterna, El Tampón abre las puertas traseras del ex camión municipal de la basura y los seis rasos bajan ansiosos a la sierra. Antes, sin embargo, de que empiecen a quejarse, el que recién abrió las puertas alza la mano y señalando con su halo la distancia ordena: ¡no vaya ninguno a abrir la boca... no sabemos si anda alguno de ellos cerca!

¡Y tú baja tu linterna!, exclama El Topo enfurecido, y dándole a El Tampón un manotazo añade: ¡vas a ser tú quien hará que nos descubran! ¡Qué les quede a todos claro... nadie alumbra hacia ese lado!, suelta El Topo señalando los faros de la Ford Lobo de Estela y de las dos viejas estacas, que a lo lejos son apenas seis destellos asustados. Luego, bajando la cabeza, El Topo echa a andar cubriéndose del viento que sacude el espacio y que estremece, allí donde se encuentran, a los hombres aferrados a sus fierros y a los sinnombre pero no a LaqueadoraaEpitafio, que sigue todavía extraviada en sus adentros.

Vamos a ir por ese lado pero mejor vamos a hacerlo sin linternas… eso es… que nadie prenda su linterna, cambia El Topo de opinión y al hacerlo vuelve el rostro sobre un hombro y mete prisa a sus seis rasos. ¡Ya lo oyeron… en silencio… sin pararnos y sin que ni uno alumbre nada!, confirma El Tampón mirando el cielo un breve instante: es tan densa la vía láctea que podría confundirse con la sombra de una nube.

¡No se quede atrás ninguno… nadie debe retrasarse!, repite El Topo tras haber andado un rato, y girando la cabeza nuevamente sobre su hombro observa cómo, más allá de los seis rasos, se anuncia la luz limpia de la luna. ¡Apúrense que está saliendo ya esa madre y podrán vernos!, suma El Topo al mismo tiempo que El Tampón vuelve su rostro, ve la luz plateada y lo secunda: ¡al que se quede va a cargarlo la chingada!

En las cabinas del convoy, mientras tanto, los choferes también miran, a lo lejos, ese halo que se asoma tras los cerros. Estela, por su parte y a pesar de estar sentada ante La Caída, no repara en cambio en esa luz de anunciación que arde en los límites del cielo: para ella no existe en este instante otro horizonte que el que evoca su memoria, este horizonte que contempla sobre el techo del hospicio El Paraíso, recargada en Epitafio: sigue ella recorriendo sus adentros.

¡Les dijimos que marchando y sin pararse!, reclama El Tampón tras otro rato, y volviéndose a sus rasos está a punto de apurarlos nuevamente cuando El Topo lo adelanta: ¡no sabemos cuánto van a estar parados! ¡Y si se marchan van a ser ustedes los que paguen!, suma El Topo aplaudiéndole a sus rasos y atestiguando el levantarse de esa luna que inunda con su luz ahora el espacio. Es la misma luna que, en el camino que recorren Epitafio, Mausoleo y Sepelio, apenas es una advertencia y que, allá en Toneé, donde los chicos de la selva están ahora negociando en el atrio de la iglesia, no se alcanza a ver porque se acerca una tormenta.

Treinta o cuarenta metros después, mientras ascienden los ocho hombres que dejaron Lago Seco un promontorio, un sonido inesperado los detiene: en algún lugar de La Caída el muro que las eras han tallado con paciencia se desgaja y un montón de piedras se despeñan. El eco de estas piedras, que ahora ruedan removiendo a otras piedras, también llega hasta al convoy y ahí sobresalta a los que siguen aferrados a sus armas, a las sinalma que hace poco devolvieron a sus cuerpos la promesa de estar vivas y a los sinnombre que aún siguen escuchando a Merolico.

"Ya nos dejaron aquí solas..." repetía y repetía la señora...
"no vendrán más a buscarnos... quizá lo hemos
conseguido..." insistía e insistía la vieja esa...
luego dijo: "libres a pesar de ser unas
violadas... libres para volvernos al camino...
para seguir hacia delante".

Te esperan el amor y la pasión... hay para
ti un hombre rubio y alto... güero como el oro
y grande y fuerte... tus líneas muestran además
un chorro de años... te espera una vida larga...
plena y llena de alegrías... tu mano no puede
mentirme... saldrás de aquí a salvo.

Por su parte, a pesar de la violencia con que rueda el eco de las piedras por la sierra, Estela no oye su concierto ni tampoco siente el temblor que lo acompaña: es inviolable la muralla que ha erigido entre ella y el planeta tras arrancarse las dos prótesis que yacen en sus dedos. Ahora mismo, LaqueadoraaEpitafio sólo oye la voz del hombre que en el techo del hospicio se levanta y reta: a ver quién llega primero a aquellas piedras.

Esas piedras en las que Estela y Epitafio se escondieron tantas veces, esa enorme mano fósil en cuya palma color hueso ella ahogó su respirar enloquecido la primera vez que abriera ante él su cuerpo: ¿cómo mierdas voy ahora a decirte que nos traigo aquí encerrados... cómo putas que ahora llevo al que tú no quieres que nazca?, se pregunta LaqueadoraaEpitafio sin reparar tampoco en el nuevo terremoto que está apenas empezando: ¿cómo mierdas si te oí decir mil veces no hacen falta en este mundo más pequeños?

Sí escuchan, en cambio, la segunda avalancha los ocho hombres que dejaron la Meseta Madre Buena y que ahora, tras acercarse otros cien metros al convoy que arrastró Estela hasta este sitio, se detienen pues El Topo ha ordenado: ¡paren ahora mismo todos! Luego, cuando el rugido del segundo terremoto es ya sólo el sonido de unas piedras perturbando el vacío, El Topo se acerca al único árbol que encuentra y dirigiéndole a El Tampón un par de gestos le exige a sus seis rasos: ¡no se muevan de este sitio... nosotros vamos a subirnos un momento!

Deberíamos de cruzar por esa parte, sugiere El Tampón cuando alcanza la rama donde El Topo está sentado y señalando el espacio añade: llegar por esas grietas que allá se hunden... aparecer allí de pronto y disparando. Estoy de acuerdo, anota El Topo contemplando el espacio que se extiende ante sus ojos, hace rato acostumbrados a la noche: a menos... a menos que nos hayan ellos visto y que por eso estén parados.

¿Crees que nos están ahí esperando?, pregunta El Tampón viendo el océano de rocas que la luna ilumina con su luz azul metálica: ¿en serio piensas eso?, insiste porque no encuentra respuesta todavía y es entonces que él también se hunde en sus miedos, estos mismos miedos que callaron a El Topo hace un segundo pero no esos que callaron a Estela hace ya un rato. Estela, esta mujer que ahora, hundida todavía en su memoria, entra en un sótano de El Paraíso y otra vez quema la epidermis de Epitafio con el punzón del padre Nicho: ojalá que me perdones… que me digas cómo hiciste tú aquel día: nada va a hacer que yo a ti ya no te quiera.

Sobre el lugar en el que está Estela sentada, una bandada de cigüeñas cruza el cielo y se aleja presumiendo el castañeo de sus picos, defraudada al no haber conseguido la atención de LaqueadoraaEpitafio. Luego, buscando que alguien las admire, la bandada alcanza el sitio donde están los que dejaron Lago Seco y gritando llaman la atención de estos ocho hombres: levantando la mirada El Topo emerge del silencio en el que estaba y suelta: vamos a pensar que no nos vieron pero no vamos a hacer lo de las grietas… por si acaso sí nos vieron… porque si ellos sí nos vieron van a estarnos esperando.

Hay que saltar sobre las grietas y seguir para ese lado, suma El Topo luego de un par de segundos pero El Tampón lo interrumpe: rodear por fuera y luego entrarles por la espalda… no van a saber ni qué ha pasado. Exactamente… entrarles por la espalda, confirma El Topo soltando la rama en que yacía, y empezando a descender hacia la tierra mira cómo las cigüeñas se extravían para siempre en la distancia.

Cuando El Topo y El Tampón le han explicado ya su plan a los seis rasos que los siguen, los ocho hombres que dejaron la Meseta Madre Buena echan a correr entre las piedras congeladas por los halos de la luna. ¡Ojala que esos cabrones no nos oigan!, ruegan los seis rasos mientras sus pechos aceleran sus latidos y sus palmas deshidratan sus temores, mientras El Topo sigue rumiando el plan que allá en el árbol han trazado y mientras comienza El Tampón a desconfiar de este plan en los trasfondos de su mente.

¿Por qué otra vez vamos a hacerlo como él quiere?, se pregunta El Tampón corriendo tras El Topo, que por su parte duda: igual tendría que dividir a estos cabrones. Unos cabrones que en silencio siguen suplicando: ¡ojalá no escuchen nada! No imaginan los seis rasos que allá en el convoy al que dirigen sus carreras el sueño ha ido venciendo, uno tras otro, a los muchachos que obedecen a Estela. Esta mujer que hace apenas un segundo abandonó el sótano en que estaba.

En el cuarto de Epitafio, Estela cura las heridas que serán un día los triángulos de puntos de ese hombre al que ella adora y otra vez escucha las palabras que dijera él aquel día: nada podrá hacer que deje yo un día de quererte... nada que pase va jamás a separarnos. ¿Por qué aún no te lo he dicho... por qué si nada va jamás a separarnos?, se pregunta Estela y en su pecho el corazón se acelera: ¿qué más da cómo lo diga... no va nada a separarnos... me lo dijiste tú a mí en serio... a lo mejor y hasta sea bueno... igual y así por fin lo dejas todo!, añade LaqueadoraaEpitafio en su silencio, abandonando ahora el cuarto y apurando sus dos pies en la escalera del hospicio.

Es lo mismo que hacen: apurar el ritmo de sus pies, los ocho hombres que dejaron la Meseta Madre Buena: hay que brincar sobre las grietas, explica El Topo señalando la distancia: seguir después por esa parte hasta encontrar lo que se ve. Antes de que acabe de escupir él sus palabras, sin embargo, El Tampón lo interrumpe nuevamente: ya no sé si es buena idea ir a dar toda esa vuelta... creo que mejor será no ir hasta el río que habíamos dicho.

¡Cállate y no pongas más nervioso a nadie... ve ya cómo vienen éstos!, exclama El Topo enfurecido y volteando hacia El Tampón agrega: ¡ya quedamos tú y yo en algo y no es momento de dudarlo... mejor apura tu carrera que te vamos a dejar si no a ti rezagado! Masticando su coraje, El Tampón aprieta el ritmo de sus piernas al mismo tiempo que se dice: no me gusta que decidas siempre todo... que no escuches lo que tengo que decirte.

Luego, cuando los ocho desbocados por fin dejan el piélago de rocas y saltando las grietas se internan en la zona donde el suelo cobra vida: crecen los rastrojos como venas en las lajas, se hinchan como ronchas las biznagas y los órganos levantan sus presencias fantasmales, El Topo suelta: ¡ahora sí estén todos listos... aquí nomás tendría que estar el río ese!

Cada vez más apurados, los ocho hombres que el padre Nicho y que Sepelio contrataron, rodean varios huisaches, dan con el río que está ya a sólo cien metros del convoy que siguió a Estela hasta La Caída y entran en su lecho polvoriento. Justo entonces, mientras los pies de los que son de Lago Seco alzan el polvo que yacía aquí dormido, el viento de la sierra sopla nuevamente y los seis rasos, El Tampón y El Topo avanzan protegiéndose los ojos con los brazos.

No se enteran, por su parte, de la nueva ira del viento los sinnombre ni los hombres de Estela ni tampoco esta mujer que acaba de salir de El Paraíso hace un instante. Abandonado su pasado, sin embargo, Estela se extravía ahora en su futuro: vas por fin tú a atreverte a dejar todo... nos iremos a La Carpa... viviremos apartados de todo esto y todos ellos.

¡Sólo tengo que llamarte y que decirte que estoy embarazada!, insiste Estela bajo el vano de la puerta de esa casa que un día habrá de levantar y de habitar con Epitafio: antes, sin embargo, de que abandone su futuro y emerja de sí misma para hablarle a ese hombre que la quiere a ella tanto, la esperanza la embelesa y agarrándola de un brazo, como agarra ahora El Tampón a El Topo allí en el sitio en que se encuentran, la sumerge un poco más en sus adentros, extraviándola en los cuartos de la casa que imagina.

Sacudiendo el brazo con violencia y liberando su codo de la mano de El Tampón, que hace apenas un instante ha ordenado: ¡espera y párate un momento!, El Topo frena su carrera: ¿qué chingado estás haciendo? Ahora que estemos... aha... aha... ya allí cerca... aha... aha... sería bueno... aha... separarnos... que te sigan a ti algunos... aha... que se vengan los demás allá conmigo... aha... hay que llegarles por dos lados, exclama El Tampón volviendo la cabeza hacia los rasos.

Recobrando él también el ritmo de su aliento, El Topo clava sus dos ojos en los ojos de El Tampón y advierte: ¿quién te crees para decir cómo caerles... aha... es a mí al que le toca decidir cómo lo hacemos... aha... además claro que vamos a hacer eso pero no eso únicamente... justo allí donde esas madres se levantan partiremos nuestro grupo. ¿Justo donde qué mierdas se alzan?, pregunta El Tampón mirando los vehículos que tienen ya a sesenta metros: ¿de qué madre estás hablando? Sus palabras, sin embargo, son interrumpidas por El Topo, que echando a andar sus piernas vuelve a ordenar a sus muchachos que lo sigan.

Antes de que El Tampón consiga reaccionar y reclamar, los rasos son tan sólo sus espaldas en frenética carrera. Una frenética carrera como ésta que vislumbra Estela en su futuro: corren sus hijos y Epitafio en el solar que une su casa con La Carpa. El que llegue antes dará nombre al perro nuevo, anuncia Epitafio en la quimera que Estela se imagina como anuncia aquí El Topo, apretando el ritmo de sus piernas: hay que dejar ahora el lecho y seguir entre esas madres.

Burlando los órganos, biznagas y huisaches que entorpecen su carrera y acelerando como nunca antes sus piernas, El Tampón alcanza a El Topo: ¿quién te crees… aha… aha… para decirme… aha… aha… a mí lo que hago… aha… aha… quién te dijo a ti… aha… aha… que eras el jefe? Sonriéndole a la noche, El Topo vuelve el rostro y suelta, a treinta metros del convoy: ¡órale pues… aha… aha… qué es lo que quieres… aha… aha… que ahora hagamos?

Apoyando sus dos manos en sus muslos, El Tampón explica entonces: vamos aquí ahora a separarnos… aha… pero después hay que volver a dividirnos… aha… llévalos a ellos y allí vuelve a dividirlos… allí nomás enfrente de esos órganos enormes… aha… yo me los llevo a éstos y allá también luego los parto.

Justo antes, sin embargo, de que el grupo se separe y otra vez eche a correr, El Tampón posa en El Topo su atención y ordena: ¡lánzame una piedra cuando estén ustedes listos! Luego, cuando los grupos finalmente se separan y apresurándose se acerca al convoy que trajo Estela hasta este sitio, la sierra vuelve a presumir toda su fuerza: aúlla el viento levantando una tormenta de arenisca y piedras finas.

Luchando con la grava y la arena que los hiere, los que son de Lago Seco encogen más y más sus cuerpos, y los brazos de sus jefes les indican su última orden: túmbense ahora sobre el suelo… seguiremos pecho tierra. Tras avanzar un par de metros, sin embargo, los ocho hombres son de golpe detenidos por la grava con que el viento los castiga:

a pesar de estar ya casi encima de los vehículos de Estela, no pondrán fin a su acecho hasta que no haya terminado la tormenta.

Esta tormenta de arenisca que también castiga las estacas y la Ford Lobo de Estela, donde no oyen el coraje de la sierra ni los hombres que hace rato se durmieron ni los sinnombre que aún cantan su esperanza o que aún siguen escuchando la esperanza que falsea Merolico. Esta tormenta que también castiga a Estela y que por poco la hace emerger de sus adentros: si no lo hace es porque no quiere dejar aún el futuro sin haberlo convertido en recuerdo: no abras todavía los ojos… no regreses a la sierra, se dice LaqueadoraaEpitafio aferrándose a la imagen de sus hijos.

A pesar, sin embargo, de que no quiere Estela abandonar aún su futuro, hay sucesos que no pueden controlarse: como no basta a la tormenta con herir la piel de LaqueadoraaEpitafio, el viento irrumpe con sus piedras en su mente y sin que pueda ella evitarlo alza en la casa que imagina otra tormenta. Una tormenta que se lleva a Epitafio y a sus hijos para siempre y que, alcanzándola luego a ella, abre sus párpados de golpe: ha vuelto finalmente a La Caída.

X

Cuando la tormenta de arenisca se detiene, los que son de la Meseta Madre Buena abren los ojos, vuelven a arrastrarse pecho tierra y así alcanzan los lugares donde tienen otra vez que dividirse. Están justo encima del convoy que siguió a Estela hasta este sitio, donde la luna brilla como un foco sumergido bajo el agua.

Sigan ustedes a ese lado, susurra El Tampón mirando a los dos rasos que se alejan por su izquierda, al mismo tiempo que El Topo, al otro lado de los vehículos, ordena: váyanse hacia allá y no se detengan hasta estar justo delante. Convertidos por la luna en sombras blancas, los ocho hombres que dejaron la Meseta Madre Buena alcanzan los lugares que les tocan y se alistan para dar fin a su acecho.

¡Una piedra… necesito una piedra!, piensa El Topo, y agarrando la primera laja que encuentra titubea: ¿me levanto o se la aviento así nomás aquí tirado? ¿Por qué mierdas tarda tanto?, se pregunta, por su parte, El Tampón, y alzando la cabeza intenta ver del otro lado del convoy que está a tres metros de su cuerpo. Este convoy que hace tanto abandonó esta mujer que ahora contempla La Caída, sin terminar aún de entender dónde se encuentra.

Un segundo antes de que Estela logre aterrizar sobre el sitio y el instante en que se halla, sin embargo, El Topo se levanta, arquea la espalda, echa atrás el brazo izquierdo y lanza la señal que convinieron El Tampón y él hace rato. Los estallidos, que primero son tan pocos que podría alguien contarlos, son después un aguacero, una tormenta que revuelve la penumbra y que secuestra, con sus brillos y destellos, la atención de LaqueadoraaEpitafio.

¡Puta mierda… qué chingados?, grita Estela observando esos mudos fogonazos que a lo lejos centellean e intentando al mismo tiempo encajarse en los oídos las dos prótesis que antes se sacara: ¿qué chingados es todo esto… cómo mierdas?

Ratatatatán, grita El Tampón por su parte, mientras la rabia de su arma y de las armas de sus rasos castiga a los hombres que yacían aún dormidos y alcanza a los sinnombre. Ratatatatán, machaca mientras sus balas perforan pieles, carnes y entrañas como perfora el alma de Estela lo que está en la lejanía aconteciendo: ¡cómo pude… lo vi claro… pinche padre lo tenías todo esto listo!

¡Puto Nicho hijo de perra!, maldice LaqueadoraaEpitafio y su cuerpo empieza a temblar sin que ella pueda controlarlo: ¿dónde estaban escondidos… puta mierda! ¡Puta madre… cómo no me imaginé esto?, suma Estela estremeciéndose y las prótesis que intenta devolver a sus oídos saltan de sus dedos y se pierden sobre el suelo al mismo tiempo que El Topo exige a voz pelada pero en vano: ¡estuvo bueno!

Recostándose en las lajas, Estela busca sus pequeños aparatos mientras El Topo vuelve a ordenar en la distancia: ¡ya está bueno… qué no oyeron que les dije ya está bueno! Ratatatatán, sigue gritando, sin embargo, El Tampón mientras su arma y las armas de los rasos siguen impactando la Ford Lobo y las dos viejas estacas.

¡Estoy diciendo que le paren!, ruge El Topo cada vez más enojado pero tampoco ahora consigue detener el aguacero que destroza hombres y fierros: el único ser vivo que no ha alcanzado el fuego se ha salvado al caer bajo los cuerpos mutilados y ser por éstos sepultado. ¡Dije ya que ya le paren… qué no escuchan o qué mierdas!, insiste El Topo nuevamente en vano, como en vano busca Estela sus dos prótesis perdidas y en vano también piensa: ¡olvídalas y vete de este sitio!

¡Levántate y huye antes de que ellos se den cuenta!, se dice LaqueadoraaEpitafio pero aplastada esta vez por su presente no concibe hacerse caso: ¿cómo voy así a largarme... tengo que saber quiénes son ellos! Alzando la cabeza y despegando su mirada de las lajas, Estela observa otra vez la zona del desastre y se aferra: ¡debo decirle a Epitafio quién chingado nos hizo esto... quiénes son esos cabrones!

¡Cabrones!, repite LaqueadoraaEpitafio masticando esta palabra y observando a los que son de Lago Seco, cuyo jefe sigue todavía rugiendo: ¡paren que no van luego a servirnos... que no va a encender ninguna! ¡Por qué mierdas no hacen caso!, clama El Topo cuando el último arreón de sus muchachos ilumina la humareda de la pólvora como iluminan los relámpagos el cielo ensombrecido.

Cuando el sistema vascular de la humareda finalmente se apaga y los dos vientos de la sierra vuelven a escucharse, Estela acepta que se tiene que acercar para saber quién la ha atacado, y renunciando a sus prótesis avanza hacia el desastre, donde El Tampón sonríe y donde El Topo exclama: ¡miren cómo los dejaron... pinche bola de pendejos! ¿Cómo vamos a pagarle a los dos viejos... qué les vamos a llevar ahora a El Infierno?, añade El Topo manoteando la humareda que el viento sacude ahora en el espacio.

Luego, cuando el viento arrasa al humo, la luna vuelve a alumbrar todo con sus halos: estos mismos halos que en Toneé apenas señalan el comienzo de la marcha de los chicos de la selva y de estos otros hombres y mujeres que a partir de ahora los siguen y que en el sitio en que él se encuentra alumbran el camino de Epitafio, este hombre en el que Estela está pensando mientras se acerca temerosa al sitio del desastre.

Tengo que saber quiénes son ellos... averiguarlo y después irme, se dice Estela en su silencio, avanzando cada vez más asustada y observando fijamente las siluetas que pasean entre los restos de su Ford Lobo y sus dos viejas estacas. Sólo un poco más y podré verlos, piensa LaqueadoraaEpitafio arrastrándose otro par de metros, y sintiendo que va el pecho a estallarle reconoce en la silueta que está viendo la forma de uno de los hombres que dejaron Lago Seco: ¡hijo de perra!

¡Pinche cerdo hijo de puta!, maldice Estela en su silencio, sintiendo cómo el vientre se le encoge y girando luego sobre el suelo. ¡Pinche Topo traicionero!, machaca LaqueadoraaEpitafio apresurando su arrastrarse, y el calambre de su vientre se convierte en un espasmo en cuanto piensa: si estás tú metido en esto está el Sepelio a huevo... pinche Sepelio desgraciado... cómo puedes hacerme esto... cómo puedes hacerle esto a Epitafio.

¡Epitafio... tú también corres peligro... no sólo a mí me han traicionado... tengo que llamarte cuanto antes!, se dice Estela y a pesar de que su instinto le ordena que no lo haga se levanta y se aleja ahora corriendo del desastre. ¡Epitafio... puta madre... Epitafio... puta madre!, repite Estela como un salmo, apresurando más y más sus piernas y su lengua, y evocando la voz honda de ese hombre al que ella adora se acuerda de sus prótesis caídas: sólo entonces se da cuenta de que no está oyendo nada.

Y como no está oyendo nada, LaqueadoraaEpitafio no escucha el sonido ni el eco ni el rumor de esta voz con la que El Topo ordena a sus seis rasos: ¡revisen ahora si hay alguna que aún encienda! Y como no está oyendo nada, no escucha tampoco las palabras con que El Tampón clama después: ¡en la Ford Lobo no hay nadie... no está aquí el cuerpo de Estela... búsquenla ahora mismo todos... vaya a ser que se salvara!

¡Vaya a ser que se escapara!, insiste El Tampón cuando alcanza el sitio donde está El Topo parado, y viendo cómo, en su rostro, transforma la ira sus facciones suelta: ¿cómo pudo pasar esto... por qué no está allí el cuerpo de Estela? Antes, sin embargo, de que El Topo atine a decir algo suenan las voces de los rasos: ¡no está Estela en las estacas... no está ella en ningún sitio!

Y es que Estela sigue todavía corriendo. Y seguiría corriendo otro buen rato si no fuera porque ahora, sobre el borde de La Caída, se tropieza y se despeña. Tras volar casi tres metros, LaqueadoraaEpitafio azota entre dos piedras que además de lastimarla la esconden y rescatan de la muerte pero no de la inconsciencia en que se hunde, llevándose consigo sus temores y la suerte de Epitafio: este hombre que cambia ahora un par de marchas y reclama a Sepelio y Mausoleo: esténse listos que muy pronto pararemos, al mismo tiempo que se acuerda de esos seres que aún trae en la caja y de los chicos de la selva.

Estos chicos que, seguidos por los hombres y mujeres que cruzaron las fronteras hace apenas unas horas, abandonan otra vez Toneé y se internan en la selva evocando, también ellos, a Epitafio, quien ahora, como hiciera antes la mujer que tanto quiere, se mete dos puntas de coca y piensa en Estela: esta mujer que, rotos los vínculos que la adherían a la conciencia, no se entera de que empezaron hace apenas un momento a buscarla ni se entera de que será luego esa búsqueda truncada.

¡Vuelvan todos a este sitio!, grita El Topo arrepentido, y aceptando que no quiere lo que quiere alza la cabeza y mira, en las alturas, el pesado y lento vuelo de la bandada de cigüeñas que han vuelto a La Caída hace un instante: ¡estoy diciéndoles que vengan… qué no escuchan o qué pasa… no podemos hoy perder toda la noche… hay que irnos a El Infierno! Los primeros en llegar junto a El Topo son El Tampón y el más joven de los rasos, quienes antes aún de detenerse escuchan: ¡vamos tú y yo a traer la camioneta!

¿Me estás o no me estás oyendo?, suelta El Topo observando a El Tampón, y dándole después al más joven de sus hombres un pesado manotazo explica a éste y al resto de sus rasos, quienes acaban de llegar hace un momento: vamos a ir nosotros dos a traer la camioneta… echen mientras los cadáveres en la que esté menos jodida… si no enciende vamos a arrastrarla… así que vean cómo la amarran!

Y ustedes dos, advierte luego El Topo al par de rasos que pagarían por no ser ellos a los que él les está hablando: váyanse a buscar por ahí a Estela. ¡Van a quedarse y más les vale que la encuentren… tiene que estar en algún sitio esa pendeja!, ordena El Topo dándose la vuelta, y dirigiéndose al lugar donde dejaron el vehículo blindado en apariencia lanza: si no volvemos a El Infierno van a saber que algo ha pasado.

Hay que decir que salió todo perfecto… hay que decirle a Sepelio que está muerta… que su cuerpo estaba entre los cuerpos que les dimos a esos viejos, declara El Topo apresurando sus pasos y apresurando, sin saberlo, los sucesos que aquí siguen: llegarán hasta la falsa camioneta de valores, volverán al sitio del desastre, amarrarán allí una estaca al ex camión municipal de la basura y se irán de La Caída para siempre.

La mudez en que se sumen los dos hombres que encabezan a los hombres que dejaron la Meseta Madre Buena, mientras desciende el vehículo blindado únicamente en apariencia la ladera de La Caída y se aleja del lugar donde están ahora buscando a Estela sólo un par de rasos, no será violada hasta que no haya aparecido El Infierno en la distancia. No será violada pues hasta este instante en el que El Topo alza una mano del volante y asevera: allí están otra vez las llamas.

—Pinche ciega... se ven ya desde hace rato —dice El Tampón, y al hacerlo se da cuenta de que quiere ahora decir todas las cosas que venía antes pensando—: ¡deberíamos de seguir aún allá arriba... no iba nadie a darse cuenta... por qué mierdas elegiste a esos pendejos... debí yo de allí quedarme!

—¿Para quedarnos sin La Carpa?

—¡Para encontrar a esa cabrona... qué tiene que ver aquí La Carpa?

—¿Qué tiene que ver... qué tiene... en serio nunca entiendes nada! —ruge El Topo acelerando el motor de la falsa camioneta de valores—: ¡si se entera Sepelio que perdimos a Estela nos quedamos sin La Carpa... y va a enterarse si llegamos allí tarde y ellos hablan con él luego!

—Igual debí quedarme yo allá arriba.

—Así va en cambio a creer que salió todo como tú y yo lo planeamos... por eso no podías quedarte... porque te va él seguro a hablar dentro de nada.

—¿Y le digo entonces que está muerta... eso quieres?

—Exactamente.

—¡Como no eres tú el que va a mentirle!

—No le vas a estar mintiendo... es nada más cosa de tiempo... van seguro allí a encntrarla!

—¿Y si lo apago? —pregunta El Tampón viendo el teléfono que tiene entre las manos—: ¿si lo apago y esperamos a que la hayan ya encontrado?

—¡En serio que nomás no entiendes nada… qué no oíste que les puede hablar a ellos?, inquiere El Topo señalando El Infierno—: tú hazme a mí caso… cuando llame nomás dile que salió todo perfecto.

—¿Y qué si ellos se dan cuenta que no viene? —interroga El Tampón señalando ahora él El Infierno, donde alcanzan ya a apreciarse las siluetas de los dos trillizos que allí quedan.

—¿Cómo van a darse cuenta si no saben ni qué traemos? —dice El Topo viendo cómo crecen las siluetas—: además aunque supieran no podrían ni buscarla… eso es puro trocerío… no podrían reconocer ahí ni a su madre.

—Hace rato tan cabrones y ahora míralos qué ansiosos… ve nomás cómo están viendo la estaquita.

—¿Paro aquí o sigo hacia el fondo?

—Mejor síguete hasta adentro.

—Me dan ganas de aplastarlos.

—Estaciónate ahí junto a esos tambos.

Antes de que El Topo frene por completo, El Tampón vuelve su cuerpo hacia la puerta, alza el seguro, jala la manija y se apea al El Infierno dando un salto. Al verlo, los dos trillizos que aún habitan este sitio: el tercero se marchó una madrugada y sin decirle nada a sus hermanos se fue a vivir allá a la sierra, echan a andar sus cuerpos y atraviesan la humareda que vomitan varios tambos, sacudiendo en el espacio sus dos manos.

Guiado por los faros de la falsa camioneta de valores, El Tampón se adentra también él en la humareda, y a un lado de las lumbres que crepitan a su izquierda y que encienden la epidermis de Encanecido y de Teñido anuncia: ahí les traemos esas madres. Entre los tambos, un perro asoma la cabeza y echa a correr luego, sobresaltando con su prisa a los dos viejos que al unísono indican: sólo traen una y dijeron que traerían tres camionetas.

Cuando el perro es solamente el recuerdo de su paso, El Tampón declara: venían ellos nada más en una estaca... no traían tampoco la otra camioneta que había dicho el Sepelio. En el más grande de los tambos truena entonces un efímero estallido, y tras volver hacia la izquierda su atención un breve instante, El Tampón vuelve a clavar en los dos viejos su mirada. Vamos pues a ver cómo la vemos, señala Encanecido y los tres hombres se encaminan finalmente al mismo sitio.

Acelerando el ritmo de sus piernas, sin saber que así aceleran nuevamente los sucesos que aquí siguen: negociarán el precio de los cuerpos y el valor de la hojalata, descargarán el trocerío que son los hombres de Estela y los sinnombre, descubrirán que viene un cuerpo entero y asombrosamente vivo y negociarán luego el valor de Merolico, los dos viejos que fundaron El Infierno y El Tampón vuelven al sitio en el que antes se reunieron y ahí discuten si los que son de Lago Seco pueden quedarse o no a descansar en Tres Hermanos.

Sin que pierdan los eventos y sucesos que aquí están aconteciendo aún su nueva prisa, El Topo y El Tampón discuten si dormir en su camión o si dormir en el taller de los trillizos que aquí quedan, y se duermen luego un par de horas, ellos y sus rasos, en el interior de la acería de Tres Hermanos. Mientras tanto, Teñido y Encanecido asisten al migrante que recién han adquirido, lo ayudan a entender qué ha sucedido y le explican cómo es posible que esté vivo.

Luego, mientras los viejos que fundaron El Infierno le enseñan a Merolico los rincones de su reino y le muestran qué será lo qué él hará aquí a partir de ahora, El Topo y El Tampón por fin despiertan, discuten si es mejor irse a La

Carpa o si es mejor volver a La Caída y, decidiendo irse a La Carpa, abandonan El Infierno, abandonando al mismo tiempo y sin hacer apenas ruido la historia de Estela, Epitafio y los dos chicos de la selva, esos dos chicos que caminan sin hablarse ahora entre ellos ni hablarle a los que siguen su avanzar esperanzados.

Segundo intermedio

Volverán la luz y el fuego

I

Los cuartos traseros del vehículo que acaba de dejar en El Infierno otros dos cuerpos doblan sobre el fondo de la noche y sus destellos se extravían en la distancia. Sólo entonces los trillizos que aún habitan este sitio se dan vuelta y agarrando a Merolico de los brazos echan otra vez a andar hacia su reino.

—Siempre tienen que hablar antes —le dice Encanecido al viejo que no sabe cómo puede aún estar vivo.

—Haber llamado y haber dicho cuántos traen y cuánto pagan —suma Teñido viendo un breve instante a Merolico, y soltándolo del brazo ordena—: ayúdame a cerrar ahora esta reja.

—Por eso entraron sin problemas los que acaban de marcharse —explica Encanecido, contemplando cómo su trillizo y Merolico arrastran las dos puertas.

—Porque hablaron hace rato... ellos nos llaman siempre en la mañana —completa Teñido tirando de la barra que clausura las dos puertas—: sólo puedes permitir que entren aquí los que han llamado.

—¿Y el candado? —consulta Merolico agarrando a Teñido, y cuando está éste ya dándose vuelta y girando la cabeza hacia ambos interroga—: ¿qué tal que ellos sí regresan?

—El candado yo siempre lo pongo —asevera Encanecido haciendo a un lado a su hermano y al más viejo de entre todos los sinnombre.

—Ya te dije que no creo que ellos regresen —suelta Teñido dándose la vuelta nuevamente y arrastrando a Merolico—: por lo menos ya no en varios días.

—Y si vuelven ya no tienes que temerles —añade Encanecido cerrando el candado y dándose él también la media vuelta—: esos cabrones no van ya a hacerte nada.

—Qué no ves que te compramos... que eres nuestro y ya no pueden decir nada.

—¡Ésta es tu nueva casa! —asevera Encanecido señalando con el brazo el entorno, donde crepita el fuego de los tambos y el humo baila entre los autos desguanzados.

—Aquí estás por fin a salvo —promete Teñido y a su lado estallan, enfatizando sus palabras, dos fugaces resplandores.

—Pero volvamos a lo nuestro... olvídate ya de ellos y volvamos a esa parte —acusa Encanecido apuntando ahora su brazo hacia el lugar donde los cuerpos destrozados en la sierra yacen todavía apilados.

—Hay que ir a ver si ya entendiste.

—Si entendiste lo que harás en este sitio.

La lumbre que emerge de los tambos ahuyenta a las sombras de la noche y marca el camino de los hombres que ahora mismo atraviesan El Infierno sin volver a dirigirse la palabra. En silencio, los trillizos que aquí quedan saborean la felicidad que les otorga tener de golpe un ayudante, alguien que haga lo que hacía antes su hermano. Por su parte, Merolico abraza la fortuna y piensa que no puede fallarle a estos dos hombres que hace apenas unas horas lo salvaron.

Junto a los viejos que al avanzar violan las pétreas humaredas de los tambos, también cruzan el espacio cada uno de los perros que aquí quedan y que no se les separan a sus amos casi nunca: el resto de las bestias se marcharon a la sierra con el trillizo que allá vive. En las alturas, donde el humo que emerge se confunde con la noche, una parvada de cigüeñas migra hacia otro mundo.

A pocos metros del lugar al que dirigen su camino, donde la pila de cadáveres deshechos se desangra y donde el humo tibio, serpenteante y ceniciento de los tambos, se convierte en denso, ardiente e irrespirable, los dos trillizos que fundaron El Infierno y que están cada día más viejos se cubren el rostro con las manos y, bajo sus palmas aconchadas, ponen otra vez a hablar sus lenguas.

—Ojalá que no nos falles —advierte Encanecido, y volviendo la cabeza a Merolico indica—: que el olor no te preocupe.

—Sé que no vas tú a fallarnos —asevera Teñido y también él voltea el rostro hacia el más viejo de entre todos los sinalma que cruzaron las fronteras—: ya verás que te acostumbras a esta peste.

—Yo no sé si me acostumbre —exclama Merolico deteniéndose de golpe y escupiendo, sobre el suelo, el jugo amargo que revuelve sus entrañas y que sube por su esófago, hasta dar con la minúscula iglesia que es su boca de adivino.

—Todo el mundo se acostumbra —asegura Encanecido arrastrando a Merolico nuevamente por un brazo y riendo al ver cómo arquea éste su cuerpo.

—Un día cualquiera ni los hueles —abunda Teñido también él jalando el cuerpo del más viejo de entre todos los sinalma, y acusando las llamas que en un tambo se levantan como enormes girasoles asevera: empezarás con ese fuego.

—Ya verás que igual empieza hasta a gustarte —insiste Encanecido riéndose de golpe, y deteniéndose ante el tambo que su hermano ha señalado vuelve el cuerpo hacia los trozos desmembrados por las ráfagas y el plomo—: la primera vez también nosotros vomitamos.

—Tampoco habíamos olido cómo huelen los humanos al quemarse —agrega Teñido riéndose ahora él, y dándose la vuelta hacia los cuerpos destrozados mete prisa a sus pasos.

—Nos trajeron un coche baleado y venía adentro una mujer hecha pedazos —explica Encanecido siguiendo a su trillizo y arrastrando a Merolico—: querían el coche de regreso y les cobramos por limpiarlo y deshacernos de ese cuerpo.

—Luego volvieron a traernos otra vez otro baleado y esa vez venían allí ya varios cuerpos —complementa Teñido deteniéndose al fin ante la pila de cadáveres—: ese día le dimos vuelta aquí al negocio… se volvió ahora sí deshuesadero.

—Diversificamos pues el giro… además de desmontar hoy desmembramos —explica riéndose aún más fuerte Encanecido—: o te adaptas o alguien más lo hace y te chinga.

—Eso sí… no renunciamos al pasado —advierte Teñido dejando de repente de reírse—: no abandonaos pues lo de antes… tan importante es hoy la carne como el fierro.

—Si nos dejan los vehículos les sale gratis la quemada —declara Encanecido inclinando el cuerpo hacia la pila de carne ensangrentada y macilenta, alzando luego un brazo y blandiéndolo después en el espacio—: si se llevan la hojalata les cobramos cada cuerpo.

—Pero eso ya te lo explicamos —indica Teñido, y al hacerlo finge que ensarta, con el brazo y con la mano que por su parte ha levantado, el cuerpo del más viejo de entre todos los sincuerpo.

—Yo les mentí a todos éstos —balbucea Merolico, pero antes de que pueda poner fin a su enunciado los trillizos que aquí quedan ríen de nuevo y lo interrumpen.

—Ah ah ah... mucho hablar y nada estar haciendo —asevera Encanecido entre sonoras carcajadas.

—Mejor ponte a trabajar tú de una vez y ya no pierdas más el tiempo —manda Teñido aventando el brazo que alzara hacia la pila—: hace rato que acabaste de partirlos y aún no lanzas ni uno al fuego.

—Apúrate que son muchos pedazos y te vamos a estar viendo.

—Y nada de parar aunque otra vez vengan aquí otros.

—Si otra vez viene alguien más vamos nosotros a la puerta —explica Encanecido—: tú de aquí no te despegas hasta que hayas terminado.

—Cuando acabes entonces sí vienes a vernos —dice Teñido dándose la vuelta, y señalando con la mano la casa en la que vive con su hermano advierte—: no cuando acabes solamente de quemarlos... cuando acabes también ya de haber limpiado esa estaca.

—Vamos a estarte allí esperando —suma Encanecido apuntando él también hacia la casa y echando luego a andar rumbo de ésta.

—Y ya lo sabes... desde allí podemos verte —remata Teñido apresurando sus pasos tras los pasos de su hermano.

II

El eco de la puerta que azota Encanecido tras de sí atraviesa el gran deshuesadero pero no entra en los oídos del más viejo de entre todos esos seres que dejaron hace días sus tierras, quien alzando el machete que dejara Teñido sobre el suelo también alza el recuerdo de las voces de esos hombres y mujeres que con él atravesaron las fronteras: ¿cómo pude hacerles eso?

Alrededor de Merolico se pasean, gruñendo, varios perros y murmura el crepitar de algunos tambos: estos sonidos, sin embargo, tampoco hacen eco en sus oídos. ¿Por qué mierdas les mentí a todos ellos?, se interroga el más viejo de entre todos los sinsombra, y al hacerlo también alza, hasta la altura de sus ojos, el machete que sostiene entre las manos. ¿Qué ganaba haciendo eso?, se machaca Merolico mientras corta su mirada con el filo de la hoja y luego lanza esta arma hacia la pila de cadáveres y restos encimados.

El sonido que el machete hace al golpear un trozo de hueso descarnado que emerge entre los cuerpos como emerge el mástil de un naufragio acelera los gruñidos de los perros pero no alcanza tampoco los oídos ni la mente del más viejo de entre todos los sinlengua, que está escrutando ahora las palmas de sus manos, alumbradas por la luz nerviosa y viva de las llamas. No ganarás al final nada… lo dicen claro aquí estas líneas, piensa Merolico, y al hacerlo empieza a reírse sin saber por qué se ríe.

¿De qué mierda me estoy riendo?, se pregunta Merolico entre sonoras carcajadas pero su hablar es segado ahora por el decir de Encanecido, que como un látigo atraviesa El Infierno y que además de castigar al más viejo de entre todos los sinvoz castiga a la jauría que ladra ahora sorprendida:

¡ándale cabrón… te estamos viendo! Sacudiendo la cabeza, Merolico echa de sí los pensamientos y las risas que lo estaban acechando como echa un perro de su cuerpo el agua que lo empapa: a éstos no puedo fallarles.

No les puedo quedar mal a estos cabrones, repite Merolico en su silencio y al hacerlo por fin echa a andar sus piernas nuevamente rumbo a la pila de cadáveres y restos. Justo antes de que alce el machete, sin embargo, estalla la voz de Teñido en la distancia y lo que logran sus palabras, más que acicatearlo, es entumir de nueva cuenta al más viejo de entre todos los sinDios: ¡apúrate con eso que queremos ver que acabes! El grito de Teñido ha hecho, además, que los perros transmuten sus ladridos en aullidos y éstos, sus aullidos, han devuelto a Merolico a aquellos años en que fuera él un soldado.

No te vamos a esperar toda la noche… no te vamos a aguantar si no haces bien lo que te toca, refrendan los hermanos pero no está Merolico ya escuchando: más que aquellos años en que fuera él un soldado está ahora mismo reviviendo aquellos otros en que hubo de sumarse él a los paras, esos años que pasó pues destrozando poblaciones, desmembrando embarazadas, destazando niños y mayores: ya sabía que volverían la luz y el fuego.

Me lo dijeron claro a mí mis manos… el pasado está esperando siempre allí adelante, declara Merolico y al hacerlo vuelve a reírse a carcajadas: es el sonido de sus propias carcajadas, entonces, el que destierra al más viejo de entre todos los sinnombre de su ensueño y lo trae de nuevo hasta El Infierno, donde lo espían, a través de su ventana, los hermanos que de golpe se descubren extrañados: algo acaba de cambiar en ese hombre que alza ahora su machete de la tierra y que así ahuyenta: utilizando su arma y gritando, a los perros que asediaban ya la pila.

El gritar de Merolico pone a los perros todavía más ansiosos y sus aullidos se convierten en chillidos: escuchando este concierto, el hombre que intentó pagarle al mundo los pedazos que arrancara del destino imaginándose futuros, vuelve a detenerse y también vuelve a hundirse en la selva que divide en dos las tierras arrasadas. Antes, sin embargo, de que vuelvan esos años consumidos a atraparlo lo espabila el eco de una risa atronadora que no sabe aún que es la suya.

Cuando entiende Merolico, finalmente, que han sido sus propias carcajadas las que acaban de sacarlo de la selva también oye que de nuevo vociferan los hermanos y que cada vez más agitados vuelven a acercársele los perros. Avanzando un nuevo paso, el más viejo de entre todos los sinalma hunde sus pies entre los cuerpos apilados, levanta su machete por encima de sí mismo y lo deja caer con rabia.

Uno tras otro, Merolico secciona, con tajos rápidos y expertos, los brazos, las piernas y los cráneos de los cuerpos apilados, mientras los perros ya no saben cómo contenerse y en la distancia los hermanos se sorprenden de lo bien que lo está haciendo este hombre al que no parecen ya importarle ni la peste ni el humo ni las llamas que emergen de los tambos, estos tambos que salpican El Infierno aquí y allá como salpican los tatuajes la epidermis del que acaba de quitarse la camisa y así sigue destazando a los caídos.

Cuando por fin ha terminado de partir todos los cuerpos, Merolico lanza a un lado su machete y renunciando al diablito que trajeron los hermanos hasta el sitio en que él se encuentra, empieza a echarse sobre un hombro cada uno de los brazos que sus dos manos levantan. Con los ojos entornados y la boca bien abierta, los dos viejos que fundaron El Infierno observan al más viejo de entre todos los sinvoz: no comprenden lo que pasa ahora en su reino ni comprenden cómo puede actuar así ese hombre que hace apenas unas horas se compraron.

Este hombre que ahora avanza rumbo al tambo que hace rato le dijeron que él usara y que al hacerlo va pensando en el racimo de las manos que le escurren por el hombro y en los dueños de estas manos: ¿cómo pude yo mentirles?, se pregunta entonces Merolico nuevamente y un calambre baja por su vientre: cuando menos volverán la luz y el fuego, se enterca en su mutismo y otra vez se ve quemando, allá en la selva que divide en dos las tierras arrasadas, una aldea con sus gentes encerradas en las casas.

Cada vez más extrañados y asustados, Encanecido y Teñido aprecian el avanzar decidido de Merolico rumbo al tambo y también presencian cómo le habla este hombre a los racimos que ahora carga encima suyo: no saben, no imaginan estos dos hermanos que además de hablarle él a los trozos de cadáver que hace nada tasajeara, el más viejo de entre todos los sinsombra le habla a su destino: el pasado está esperando siempre allí adelante.

Deteniendo su avanzar ante el gran tambo, Merolico toma de su hombro un primer brazo, escudriña la mano que corona a esta extremidad y abriéndole los dedos, que se habían cerrado en puño, ve su palma un breve instante. Luego ríe sin saber que se está riendo y tras darle un largo lengüetazo a la palma echa al fuego el brazo que al caer sobre las llamas lanza al mundo un eco mudo y apagado. ¿Qué chingado está haciendo?, dudan los dos viejos y apurándose uno al otro echan a andar hacia la puerta de su casa: ¡está perdiendo la cabeza!

Cuando ha lanzado al fuego ya todos los brazos que cargaba sobre el hombro, Merolico alza del suelo el bidón de gasolina que dejaron los hermanos junto al tambo y rociando la lumbre atestigua cómo su violencia, nerviosa y poderosa, se levanta enfurecida: así se levantaban, en la selva de las tierras arrasadas, las violencias que acabaron con aldeas, villas y pueblos.

Está todo aquí conmigo… mi pasado, mi presente y mi futuro, razona riéndose el más viejo de entre todos los sin-Dios, y alzando encima suyo el bidón de gasolina hace de su risa nuevamente carcajadas y vislumbra luego en la distancia a los dos viejos que fundaron El Infierno, que apresurando sus carreras hacia el sitio en que él se encuentra rugen: ¡puto loco desquiciado!

¿Qué chingado estás haciendo?, aúlla Encanecido al mismo tiempo que Teñido brama: ¿puta mierda… qué te pasa? El hombre al que los dos viejos exhortan, sin embargo, no escucha sus palabras: empapándose en el líquido que cae sobre su cuerpo se da vuelta y se acerca hacia las llamas, donde mete luego las dos manos. ¡Puto loco… pinche viejo desquiciado… para ya y en este instante!, claman los hermanos cuando pasan justo al lado de los cuerpos con los que están al fin saciando su hambre ahora los perros.

Sin dejar de carcajearse, Merolico se acerca aún más al tambo y utilizando sus dos manos como antorchas se enciende todo entero: apretando la quijada y ardiendo como tea, el más viejo de entre todos los sinvoz salta entonces de cabeza hacia las llamas y no escucha ya a los viejos que fundaron El Infierno cuando llegan éstos hasta el tambo repitiendo: ¿qué chingado estás haciendo… qué no ves que nos costaste?

El libro de los chicos de la selva

I

Flanqueando la marcha de aquellos que cruzaron la gran borda hace muy poco, bajo el goteo ralo e insistente de una lluvia que también de a poco va enlodando las veredas de la selva, los dos chicos que nacieron y que viven aquí cerca apremian su avanzar sin acercarse ni tampoco dirigirse la palabra el uno al otro: viaja con ellos la mujer embarazada en cuyo rostro la madrugada es todavía más oscura que las piedras empapadas.

¿Cuántas veces tengo que decirte: no debemos traer embarazadas?, preguntó antes de sumirse en su silencio el mayor de los dos chicos, saliendo apenas de Toneé, aunque era esta otra sentencia la que querría haber pronunciado: no me da ella buena espina… en algún sitio ya la he visto. ¿De qué mierda estás hablando… cuándo fue que dijiste eso?, inquirió entonces el menor volviendo el rostro, y aunque quiso luego añadir una sentencia fue atajado por el que hace entre ellos dos de jefe: ¡cállate y mejor vete tú atrás de estos cabrones!

¡Hoy te toca a ti ir cuidando que ninguno se nos pierda!, insistió el mayor inaugurando el silencio en el que habrían de sumirse, alejándose del que hace entre ellos dos de subalterno, ordenando al grupo que los sigue: ¡todos juntos y en silencio!, y echando a andar entre los altos cuajilotes y los flamboyanes medianos que separan Toneé de la gran selva donde llevan ya una hora y media caminando: una hora y media en la que no ha dejado él de pensar cómo y cuándo conoció a esa mujer que lo preocupa.

Por su parte, el que hace aquí de subalterno se ha pasado esta hora y media azuzando a los que apenas hoy llegaron de otras patrias, quienes buscan todo el tiempo algún pretexto que les sirva para parar aunque sea un rato y tomar aire: primero fue Elquetieneaúnunnombre quien detuvo su avanzar ante un amate, con la excusa de cambiarse los zapatos por los tenis; luego fue una señora ya mayor la que frenó, para escupir una oración ante un chujume cuyas ramas daban la impresión de sostener un crucificado: empezaba LaquecuentaaúnconDios a masticar apenas su plegaria cuando el menor la alcanzó y empujándola la puso de regreso en el camino.

Más adelante fue Quienaúnpresumedealma el que salió de la vereda, tomando de la mano a su pequeña y usándola a ésta de coartada: quería ir a mear… ya no aguantaba, soltó pero el menor lo regañó encabronado: ¡dijimos nadie se retrasa… méense encima si hace falta! Luego, el que de pronto se detuvo fue un muchacho al que empezó a faltarle el aire: quería sacar de su mochila el pequeño inhalador que le iba a abrir los bronquios pero que en vez de eso cayó entre la hierba: enfurecido, el menor se acercó a Elquetodavíatienecuerpo y bateó el inhalador con su linterna.

Y es ahora la mujer embarazada, en la que sigue aún pensando el mayor de los dos chicos, la que de golpe, con la excusa de su vientre, ralentiza sus dos piernas, se acerca al tronco de un enorme matasanos y, arañando su corteza, encoge las facciones de su rostro ensombrecido y lanza al mundo un quejido hueco. ¡Puta mierda… por qué tengo que decirlo tantas veces!, reclama el menor temblando de coraje, y agarrando a Laquetieneaúnsusombra por un brazo la despega del amate comienza a zarandearla: ¡ándale que no pienso dejarte dar problemas!

¡No voy a seguirlos aquí arreando… el próximo que vuelva a detenerse me las paga!, advierte el que hace aquí de subalterno, harto de hacer lo que ha venido haciendo y pensando, de forma hasta para él inesperada: pobre mujer, a ver si pare aquí en la selva. Luego alumbra a los que apenas hoy atravesaron las fronteras, aprieta la muñeca de Laquetieneaúnsusombra, siente una aguja en el pecho y rumia la sentencia que habría querido, hace hora y media, dirigirle al que aquí hace de jefe: ¡hubieras dicho: ella no viene… no teníamos que traerla si querías que se quedara… hubieras dicho algo en el atrio en vez de luego inventarte eso de jamás embarazadas!

Soltando a Laquetieneaúnsusombra cuando vuelve ésta a avanzar con paso firme, el menor repite su amenaza: ¡el que vuelva a detenerse se los juro que lo dejo… y no saldrá nunca de aquí el que aquí se quede! La potencia con que lanza su advertencia apresura a los hombres y mujeres que aún conservan la esperanza, se abre paso entre la bruma y, combatiendo con la lluvia terca y fina, alcanza al que hace aquí de jefe, que volviendo el cuerpo reflexiona: va a venir este pendejo aquí muy pronto.

Ya no aguanta atrás más tiempo, suma el mayor en su silencio, y volviendo el rostro busca, con la luz de su linterna, las facciones que ha mirado tantas veces: ¡cállate y ya no sigas gritando! La potencia de la voz del que aquí hace de jefe espabila a un clan de saraguatos y, erizándose en sus ramas, lanzan éstos sus rugidos como piedras a la tierra: asustados, los que llegaron de otras tierras hace poco se detienen, se encogen en sus sitios y voltean el rostro al cielo.

Cuando por fin son los aullidos sólo un eco, los oídos de los hombres y mujeres que aún abrazan sus anhelos, aguzados por el miedo, descubren los sonidos que en la selva siempre están cayendo: una rama que no aguanta más su peso, algún fruto ya maduro que se suelta, el relámpago que anuncia que la lluvia acabará por convertirse en aguacero. Luego vuelven sus oídos a escuchar como oyen siempre y quedan sólo el zumbido de la jungla y el rumor que hacen sus cuerpos.

¿Por qué mierda se detienen... sigan todos avanzando!, están a punto de gritar los chicos de la selva, pero justo entonces, entre el zumbido elástico y meloso, se abre paso un ruido que no habían escuchado y que además de enmudecerlos los inquieta y pone en guardia. ¿Qué chingado es ese ruido?, inquieren el mayor y el menor al mismo tiempo, sintiendo cómo el cuero de sus brazos se enchina y echando a andar uno hacia el otro: ¿de dónde sale... quién está haciendo ese ruido?, repiten caminando, y alumbrándose uno al otro se reencuentran en el centro de la masa que conforman los que vienen de otras patrias.

¿Qué chingado es esa madre?, insisten los chicos de la selva, y pelando la penumbra húmeda y tibia con la luz de sus linternas se disponen a seguir pero el chillido se convierte en un fuerte quejido y su inquietud se torna desconfianza. Luego, se oye el ruido de unos pasos apurados y los chicos giran sus linternas: del macizo de helechos y de orquídeas que iluminan con sus halos emerge una sombra que por poco los derrumba, que brinca luego sobre el tronco de un amate y se extravía después en las alturas.

El zumbido de la selva es arrasado entonces por el hablar aterrado de aquellos que cruzaron las fronteras y que si no echan a correr es solamente porque el miedo a perderse es aún mayor que el que les mete ese chillido que están todavía escuchando y esa sombra que acaban de observar encima suyo. Los dos chicos, por su parte, tras volverse a alumbrar el uno al otro y tras mostrarse, también el uno al otro, la extrañeza de sus rostros, se preguntan qué chingado está pasando y luego dicen, señalando con los ojos a los hombres y mujeres que los siguen: que se callen ahora mismo estos pendejos.

¡Cállense ahora mismo todos!, manda el que hace aquí de subalterno, y devolviendo su atención hacia al mayor señala las alturas, se toca una oreja con la mano que no carga su linterna, gira el cuerpo hacia la jungla y espera a oír qué dice el que aquí manda. Entonces, el mayor voltea el rostro hacia los seres que llegaron de otras patrias hace nada, y jalando al menor de un brazo ordena: ¡agáchense y espérennos callados! Luego aprieta la quijada, echa a andar a los helechos que escupieron a la sombra y señalando con la luz de su linterna el rumbo del gemido que resuena en la distancia suelta: vamos tú y yo a ver qué está pasando.

El chillido que atrae a los dos chicos como atrae la sangre seca a los insectos se hincha cuando el menor y el mayor echan a andar y el espacio que muy pronto están atravesando va llenándose de ramas, hojas recias y altas hierbas. Mientras avanzan, los dos chicos que conocen esta selva como conoce uno el jardín donde ha crecido desenvainan sus machetes, tasajean la jungla abriendo brecha y sienten cómo se aceleran sus latidos: mejor ve tú adelante... yo te cuido aquí la espalda, dice el que manda y el menor alega entonces: puta mierda... siempre me toca a mí adelante.

Empuñando en una mano sus machetes y en la otra sus linternas, los dos chicos siguen internándose en la selva, acercándose al origen del gemido y alejándose de aquellos que creen todavía en su suerte, y que por vez primera se dirigen unos a otros: ¿qué si ellos ya no vuelven?, pregunta Laquetieneaúnsusombra; ¿por qué iban a dejarnos?, averigua Quienaúnpresumedealma; ¿qué si el ruido fue una?, inquiere Elquetieneaúnunnombre, pero el rugido inesperado de un relámpago lo calla.

El eco del relámpago y el ruido que hace al desgajarse una jacaranda también callan al quejido un breve instante y aceleran aún más los latidos de los chicos de la selva, que confundidos se desvían un par de metros. No venía de esta parte… estoy seguro que se oía de ese otro lado, señala el menor girando el cuerpo y apuntando con la luz de su linterna hacia la izquierda: tienes razón… fue de ese lado, acepta el mayor cuando el espacio es nuevamente atravesado por el lamento que además de asustarlos ha empezado a excitarlos.

Reconduciendo sus andares, los dos chicos burlan varios filodendros, machetean una muralla de orquídeas y saltando una pequeña barricada de arbustos y de aloes se acercan al gemido. Temblando intranquilos pero a la vez impacientes, los dos chicos se hunden en un vado donde el musgo es un colchón, y emergiendo luego de éste, con el pecho a punto de estallarles, por fin dan con el lugar que están buscando. Está detrás de la higuera esa, asevera el menor apuntando su linterna.

Cada quien por cada lado, ordena entonces el mayor tras un instante de recelo y alumbrando el grueso tronco de la higuera baniana, en cuyos lados cuelgan, como cortinas roídas, varias lianas constrictoras y una enorme rama muerta, alza al cielo su machete. Luego, con un gesto de las manos, el que hace aquí de jefe anuncia: hay que saltar al mismo tiempo. Entonces, a un par de pasos del origen del gemido y agazapado todavía entre la hierba empapada, el menor vuelve el rostro hacia el mayor y acompasa los segundos con su arma, dando inicio así a la cuenta regresiva que antecede a su salto.

La imagen que iluminan sus linternas, cuando caen del otro lado de la higuera baniana, relaja a los dos chicos a la vez que los defrauda y sus quijadas castañean unas risas que además de la tensión de sus entrañas saca de ellos la ansiedad y los temores: constreñido por las raíces de la higuera siempre hambrienta, yace un mono saraguato con las piernas cercenadas, los dos brazos inertes y una herida como un tajo en la barriga.

A pesar de su potencia y de lo cerca que los tiene, los halos que lo alumbran no espabilan al primate en cuyo rostro ya no queda ningún gesto: no hay nada en sus facciones ni tampoco en sus pupilas que de él hagan un ser vivo. Queda sólo su quejido, este lamento que no parece ni siquiera emerger de su garganta: sale el ruido de la herida que además de la barriga atraviesa entero el pecho del primate como sale el aire por la boca de los globos. Y este sonido es antes un recordatorio de la muerte que la promesa de una vida que se aferra a la existencia.

Te lo dije... no podía ser humano, lanza el mayor cuando sus risas terminan y acercándose al mono suma: hijo de puta... me espantaste. ¿Cuándo mierdas dijiste eso?, pregunta el menor avanzando él también un paso, y alumbrando al que hace entre ellos dos de jefe añade: ni tú ni yo dijimos nada. El mayor, sin embargo, no está oyendo ya a quien hace aquí de subalterno: no me gusta que me espanten... pinche chango hijo de perra.

¿Por qué dices que dijiste eso si no dijiste nada?, se enterca el menor, pero el mayor vuelve a obviarlo, y levantando su machete hacia la noche insiste: ¡no me gusta que me espanten! ¡No soporto que me engañen... menos un mono cagado!, clama el que hace aquí de jefe echando aún más atrás su arma, y sorprendiendo al menor la deja caer sobre el primate: tras partirse como un fruto maduro, un pedazo del pequeño saraguato cae sobre la hierba y el lamento se deshace en el espacio.

Vamos de regreso que perdimos mucho tiempo, dice el mayor limpiando su machete en el tronco de la higuera, alumbrando el camino por el que antes arribaron y escuchando cómo el zumbido de la selva vuelve a apoderarse del espacio: secuestrado todavía por la sorpresa y contemplando la mano izquierda del pequeño saraguato, el que hace aquí de subalterno no consigue, aunque querría, objetar nada y es así que avanza tras los pasos de quien hace entre ellos dos de jefe.

Hundiéndose otra vez dentro del vado y saltando el tronco caído de un enorme guanacaste, los dos chicos dan con el camino que abrieron en la selva y se apresuran, mientras los hombres y mujeres que cruzaron las fronteras convencidos de estar cambiando su fortuna vuelven, por segunda vez, a hablar entre ellos: se los dije que aquí no iban a dejarnos, apunta LaquecuentaaúnconDios; ¿qué si ésos no son ellos?, interroga asustado Elquetodavíatienecuerpo; ¿por qué no iban a ser?, inquiere Quienaúnnocantasustemores, pero su hablar es seccionado por un grito.

¡Les dijimos que callados… puta madre!, ruge el mayor al oir el rumor que hacen estas voces y apresurando el paso gira su linterna hacia el menor: hay que apurarnos que ésos no nos hacen. ¡No me apuntes a los ojos!, reclama el menor interrumpiendo al mayor: no me apuntes o verás lo que se siente, insiste jalando aire y escupiendo luego a un lado.

¡A mí nadie me amenaza?, suelta el mayor parándose en seco y sonriendo gira la cabeza hacia el menor, que riéndose deslumbra con su halo al que hace entre ellos dos de jefe: ¿a ver dime qué se siente? ¡Hijo de puta… vengativo!, señala el mayor riéndose aún más fuerte y golpeando con la suya la linterna del que debe obedecerlo: el sonido que al chocar producen los metales espabila en los dos chicos el recuerdo de los juegos de su infancia.

—¿Quieres pelea?

—Lo que quiero es otra vez ganarte.

—Si tú nunca me has ganado.

—Hijo de puta… eres tú el que nunca gana.

—¡El que hoy gane se la queda!

—¿Qué se queda?

—El que gane se queda ésta —dice el mayor metiéndose la mano detrás de la playera y sacando la medalla que le cuelga del pescuezo.

—¿En serio?

—¡El que gane se la queda! —repite el mayor soltando la medalla, que rebota en su esternón, y blandiendo su linterna como espada.

—¿Serio si yo gano me la quedo? —pregunta el menor de nueva cuenta, pero antes de que pueda levantar su guardia es embestido.

—¡Y así lo mata cuando está aún distraído! —declara el mayor enterrando el ojo blanco que es su sable en la barriga del que aquí no hace de jefe.

—¡No es justo… no habíamos ni empezado!

—¡Y así gana para siempre la medalla!

—¡Has hecho trampa… otra vez me has hecho trampa! —acusa el menor apartándose furioso, y dándose después la media vuelta se encamina rumbo al sitio donde aguardan los que llegaron hace nada de otras patrias.

—¡Y así él llora nuevamente su derrota! —lanza el mayor echando él también a andar a sus piernas.

—¡Vete mucho a la chingada!

—Mejor aprende tú a perder en vez de hacer berrinches.

—...

—¿Te enojaste?

—...

—¿Por qué estás ahora enojado? —pregunta el mayor cuando llegan al lugar donde los miran, extrañados y aliviados, los que piensan aún que va a cambiar su sino.

—Aquí no voy a pelearme —explica el menor apuntando su linterna hacia los hombres y mujeres que, advirtiendo que ellos han llegado, se levantan de la tierra.

—Tampoco yo quiero pelearme —declara el mayor atravesando el enjambre de hombres y mujeres que los miran sin decir ninguno nada.

—No vamos aquí ahorita a hablarlo —insiste el menor llegando al otro lado de la masa—: ¡pónganse más vivos ahora que antes... nadie va a ir atrás arreando!

—Si eso quieres no gané yo la medalla... dos de tres si eso prefieres —ofrece el mayor volteando él también su rostro hacia los hombres y mujeres que ahora avanzan tras sus pasos—: ¡ya escucharon... no va ir nadie atrás ahora!

¡El que se quede aquí se queda!, amenaza el menor de los dos chicos de la selva, acelerando el ritmo de sus piernas, y volviéndose otra vez hacia el mayor acusa: está lloviendo aún más que antes. Y va a seguir otro buen rato, suelta el que hace entre ellos dos de jefe, levantando al cielo el rostro y apreciando las nubes densas y plomizas: de tanto en tanto alumbran las alturas los relámpagos que luego hacen temblar a los que vienen de otras tierras con la voz ronca de sus truenos.

Recogiendo su mirada de las nubes y paseándola de nuevo por la tierra, el mayor distingue en la distancia los destellos de la enorme jacaranda que prendiera antes el rayo y que a pesar del agua fina e insistente sigue ardiendo. Luego, cuando por fin están cerca de este árbol, el mayor voltea hacia el que sigue sus dictados y pregunta, desgarrando el mutismo en que venía otra vez sumergida la gran marcha: ¿cómo puedes creer que será nuestra?

¿Cómo puedo creer qué puta mierda?, interroga el menor aún a pesar de que al hacerlo escucha estas palabras: te lo dije que la vamos a vender del otro lado. Luego advierte cómo el que aquí manda vuelve a meterse una mano por debajo de su vieja camiseta y cómo alza, ante su rostro, la medalla que ganara un día lejano Mausoleo. Mausoleo, este hombre que aún ocupa el sitio que separa a Epitafio y a Sepelio en la cabina del gran Minos.

Minos, este tráiler que está a punto de sufrir un accidente y de poner fin a su marcha, una marcha enloquecida que había antes apurado estos sucesos: tras largarse de la casa en la que Osaria seguía todavía inconsciente, Epitafio, Sepelio y Mausoleo atravesaron los caminos que conducen del gran bosque hacia la breña discutiendo si habrían ellos de llegar o no a tiempo hasta Los Pasos, ese pueblo al que llegaron justo a tiempo y donde luego de bajarse le vendieron a Sepulcro las sinnombre que quería éste comprarles.

Felices de haber llegado a tiempo, más que del precio de su venta, Epitafio, Sepelio y Mausoleo cerraron la caja, compraron, a un lado del camino, medio kilo de asada, volvieron al asfalto y, atragantándose sus tacos, precipitaron otra vez su marcha por la breña: esa breña que cruzaron picándose unos a otros, mientras cada uno se sumía y vagaba por sus fondos: se cuestionaba Mausoleo qué habría pasado entre esos hombres que su cuerpo separaba, Sepelio no podía dejar de reclamarse no haberse dado tiempo para hablarle a los que son de Lago Seco y Epitafio no lograba comprender por qué Estela no le había aún respondido.

Aún más ansiosos que nerviosos, Epitafio, Sepelio y Mausoleo dejaron tras de sí la breña y, hundiéndose en sus adentros todvía un poco más, al mismo tiempo que escalaban el tono y la violencia con que se picaban unos a otros cuando emergían de sí y hablaban, dieron con el pueblo donde empieza el vasto y despoblado Llano de Silencio: en Siete Cruces se detuvieron nuevamente, y nuevamente, tras negociar con doña Cárcava la venta del sinalma que quería ella comprarles, regresaron a la cabina de Minos, donde apuraron su retorno al único camino que atraviesa el Llano de Silencio.

Este vasto y despoblado llano en el que llevan Elsordodelamente, Mausoleo y Sepelio ya media hora circulando a toda marcha, discutiendo entre ellos cada tanto pero cada uno con sus fondos todo el tiempo, y donde habrán, dentro de nada, de pararse sin querer ellos pararse y de poner así final al frenesí de los sucesos que acontecen de manera enloquecida, sin querer ponerle fin a este frenesí enloquecido. Este frenesí que ahora mismo, en mitad del Llano de Silencio, terminará porque el gran Minos sufrirá un accidente.

II

¿Cuánto apuestan que se quita?, pregunta Epitafio emergiendo de sus fondos y el sonido de su voz extrae a Sepelio y Mausoleo de sus propios pensamientos: ¿quién apuesta a que esa madre de ahí se mueve?, insiste echando al camino las luces altas de su tráiler y alumbrando, en la distancia, la silueta de un ternero extraviado y confundido en el asfalto.

¡Yo te apuesto que ahí se queda!, exclama Sepelio sacudiendo la cabeza, y ahuyentando de su mente, un breve instante, a los que son de Lago Seco empuja el cuerpo hacia delante, aplaude sin soltar el teléfono que su mano izquierda asfixia y repite: ¡te lo apuesto que el pendejo no se mueve pero no toques el claxon! Mausoleo, por su parte, también empuja el torso hacia delante y emocionado asiste al acercarse del gran Minos al ternero que ahora yace agarrotado por el miedo.

Antes de que puedan Epitafio o Sepelio poner nombre a lo que apuestan y antes también de que decida Elsordodelamente si quiere él tocar el claxon, Minos llega hasta el lugar donde el ternero aprieta la quijada, vuelve la cabeza hacia la noche, cierra sus dos párpados y tensa cada músculo del cuerpo. El golpe del metal contra la carne, que recorre el Llano de Silencio haciéndole hoyos a la noche, sobresalta en la cabina a los tres hombres que antes aún de que comprendan lo que sienten oyen cómo truena el quebradero de los huesos y tendones: no imagina ni uno de ellos que un pedazo de costilla ha alcanzado el motor que los arrastra.

El crujir del cuerpo desmembrado y revolcado, en la penumbra espesa de este vasto llano que no alumbran ni la luna ni el ejército de estrellas que en lo alto ahora presumen sus colores: azul, verde, rojo, cobre y amarillo, alebresta a las bestias protegidas por las sombras, despierta los mugidos de la vaca que acaba de quedarse sin su hijo y calla, un breve instante, a los sinnombre que encerrados en la caja del gran Minos seguían todavía cantando sus terrores.

Qué estarán haciéndole… nos preguntábamos cada vez que venían por otro… por qué van bajándonos de a uno… reducían la velocidad… entraba atrás el de la pistola más grandota… riendo, insultando, amenazando… "bola de mal nacidos…" luego volvíamos a irnos… temblando los mal nacidos.

¡Te lo dije que no iba a moverse!, asevera Sepelio cuando calla el quebradero de los huesos bajo el motor que ha sido herido hace un instante: ¡te lo dije y ahora quiero que me pagues… esos pendejos no se mueven… sólo aprietan recio el cuerpo! ¿Cómo quieres que te pague si no sé ni qué apostamos?, dice Epitafio y riéndose alarga un brazo hacia el tablero, se mete un par de puntas y agarra su paquete de cigarros: ¡si sí quieres que te paguen di tú a la otra lo que apuestas… si es que tienes luego de otra!

¿Cómo que si tengo luego… de qué mierda stáse hadlabno… móco equ si getno olueg de otar?, pregunta Sepelio enfurecido pero su lengua, tras meterse él también un par de puntas, enreda las palabras como se enredan ahora los potentes halos blancos del gran Minos y como se enredan las manos de Epitafio en el volante: una implosión ha detonado en el motor y los brazos de Elsordodelamente chicotean como sogas: ¡puta madre… qué chingado… puta puta!

Tras derrapar sobre el camino, abandonar el asfalto, amenazar sobre la tierra con voltearse y devolver al chapopote a Minos de manera milagrosa, entre sus gritos y los gritos de Mausoleo y de Sepelio, Epitafio siente que en el pecho va a estallarle el corazón que al fin abrió a la vida allá en casa de Osaria, y engullendo los pedazos de sus gritos respira hondo y pisa el freno: afuera el rechinado de las llantas aún recorre el Llano de Silencio.

Todavía conmocionado, Epitafio cierra y abre sus párpados, da una calada del cigarro que su mano temblorosa no soltó, busca en su cabeza la gorra que dejó en casa de Osaria y vuelve el rostro hacia los hombres que a su lado están también tragándose a pedazos sus gritares. Reparando en el terror que colma los semblantes de Sepelio y Mausoleo, Elsordodelamente echa a reír a carcajadas: ¡par de putos... debería darles vergüenza... miren nada más sus caras... ni que fuera para tanto!

En el conteiner del gran Minos, mientras afuera vuelve el mutismo a apoderarse de la tierra que ahora hiede a hule quemado, y mientras sigue en la cabina riéndose Epitafio de Sepelio y Mausoleo, que en silencio abren otras dos cervezas y se meten otros dos calambres, los sinDios que atravesaron las fronteras hace tanto dejan de mecerse poco a poco y así también, muy poco a poco, recuperan el control sobre sus miedos y otra vez hablan entre ellos.

Puta madre... qué ha pasado... ya ha pasado... cómo
mierdas... qué ha sido eso... no fue nada... ya no es nada...
mejor sigue... eso es... sigue contando... *estoy haciendo yo este*
viaje... tenía allá una familia... no quería
yo hacerlo... me sacaron de mi casa... me mataron
mi familia... yo allá no tengo ya nada...
por eso estoy haciendo el viaje.

¡Qué vergüenza… si pudieran ahora verse… cómo pueden ser tan putos… mejor no quiero ni verlos!, repite Epitafio apagando su cigarro, destapando él también otra cerveza, y descubriendo que sus manos han dejado de temblar se dice: por poquito aquí quedamos… casi casi no consigo ni empezar mi nueva vida... tantito más y se termina nuestra historia sin que hubiera ni empezado. Luego, Elsordodelamente respira hondo y lanza: ¡por suerte no los voy ahora a estar viendo… bájense los dos… vayan a ver qué ha sucedido!

¡Y no vuelvan sin haberlo reparado!, amenaza Epitafio contemplando la espalda desmedida del grandote, que en el asfalto sigue el andar descolocado de Sepelio. ¡No se tarden que no quiero aquí quedarme mucho tiempo!, advierte Elsordodelamente mientras Sepelio y Mausoleo se adentran en la nube de vapor que está el motor de Minos exhalando, pero evocando el rostro de su amada cambia el sentido a la sentencia que estaba otra vez lanzando: ¡lo que no quiero es quedarme en esta vida… he terminado con todo esto… nomás acabo éste y no habrá más de estos días… no tendremos más días de éstos!

Al interior de la ardiente y asfixiante nube de vapor que sigue el tráiler exhalando y que se sigue hinchando en la penumbra que sepulta al amplio Llano de Silencio, una nube blanca que, encendida por los halos que proyectan los seis faros del gran tráiler, es un algodón casi dorado, mientras tanto, Mausoleo y Sepelio se observan uno al otro, se hincan luego en el asfalto y empezando a sudar copiosamente se acuclillan, se dejan caer después de espaldas, se arrastran boca arriba, revisan el motor y así observan los pedazos y la sangre del ternero desmembrado.

¿Sabes tú algo de estas madres?, pregunta Sepelio pero antes de que pueda Mausoleo responderle, recogiendo de sus párpados las gotas del sudor que lo está deshidratando y diciéndose a sí mismo: debería aprovechar para llamar a esos pendejos, sentencia: ¡porque yo no sé una mierda de estas cosas! En la distancia, horadando el silencio invulnerable que aquí torna aún más hondas y más lentas a las horas, suena el motor de un vehículo que rueda hacia este sitio.

No te apures que lo arreglo en un momento... vas a ver cómo está listo en un segundo, asevera Mausoleo también él hablando por lo bajo y prometiéndose después sólo a sí mismo: voy a arreglarlo y van ustedes dos a agradecerme... van a deberme una cada uno... y sin que tenga yo que haber a uno enfrentado... no tendré ni que pelearme con alguno para quedar bien hoy con ambos... quizá sí sea mi día de suerte. A lo lejos, el sonido del vehículo que sigue acercándose se hincha, y como no encuentra, sobre el Llano de Silencio, ningún ruido que le haga competencia alcanza el sitio donde está parado Minos.

Los bufidos del motor, sin embargo, no permiten que oigan ni Sepelio ni tampoco Mausoleo esos sonidos que vomita el vehículo que va pronto a pasarles por un lado: sí escucha estos ruidos, en cambio, Epitafio, que poniendo en guardia el cuerpo busca con los ojos, en la distancia y luego en los espejos laterales de su tráiler, al culpable de ese ruido que ha invitado nuevamente el nerviosismo a su cabina. ¿Dónde están ésos que vienen?, inquiere Elsordodelamente, al tiempo que otra vez busca la gorra que dejara en la cama del pequeño al que ha adorado siempre y al mismo tiempo que asevera: ¡podríamos tú y yo dar comienzo a nuestros días recuperando a mi pequeño!

¡Podríamos tú y yo comenzar con nuestra vida secuestrando a mi niño!, repite Epitafio en el mutismo de su mente, y al hacerlo experimenta una emoción que no había nunca sentido. Justo entonces atestigua, a través del parabrisas del gran Minos, la aparición de los dos faros del vehículo que había sólo escuchado, y es así que acusa, contemplando el acercarse del que va a pasar dentro de nada a un lado suyo: ¡allí está eso que hace ruido!, al mismo tiempo que se dice a sí en silencio: ¡podríamos tú y yo... o no... porque tendrías tú ya que haberme contestado... para empezar con nuestros días tú deberías decirme a mí algo!

Cuando al lado del gran tráiler por fin pasa el vehículo que arrastra tras de sí el ronroneo de su motor envejecido, los chillidos afilados de unos amortiguadores agotados y los crujidos medio ahogados de sus muelles castigados por el tiempo, Epitafio no es capaz ya de escucharlo: yace toda su atención en sus adentros, en ese otro llano de silencio en el que está ahora él extraviado, entre sus dudas, sus temores y sus sueños: ¿por qué no me has respondido... por qué no me has dicho nada si te dije ya hace rato: me da igual lo que tú tengas que decirme... sea lo que sea he decidido... he terminado ya con todo... quiero que estemos tú y yo juntos... quiero tan sólo estar contigo!

Por su parte, los seres que vinieron de otras patrias, los sincuerpo pues que siguen todavía colgados de las manos, sí que escuchan el ronroneo, los chillidos y los crujidos que comienzan a alejarse: aún así, estos sinsombra ignoran por primera vez lo que oyen y es así que siguen con sus cantos.

Vivía feliz pero llegaron un día al pueblo...
los mataron casi a todos y se fueron... en mi cama
dejaron una motosierra... vino después la policía y les contamos...
nos pidieron la motosierra pero ya no la encontramos... entonces
me acusaron... dijeron que era yo

el que los había matado a todos...
y tuve entonces que escaparme.

A diferencia de hace un rato, también Sepelio y Mausoleo, tirados uno junto al otro bajo el motor descompuesto y salpicado por la sangre del ternero, asfixiándose además en el calor infernal al que dan forma el calor que emana del corazón mecánico de Minos y el calor que aplasta al Llano de Silencio a pesar de ser de madrugada, escucharon el pasar del vehículo que sigue alejándose del sitio en que se encuentran.

—Es el primero que aquí pasa.

—¿De qué mierda estás hablando?

—Es el primer carro que pasa desde que entramos a este llano —repite Mausoleo, manipulando el motor que tiene encima.

—Deja de pensar estupideces y concéntrate en lo tuyo —ordena Sepelio—: arregla ya esta mierda.

—Va a estar esto ya arreglado en un momento —asevera Mausoleo metiendo sus dos brazos en el desmadre de metales que amenazan con quemarlo—: es todo culpa de este hueso.

—¿Cómo va a ser por un hueso?

—Partió el cabrón la banda —apunta el grandote viendo el pedazo de costilla que acaba de arrancar de entre dos fierros y dejando a un lado suyo este pedazo—: se clavó luego en el cárter.

—¿Y sí puedes arreglarlo?

—Ya te dije que va a estar esto muy pronto —promete Mausoleo arrancando del cigüeñal y los pistones los pedazos de la banda destrozada—: ¿cómo puede no tener el cárter tapa... este motor es una mierda?

—Pues arréglalo y no estés nomás hablando —lanza Sepelio clavando en Mausoleo sus pupilas—: ¿entendiste?

—...

—Eso es... así callado.

—Si quieres puedo hacerlo solo... no te tienes que quedarte aquí metido —dice Mausoleo—: no te tienes que quedar aquí asfixiándote conmigo.

—Eso es... aún mejor... ahora sí estás entendiendo —lanza Sepelio, y girando el cuerpo hasta quedarse bocabajo empieza a arrastrar su humanidad sobre el asfalto y suelta—: igual sí es tu día de suerte —al mismo tiempo que se dice: voy a llamarlos ahora a ellos... puedo usar este ratito para hablarle a esos pendejos.

—Claro que es mi día de suerte —asevera el gigante sin saber por qué lo hace y arrepentido complementa, encimando sus palabras—: no me hagas casocómo voy yo eso a saberlonomás déjame aquí sólovete afuera antes que te derritasnomás déjame esodeja tu cinto aquí que yo con eso lo arreglovoy a hacer que esto andeaunque sea hasta que estemos en un pueblohasta que allí compremos.

—¿Así que crees que sí es tu día de suerte? —pregunta Sepelio esbozando una sonrisa, y quitándose el cinto, hincado frente al tráiler, interroga—: ¿a ver dime por qué crees que sí es tu día de suerte?

—...

—¡Te estoy diciendo que me digas por qué crees que tienes suerte... a poco crees que entiendes qué sucede? —amenaza Sepelio ofreciéndole al grandote el cinturón que hace un instante se ha quitado.

—...

—¡Deja de hacerte aquí pendejo y dime algo! —ruge Sepelio, y clavando sus dos ojos nuevamente en Mausoleo exclama: ¡cuéntame ahora mismo lo que crees que está pasando!

—Voy a ser tú yo dentro de un rato... seré al final del día el que tú has sido —afirma Mausoleo con voz fina y quebradiza, y alargando luego el brazo izquierdo agarra el cinturón que está entregándole Sepelio.

—¿Vas a ser yo más al rato... estás seguro?

—Estoy seguro... pase lo que pase seré el que has sido tú siempre... el que has sido ante Epitafio —señala el grandote hablando aún más bajo que antes—: sea con él o sea contigo ocuparé al final tu sitio... ocuparé el lugar que ocupas.

—¿Pero quién iba a decirlo... miren nada más al pendejito... no salió tan pendejito! —asevera Sepelio convirtiendo su sonrisa en risa franca, y, apoyándose en la defensa del gran tráiler, amenaza—: si lo sabes también sabes qué te toca hacer ahora... más te vale no cagarla... no elegir mal hoy tu lado... más te vale no decirle pues a él nada.

—Ya verás que no la cago... que sabré hacer lo que toca... voy a hacer que estés contento con lo que haga —promete Mausoleo imprimiéndole a su hablar un nuevo brío, y arrancándole al cinto la hebilla piensa: eso es... has hecho bien en decirle esto... no podías haber hecho otra cosa... tenías tú a él que ofrecerle también algo.

—Más te vale en serio no cagarla... más te vale que no estés aquí jugando... que no estés jugándole a él su juego —vuelve a amenazar Sepelio echando a andar sus piernas, y limpiándose las manos rodea el tráiler, sin erguir del todo el cuerpo.

No debo dejar que él me vea... quiero que piense que también sigo allí abajo, se dice Sepelio caminando acuclillado junto al tráiler y sin volver a detenerse hasta estar junto a la caja, donde yergue la espalda pero no alarga las piernas.

Luego, sacando su teléfono, sujetándose los pantalones que sin cinto amenazan con caérsele y regresando su atención hacia la noche, Sepelio se advierte: debería ahora de alejarme… esconderme allí en las sombras para hablarle a esos cabrones… vaya a ser que él escuche algo… aún no quiero que se vaya a dar él cuenta.

Sin detenerse a pensarlo, abrazando la idea que en su mente ha germinado hace un instante como abraza él todas sus ideas: enferma, obsesiva, brutalmente, Sepelio echa a correr rumbo del Llano de Silencio, y cuando siente que la nada lo rodea y que está ya lo suficientemente lejos del gran Minos se detiene, vuelve el cuerpo entre las sombras que sepultan a la tierra y avizora, en la distancia, los restos del vapor que sigue suspendido en el espacio: aquí no corre ni un soplo de nada.

Levantándose otra vez los pantalones, Sepelio enfoca la cabina encendida del gran tráiler, y contemplando la silueta de Epitafio, que de golpe siente que lo está alguien observando, rumia: no quiero que vayas a intuirlo… que puedas ni siquiera sospecharlo… necesito que mi golpe sea certero… que salga todo como todo lo he planeado… como lo he pensado siempre… quiero ver cómo te doblas… quiero ver que te derrumbes cuando la veas toda baleada.

Sin dejar de vigilar la silueta ennegrecida de Epitafio, que nervioso se remueve en su asiento y que, a pesar de que aún sigue extraviado en ese otro llano de silencio en el que está ahora preguntándole a Estela: ¿por qué no me has dicho nada… puta mierda… por qué ni una sola cosa!, sigue buscando en las ventanas de su tráiler la mirada que intuye encima suyo, Sepelio vuelve a decirse: tiene todo que salirme como siempre lo he pensado… quiero enseñártela yo toda destrozada… quiero acabar contigo sólo tras haberte hecho antes mierda… me lo debes… eso y más desde hace tiempo.

Sobre el Llano de Silencio pasa un avión y, como no se oyen aquí otros sonidos, sus turbinas sobresaltan a Sepelio, que sacude la cabeza, le sonríe a la silueta de Epitafio, despega de éste al fin sus ojos, distingue la aeronave y sonriendo marca el número asignado al teléfono que llevan los que son de Lago Seco. Más les vale haberlo conseguido... haberlo hecho como dije que lo hicieran, piensa Sepelio mientras oye el timbrar entrecortado que antecede su exacerbo: más les vale que no me hallan ahí fallado... que se acordaran que les dije: quiero que hagan una foto... quiero tener en mi teléfono el cadáver de Estela. Esa mujer que allá en La Caída permanece aún inconsciente, mientras la siguen aún buscando los dos rasos que El Topo y El Tampón dejaron en la sierra.

Estos dos hombres que ahora miran su teléfono brillando en el tablero, ríen después al mismo tiempo, presumen luego de haber ellos dos hablado con el padre y, contemplando cómo vuela el teléfono a través de la ventana de su falsa camioneta de valores, se carcajean convencidos de que no hablarán ya con Sepelio. Este hombre enfurecido que ahora escucha esa voz que a todos dice: *el número que usted marcó está apagado o se encuentra fuera de nuestra área de servicio.*

Seguro de que no lo han escuchado, Sepelio marca nuevamente el número que había ya marcado: el abismo que retumba en su oído izquierdo, sin embargo, lo lastima y desespera. Enfurecido, Sepelio cuelga, sacude la cabeza, se golpea la frente con las palmas y patea un par de veces la penumbra pero vuelve a marcarle a los que son de Lago Seco, quienes no escuchan ya el teléfono que timbra entre la hierba, en algún sitio de las vastas tierras que separan El Infierno del lugar donde hace años alzó Estela La Carpa: ese sitio que será ahora de El Tampón y El Topo: La Carpa, ese lugar donde trabajan, como esclavos, varios cientos de migrantes.

Mientras tanto, liberado del influjo de los ojos que sentía encima suyo, Epitafio deja en libertad sus pupilas, vuelve a recargarse en el respaldo y escrutando la nube de vapor que no acaba aún de deshacerse imagina el semblante de Estela en las curvas de humedad agarrotadas en el aire. Hipnotizado, Elsordodelamente vuelve a hundirse en su llano de silencio: ¿qué si no me has dicho nada porque no quieres lo mismo… si no vas ya a contestarme porque no quieres tú nada… quizá era eso lo que tú querías decirme… que estás harta de perder conmigo el tiempo?

¿Qué si era eso lo que hoy era importante… si ibas pues tú a mí a mandarme a la chingada… a decirme no te quiero… me das asco… cómo iba yo a seguirte a ti queriendo?, machaca Epitafio en su llano de silencio y, al hacerlo, sus dos ojos se abren de repente y de repente, también, sus dos manos atacan el volante de su tráiler y castigan con su rabia y su impotencia el claxon, cuyo estallido retumba en el espacio.

Este estallido pone en guardia a las criaturas que pasean por el Llano de Silencio; sobresalta a Mausoleo, que acostado en el asfalto está a punto de acabar de arreglar la máquina dañada; sorprende a Sepelio, que furioso indaga: ¿y ahora qué hace allí Epitafio?, al mismo tiempo que acepta: ¡no me van a contestar estos pendejos!, y sacude a los sinsombra en el conteiner donde yacen y donde siguen todavía sus pies atados a esos pesos que hace rato ya ni sienten.

Yo me fui porque ya todos se habían ido… los mayores
y los niños… las mujeres y los hombres…. no me quedaba pues
ya nada… ni las voces de las gentes… nada pues… nada de
nada… ¿por qué tocan… por qué de nuevo…
vendrán seguro ahora por otro… a ver
a cuál escogen ahora?

Tras dudarlo un breve instante, mientras se sigue Epitafio revolviendo en sus temores, mientras acaba Mausoleo de arreglar el viejo Minos y mientras vuelven los sinsuerte a escucharse unos a otros, Sepelio abre sus párpados, piensa que mejor sería llamar al padre Nicho y, apurando sus pulgares sobre el minúsculo teclado del teléfono que yace entre sus manos, marca el número asignado a ese viejo.

—¿Bueno?

—¿Sepelio?

—Estaba hablándole a esos dos cabrones pero no me contestaron... hijos de puta les hablé ya varias veces y nomás no respondieron... ¿me está oyendo... los cabrones ya ni agarran mis llamadas!

—¡Cálmate... Sepelio... cálmate ahora mismo!

—¿Cómo quiere que me calme... esos pendejos nos fallaron... los pendejos de seguro no pudieron con Estela! —clama Sepelio y temblando de coraje duda—: ¡no sé qué chingados hacer ahora!

—¡Escucharme... eso es lo que tienes que hacer ahora... escucharme... te estoy diciendo que te calmes! —exclama el padre Nicho dando un grito—: ¡me llamaron a mí ellos hace rato!

—¿Hace rato... lo llamaron... esos dos... a qué puta hora?

—¿Qué más da eso... lo importante es que me hablaron... que dijeron que te habían llamado pero no les contestaste! —asevera el padre—: lo importante es que dijeron que ya estaba hecho el trabajo... que salió todo perfecto.

—¿Cómo iba a contestarles si tenía encima a Epitafio... apenas ahora estoy solo! —explica Sepelio calmando el tono con el que habla—: ¿dijeron entonces que salió todo perfecto?

—Eso dijeron… que acabaron ahí con ella.

—¿Y no dijeron si lo hicieron como dije… si lo hicieron como yo lo había planeado?

—¡Qué más da eso… lo que importa es que está Estela acabada! —lanza el padre y acariciando con la lengua su palabras suelta—: ¡lo que importa es que tú puedes ya sentirte libre de!

—¡Lo que importa es lo que importa… cómo no iba a ser también eso importante! —clama Sepelio interrumpiendo al padre Nicho, que sorprendido sigue escuchando—: ¡a mí me importa… claro que me importa… quiero saber cómo lo hicieron… quiero saber si como yo lo había planeado… como lo había yo pensado!

—…

—¿Qué si no hicieron cada una de las cosas que he pensado tantas veces… si se saltaron un pedazo de mis planes… si se va entonces mi idea a la chingada… qué si esos pendejos no buscaron ahí su cuerpo… o si ellos lo buscaron pero no hicieron la foto… si no le hicieron pues la foto que yo a huevo.

—¡Cállate un chingado instante! —vocifera el padre Nicho interrumpiendo a Sepelio—: ¡tengo yo aquí esa foto… me mandaron ellos esa pinche foto… si ahora cuelgas te la mando en este instante… no te quiero!

—¡Mándela que ya le estoy colgando!

Sin añadir entonces nada, el padre Nicho cuelga el teléfono que tiene entre las manos, busca la imagen que hace rato le mandaron: no entiende por qué quería Sepelio que le enviaran esta foto, la encuentra, la convierte en mensaje y añadiendo un breve texto: "Lo importante es que ya puedes ir tú ayi por Epitafio", envía a Sepelio su mensaje y lanza luego a su escritorio el aparato que no quiere usar de nuevo en un buen rato.

Por su parte, cuando recibe el mensaje que le enviara el padre Nicho, Sepelio abre el archivo adjunto a éste, aprecia la imagen que tiene ante los ojos, aprieta la quijada, patea de nuevo la penumbra, resopla varias veces y reclama: ¡puta madre... les pedí que me mandaran una foto de ella sola... aquí no se ve si es o no ella... si está ella entre todo este desmadre... pinche mierda... qué si esto no me sirve... si no cree él que aquí está Estela!

¿Aunque por qué no ibas a creerme?, se pregunta Sepelio luego de un momento y relajando la quijada añade: ¡no tendrías por qué no creerme... no si no lo has ni dudado... si no esperas que esto le haya a ella pasado... vas a creerme porque no podrás creerlo... vas a verla en la foto aunque no sea ésta muy clara! Excitado, tras haberse convencido a sí mismo y tras decirse, regresando su mirada hacia Minos: voy a ver hoy tu derrumbe, Sepelio se levanta el pantalón, pone a andar sus piernas, se guarda el teléfono y piensa: pero voy a hacerlo como siempre lo he planeado... quiero primero desquiciarte por completo.

Cuando está a sólo un par de metros del gran Minos, Sepelio extirpa de sus ojos a Epitafio, que de ser sólo silueta pasó a ser figura, efigie y rostro mientras él venía acercándose al tráiler, gira la cabeza a la derecha y otra silueta, negra y fantasmal, lo sacude y acelera sus latidos. Apurando entonces nuevamente las palabras que emergen de su boca, Sepelio anuncia: ¡hijo de puta, pinche susto que me has dado!, incapaz de imaginar que esta misma prisa que le imprime a sus palabras se apodera de los sucesos que aquí siguen.

Encimándose unos sobre otros, como si alguien colocara las diapositivas de la historia de Epitafio, Estela y los dos chicos de la selva sobre estas otras: las diapositivas de la historia de Sepelio, Mausoleo, el padre Nicho y Merolico, los sucesos que aquí siguen emborronan sus fronteras, huyendo apresurados unos de otros: entrarán Sepelio y Mausoleo otra vez al habitáculo de Minos, se marchará después el tráiler devorando el asfalto que atraviesa el Llano de Silencio, rodarán Epitafio, Mausoleo y Sepelio, en cada metro que avancen y en cada segundo que aún compartan, más nerviosos, tensos y excitados, y, al final, se marcharán hacia otras tierras sumergidos nuevamente en sus adentros.

Luego, dentro de un rato, tras comprar y ponerle a Minos una banda nueva y otros dos *six* de cervezas, llegarán Elsordodelamente, Mausoleo y Sepelio al Bermajío, extraviados cada uno en sus más hondos temores y masticando cada uno sus palabras más amargas: no se puede él enterar de que les sirvo yo ahora a ambos, se dirá Mausoleo por vez mil, a la vez que Sepelio apretará la quijada nuevamente y, torciendo luego el gesto, dudará por vez cien en ese rato: ¿qué si más bien no se cree que allí está Estela... que es ella uno de estos cuerpos destrozados... tengo yo que estar seguro de que va él a mí a creerme... de que va a salirme todo como quiero... quiero ver que se derrumbe... me lo debe el muy culero... quiero verlo cómo se hunde antes que lo haya yo matado!

Por su parte, Epitafio, olvidando un breve instante que no está todavía solo, rugirá un montón de veces, haciendo reír a Mausoleo y a Sepelio, sin buscarlo ni quererlo: ¿por qué vas tú a mí a mandarme a la chingada si te dije que te quiero? Y habrá, Elsordodelamente, también un montón de veces, de clamar: ¡chingada madre... dónde está ese pinche pueblo... por qué no hemos aún llegado?, aun a pesar de que su mente estará sólo deseando dirigirse al sitio donde cree que está ahora mismo Estela. Esa mujer que allá en La Caída abre los ojos de repente y, asustada, vuelve en sí de la inconsciencia: ¿qué chingados ha pasado?

III

¿Por qué estoy aquí tirada?, se pregunta Estela abriendo sus dos párpados, y alzando de las lajas la cabeza lleva a cabo el recuento de los golpes que su cuerpo recibiera: le arden el fémur y la tibia de una pierna, queman su clavícula y su cuello dos laceraciones desiguales y le agarran las entrañas, como si alguien le metiera allí una mano, seis costillas astilladas y volteadas para dentro.

¿Cuándo caí en estas piedras... hace cuánto?, insiste Estela, y apoyando sus dos palmas sobre el suelo, sin hacer caso a los dolores que también siente en la espalda y la cadera, levanta lentamente el torso, echa hacia delante las rodillas y se hinca entre las sombras de la noche, comprendiendo que ha perdido varias cosas: no están más con ella ni su arma ni tampoco su linterna ni el teléfono ni aún menos las prótesis que sus oídos necesitan.

Girando la cabeza, escupiendo un grueso grumo de saliva ensangrentada y apoyando las dos manos en las rocas que evitaron que se hundiera en el abismo, donde las sombras son mucho más densas, Laciegadeldesierto repara en el sitio en que se encuentra: a su derecha se hunde La Caída, hacia delante y hacia atrás todo son piedras que amenazan despeñarse y a su izquierda se levanta la pared de la ladera en cuya cima ella estuviera y donde siguen todavía buscándola los rasos que dejaron El Tampón y El Topo aquí hace rato.

Estos rasos que, tras haber ya recorrido casi entera y varias veces la explanada que se alza en lo más alto de La Caída, se detienen un momento, se observan uno al otro e intercambian varios gestos derrotados. ¿Cómo vamos a decirles que nomás no la encontramos?, indaga el primero, pero la única respuesta que encuentran sus palabras es el silbido ronco y grueso que hace el viento que recorre aún la sierra. ¿En serio dime cómo les decimos?, redunda el primer raso, enseñándole al segundo el teléfono que tiene entre las manos.

Todavía no hay que decirles, explica el segundo de los rasos tras pasear por sus abismos un instante y luego vuelve la cabeza hacia la izquierda, sorprendido por el ruido de ladridos que de pronto estalla en la distancia. ¡Hay que seguirla aquí buscando… hay que encontrarla o mejor ni los llamamos… que ni sepan de nosotros!, señala el segundo de los rasos apuntando su linterna contra el fondo de la noche: salen de allá donde se hunde La Caída esos ladridos que están ellos escuchando.

En la ladera… ¡ahí no hemos buscado todavía!, dice el segundo de los rasos sin dejar de ver el fondo de la noche y echando a andar sus piernas suma: ¡quizá esté ella allí escondida… igual y allí sí la encontremos! También pudo irse a los cerros, sugiere entonces el primero de los rasos y añadiendo: espérate que igual se fue hacia el otro lado, gira hacia los cerros que se oponen a La Caída. ¡Podría estar también allí pero dije antes la ladera!, se enterca el segundo dándose la vuelta y regresando hacia el primero saca una moneda: ¡águila te sigo hacia los cerros… sol te vienes tú conmigo a la ladera!

Atrapando la moneda en el aire, el segundo de los rasos la aplasta entre sus manos, abre luego su aplauso, cuyo eco se ha llevado el viento, y mostrándole al primero el sol que alumbra la alta luna anuncia: ¡te chingaste… vamos a ir a la ladera! Sin volver a decir nada, los dos rasos se echan sobre un hombro sus fusiles, redirigen sus linternas hacia el sitio donde se hunde La Caída y encaminan su avanzar, sin apurar ninguno el ritmo de sus pasos ni dejarse conducir por la esperanza, hacia el lugar en donde Estela acaba de pararse y donde acaba su memoria de cimbrarla, restregándole el recuerdo de la pólvora y el fuego.

¡Hijos de puta... pinches cerdos traicioneros... por su culpa caí yo en este sitio!, maldice Estela evocando las siluetas de El Tampón y El Topo recortadas en la nube que encendieron sus disparos y, recargando el cuerpo en una de las dos enormes piedras que evitaron su caída, agrega: ¡para colmo de seguro que lo saben... ya se dieron allí cuenta... hijos de perra... pero no les voy a dar el gusto... no voy a dejarlos dar conmigo!

¡Tengo que irme de este sitio... que largarme a cualquier parte!, piensa Estela, y contemplando el lugar donde se encuentra, sin pensárselo dos veces, elige el vacío que se hunde a su derecha. Entonces suelta sus dos manos de la roca en la que estaba aún apoyada: su pierna izquierda, sin embargo, no consigue sostenerla y su cuerpo cae de nuevo al suelo. El ardor que sentía en el fémur y en la tibia se convierte en un dolor hondo y punzante, pero cerrando los párpados y apretando los dientes, Laciegadeldesierto asevera: ¡no me va a parar a mí esta pierna... no me van a mí a dejar tirada un par de huesos... voy a levantarme y a escaparme!

Mordiendo los dolores que la hieren y que castigan su cabeza, Estela rememora aquella frase que dijera un día Epitafio y que su mente vuelve a repetir y a remendar mientras la evoca: el dolor está sólo en la cabeza y no en el cuerpo. ¡El dolor está sólo en la cabeza y no en el cuerpo!, insiste Laciegadeldesierto abriendo sus dos párpados y viendo las estrellas, que en lo alto de la noche le presumen a la luna sus colores: azul, verde, rojo, cobre y amarillo. ¡El dolor está sólo en la cabeza y no en el cuerpo!, machaca y es así que logra levantarse, que vuelve a pensar en descender por la ladera y que intenta echar a andar sus pasos.

Primero uno y luego el otro, se dice Estela apretando aún más fuerte los dientes, manteniendo el equilibrio con los brazos abiertos y reparando, allá en el fondo de La Caída, donde las sombras todo lo gobiernan, en dos pequeñas luces que titilan justo allí en el sitio donde están ahora ladrando aquellos perros que ella no oye pero sí oyen los dos rasos que están ya casi llegando a la ladera. ¡El derecho… eso es… luego el izquierdo!, insiste Laciegadeldesierto, y despegando de las lajas ambos pies se aleja del lugar donde cayera.

Tras andar un par de metros, sin embargo, Estela se detiene, apoya en su cintura sus dos manos, aspira un par de bocanadas y de golpe experimenta un fuerte ardor en un costado: las costillas astilladas rozan la pleura que rodea sus pulmones. No lo jales tan adentro, se dice entonces Laciegadeldesierto y cuidando no llenar del todo sus pulmones echa a andar de nueva cuenta, contemplando, hipnotizada, el par de luces que titilan como estrellas caídas de la noche: ¡aunque sea debo llegar hasta esa casa… podré allí igual esconderme… tiene a fuerzas que haber alguien allá abajo!

¡Alguien debe estar allí despierto… por qué si no estarían prendidas esas luces… va a haber alguien y ese alguien va a ayudarme… más le vale o tendré yo que obligarlo!, piensa Estela acelerando cuanto puede su avanzar sobre las lajas. ¡Igual tiene allí un arma… quizá tenga hasta un coche!, suma convenciéndose de que han dejado ya su cuerpo los dolores, y apresurando aún más sus pasos atraviesa el espacio al que van dentro de nada a asomarse los dos rasos que dejaron la Meseta Madre Buena. Convencida de que nada puede detenerla, Laciegadeldesierto casi corre en la ladera cada vez más escarpada y más oscura y muy pronto avanza dando saltos: no me lastima ya la pierna… no me arde la cadera.

Han dejado de dolerme la cabeza y las costillas, se convence Estela dando saltos cada vez más largos sobre La Caída y, arrastrada por la fuerza que de pronto la convence de que nadie va a pararla, sin dejar de ver el par de luces que chispean en el abismo, se hunde entre las sombras y aspira una larga bocanada: siente entonces nuevamente, en los pulmones, la mordida de sus huesos astillados. ¡No te pases... no exageres!, murmura Laciegadeldesierto y ya no sabe si le habla a la mordida que le agarra las entrañas, a las sombras que son cada vez más densas o al miedo que de golpe se apodera de su cuerpo: ante el lugar en que se encuentra se inclina todavía más la pendiente y se transforma en un sendero intransitable.

Acompasando el ritmo con que aspiran y exhalan sus pulmones, sobándose el costado que le duele, convenciéndose a sí misma de que tiene que calmarse y dudando entre volver sobre sus pasos o sentarse para seguir así bajando, para arrastrarse pues por la ladera cada vez más lóbrega, escarpada, y complicada: los rayos de la luna ya no alcanzan estos fondos, Estela gira el cuello que le duele aún a pesar de que ella cree que no le duele y así descubre, en la cima de la sierra en la que estuvo hace ya tanto, la danza nerviosa de los halos que proyectan las linternas de los rasos que la están a ella buscando.

¡Hijos de puta... ya sabía que acabarían dando conmigo... pero no van a alcanzarme!, apunta Estela, y sin pensárselo dos veces deja caer su cuerpo sobre el suelo, alza los talones, echa atrás el torso y la cabeza, y empujando con las manos unas lajas medio sueltas se despeña hacia el vacío y la oscuridad espesa y fría. El ruido de las piedras que con ella van cayendo, un ruido que Estela ni escucha ni imagina mientras se hunde en el abismo y la penumbra, asciende la ladera de La Caída, arrastrado por el viento, y cuando llega hasta la cima sobresalta a los dos rasos.

¿Escuchaste eso?, pregunta el segundo de los rasos avanzando un par de pasos, asomándose al abismo y metiendo en éste el halo blanco que su mano izquierda empuña. ¡Qué otra cosa… eso fue esa hija de puta… allí está esa desgraciada!, grita el primero asomándose él también hacia el vacío y señalando con la luz de su linterna a la mujer que está ahora, en la distancia, despeñando su existencia siente cómo se le agolpan los latidos: ¡hay que ir allí por ella… agarrarla antes que llegue hasta allá abajo!

¡Va a escaparse si alcanza ella ese fondo!, confirma el primero avanzando un par de pasos, pero frenándose después ante el abismo inquiere: ¿cómo vamos a alcanzarla… cómo vamos a bajar? Las palabras que el primero está diciendo son interrumpidas por el segundo de los rasos que dejaron la Meseta Madre Buena, quien empujando al primero hacia La Caída y echando él también a andar sus piernas asevera: ¡cállate y apúrate que vamos a perderla… no podemos permitir que se nos pierda!

¡Ni las linternas van allí a servirnos… si llega ella allá no vamos a encontrarla… si consigue ahí!, se enterca el segundo de los rasos desbocando su avanzar por la ladera, pero esta vez es el primero el que de golpe lo interrumpe: ¡vete tú por este lado… yo mejor vuelvo al camino… bajaré por ese lado… así seguro la agarramos!, lanza deteniendo su carrera con ayuda de las dos enormes piedras que salvaron aquí a Estela.

—¡Ni el camino ni una mierda!

—¡Así seguro no se escapa!

—¡Y una puta pinche mierda! —insiste el segundo apresurando sus dos piernas y volviendo la cabeza sobre un hombro—: ¡córrele también que va a escaparse!

—…

—¡Sígueme o sabrán que te dio miedo! —amenaza el segundo regresando al frente su mirada y alumbrando en la distancia a la mujer que en la pendiente está ahora mismo deteniendo su caída.

—¡Puta madre… puta mierda! —reclama el primero y soltando sus dos manos de las piedras también desboca su bajar por la ladera.

—¡Voy a decirles que dejaste que escapara… o te apuras o les digo que por miedo la dejaste!

—¡Cállate y alúmbrala… estoy ya aquí detrás tuyo! —grita el primero perdiendo él también la potestad sobre su cuerpo: cada metro se inclina un poco más esta ladera en la que acaba la mujer que ambos persiguen de frenarse.

—¡Se ha parado… la pendeja se ha parado y otra vez está corriendo! —vocifera el segundo intentando enterrar entre las lajas sus talones: han llegado hasta el lugar donde la piel descascarada de La Caída no permite ya seguir andando.

—¡Cállate y alúmbrala y apúrate que está ella hasta allá abajo! —insiste el primero atropellando al segundo, que enterrando aún más sus talones en las lajas lucha por no caer hacia el abismo—: ¿por qué putas te detienes?

—¿Por qué putas tú más bien no te detienes… casi caemos allá abajo! —suelta el segundo enfurecido y dándose la vuelta añade—: ¿qué no ves que no podemos ya seguir aquí andando?

—¿Y ahora qué mierdas hacemos? —pregunta el primero viendo la pendiente, buscando a la mujer que está en el fondo del abismo y contemplando el par de luces que no había observado—: ¡va ella hacia esa casa… hay que alcanzarla antes que llegue… hay que bajar ahí como sea!

—¡Puta mierda… no había visto esa casa! —dice el segundo, y dejándose caer sobre las lajas se empuja igual que hiciera antes Estela—: ¡ándale… aviéntate que no nos queda tiempo!

—¡No le quites a ella el ojo… no levantes tu linterna! —ordena el primero despeñándose él también por la ladera, y tratando de sostener sobre Estela el halo blanco que su mano izquierda empuña escucha cómo vuelven a sonar en el espacio los ladridos.

—¡Eso es… los putos perros —grita el segundo emocionado—: quizás ellos la detengan… no van a dejarla esos perros que se acerque hasta la casa!

No imaginan, ni el primero ni el segundo de los rasos que están ya casi llegando hasta el lugar en donde Estela detuviera su caída y se pusiera en pie de nuevo, que esa mujer que aquí persiguen no es capaz de escuchar ahora los ladridos que ellos sí están escuchando. Como tampoco se imaginan que esa mujer que está corriendo hacia la casa cuya forma al fin exprimen sus pupilas está también corriendo por la selva: los potentes halos blancos que la alumbran y señalan la han llevado de regreso al claro El Tiradero: ¡Epitafio… Epitafio… tengo que llamarte… que contarte qué ha pasado!

¡Tú también corres peligro… voy a hablarte de esa casa… a advertirte que hemos sido traicionados!, clama Laciegadeldesierto acelerando el ritmo de sus piernas, masticando los dolores de su cuerpo con la rabia que el amor afila y distinguiendo, entre las sombras que los halos de la luna no alcanzan pues no llegan hasta el fondo de La Caída, las presencias fantasmales de los perros: ¡habrá seguro un teléfono allí dentro… tengo que decirte que lo vi clarito a El Topo… que El Tampón… qué mierda es eso… qué son ésos que ahí se mueven!

Apresurando cuanto puede su carrera, tras la cual corren los rasos espoleándose uno al otro: ¡córrele que va a llegar ella a esa casa… córrele que va ella allí a esconderse!, Estela avista cómo se convierten las presencias fantasmales en seis perros y está a punto de frenar pero el impulso que la arrastra es mucho más fuerte que el miedo que le infunden esos perros: ¡qué me importan… tengo que llamar a Epitafio… si hay perros hay seguro además alguien… y si alguien va a haber ahí cómo llamarte… va a prestarme su teléfono o tendré que obligarlo!

¡Voy a llamarte y a salvarte… a decirte que el cabrón está metido… que los vi a El Tampón y El Topo… que a fuerzas fue Sepelio el que planeó todo… pinche Sepelio desgraciado… cómo puedes hacerle esto a Epitafio!, reclama Estela acelerando su cabeza tanto como viene acelerando sus dos piernas e igual que vienen, también ahora, acelerando los seis perros sus carreras hacia ella: están a punto de encontrarse la mujer a la que vuelven a morderle las entrañas sus costillas astilladas y la jauría que ladra ahora enardecida, mientras los rasos que dejaron Lago Seco siguen también acelerando sus carreras y sus lenguas: ¡van allí ellos a pararla… van los perros a atacarla!

Cuando los perros y Estela al fin se encuentran, sin embargo, Laciegadeldesierto inclina el cuerpo, finge levantar un par de piedras, y sintiendo en el costado, justo por debajo de la axila, un nuevo mordisco que desinfla sus pulmones, lanza al aire un grito que se vuelve aullido ronco. Ni siquiera tiene Estela que blandir sobre su cuerpo las dos piedras que no alzó nunca del suelo: tras oírla y comprender que viene herida, los seis perros, que comparten un mismo gen dañado: tienen todos una pupila azul y café la otra, callan sus ladridos, calman sus carreras y echando atrás la cola y las orejas se acercan, cariñosos e intrigados, a la mujer que los está ahora acariciando.

Llévenme a su casa… acompáñenme allí adentro, suplica Estela con la voz vuelta un hilo y otra vez pone sus piernas a correr aun a pesar de que siente nuevamente que le arden en la pierna el fémur y la tibia: muéstrenme el camino, ruega vislumbrando a los seis perros que dejaron El Infierno y luego suma, avizorando los dos focos que alumbran la casucha y creyendo ver moverse allí una puerta: llévenme que tengo que llamarlo… tengo que decirle: ¡te lo dije… se traía él algo entre manos… no pensé eso sí en Sepelio… cómo pudo él también hacernos esto… cómo después de haber vivido tanto juntos!

Acompañada de los perros, que en torno suyo chillan, juegan y dan vueltas suplicando más caricias, Estela llega hasta una barda de órganos y cruza una pequeña reja abierta, ingresando en el solar donde asusta su presencia a unas gallinas trasnochadas y donde canta un gallo anunciando que defiende lo que es suyo. El canto del giro rojinegro que ahora alarga el cuello y la cabeza hacia la noche y que otra vez quiquiriquea no produce ningún eco en los oídos de Laciegadeldesierto pero cruza el espacio y golpea, en la distancia, a los dos rasos que hace nada, precavidos y nerviosos, apagaron sus linternas y detuvieron sus carreras.

¿Ahora qué mierdas hacemos… cómo vamos a agarrarla… no podemos ir así nomás ahí adentro!, dice el segundo de los rasos pateando la penumbra, y regresando luego su atención hacia el primero escucha que éste exclama, echando a andar sus piernas: ¿por qué mierdas no podemos… vamos ahí y terminamos… no dejamos ni a los perros! ¡Espérate y no digas pendejadas… aunque sea una pinche vez usa el cerebro… qué si ella los conoce… si nos tiende allí una trampa?, interroga el segundo deteniendo al primero y observando la casucha, donde acaban de encenderse otras dos luces.

El encenderse de esas luces que ahora miran los dos rasos calla al gallo, pone en paz a los seis perros e inquieta a Estela, que en medio del solar percibe, luego, el movimiento de esa puerta que es para ella la primera advertencia de esta sombra que recorta su figura en el vano y cuyos oídos oyen o creen que oyen: el dolor está sólo en la cabeza y no en el cuerpo. Por su parte, Laciegadeldesierto no escucha el saludo que acababa de lanzarle esta sombra que de pronto se descubre como un viejo: es el trillizo que dejara El Infierno este ser que ahora mismo precipita su avanzar rumbo de Estela.

Necesito... que me preste... que usted, balbucea Laciegadeldesierto cuando el trillizo que se vino a las montañas llega a un lado suyo: ¿qué sucede... qué chingado le ha pasado? ¿Quién le hecho esto?, insiste el viejo al mismo tiempo que Estela intenta hacer que hable su boca: dígame que... tiene... que hay... un. Las palabras de Laciegadeldesierto, sin embargo, quedan truncas cuando cae encima de ellas la factura del esfuerzo que la trajo hasta este sitio.

En el mutismo de su mente, entonces, Laciegadeldesierto recuerda nuevamente y sin quererlo: el dolor está sólo en la cabeza y no en el cuerpo. Un teléfono... necesito... me preste, intenta otra vez decir Estela pero, escuchando cómo el trillizo le repite: ¿qué ha pasado... quién ha sido?, sus empeños se deshacen en su boca al mismo tiempo que en su cuerpo se deshacen los arrestos: nece... tele... Laciegadeldesierto no sabe que está ya sólo pensando cuando los brazos del trillizo la atrapan en mitad de su desmayo.

Arrastrando a la mujer que hace un momento apareciera en el solar de su morada, el trillizo que dejara Tres Hermanos, a quien ahora escoltan sus seis perros, vuelve hacia su casa y en el vano se convierte nuevamente en su silueta: esta silueta que a lo lejos aún contemplan los dos rasos que ahora, mientras las sombras de la casa engullen al trillizo y a Estela, siguen preguntándose uno al otro: ¿cómo vamos... cómo si está ahora acompañada... no tenía que haber llegado... qué si nos están allí esperando... si esto es una trampa?

Tardarán un largo rato, el segundo y el primero de los rasos que El Tampón y El Topo abandonaron en La Caída, en decidir qué hacer y cómo hacer para asaltar aquella casa cuyos focos siguen titilando en la penumbra. Esta casa en la que el viejo pasará un largo rato intentando reanimar a la mujer que, sobre el suelo de su sala, estará luchando por volver a su presente, por emerger de ese pasado que la llama y la abandona en aquel día que fue el peor entre los días que vivió en El Paraíso: ese día en que les dijo el padre Nicho, a ella y al hombre que ella adora: Epitafio va a casarse con Osaria... se irán luego de la sierra... los necesito en otro lado.

Aquel día pues en que por última ocasión fueron Estela y Epitafio a esconderse entre sus piedras y donde, también por última ocasión en muchos años, se entregaron uno al otro. Ese día pues que se juraron ellos dos amor eterno, mientras Estela, recostada sobre el cuerpo de Epitafio, unía con un plumón los puntos que ella misma, utilizando el punzón del padre Nicho, había antes quemado en su epidermis: como en uno de esos libros para niños, Estela vio aparecer, bajo su trazo lento e inseguro, la rosa de los vientos que hizo de él para ella un mapa, quizá incluso más que esto: la cartografía de su existencia.

¿Cómo puedo... sin mi mapa?, balbucea Laciegadeldesierto, una y otra vez, sobre el suelo de la casa en la que se halla, mientras el viejo que allí vive sigue intentando reanimarla y comprender lo que le dice esta mujer a la que quieren dar caza esos hombres que están todavía planeando su asalto. ¡No aguan... cómo... sin tenerlo... lado!, se enterca Estela ante el trillizo, que no sabe que no es a él a quien le habla esta mujer que en su delirio evoca a Epitafio. Este hombre que ahora vuelve a acelerar su enorme tráiler y, acusando la distancia, anuncia: ¡allí está ese pinche pueblo!, advirtiendo al mismo tiempo, en su silencio: ¿por qué no me dices nada... por qué quieres tú mandarme a la chingada?

¿Por qué quieres tú dejarme ahora que ya lo he decidido... ahora que estoy por fin dispuesto a enfrentar al puto padre... a enfrentarme a todo y todos!, repite Epitafio en su afonía, al mismo tiempo que destapa otra cerveza, electrifica su cabeza con otras tres puntas de coca, insiste a voz pelada: ¡allí está por fin el pueblo... esténse listos que allí van ahora a bajarse!, y acelerando a Minos acelera los sucesos que aquí siguen: llegarán hasta los lindes de ese pueblo que Elsordodelamente señalara, detendrán allí su marcha, se bajarán luego al asfalto, caminarán hasta el conteiner, descolgarán a otro sinnombre, negociarán la venta de éste, volverán a la cabina y otra vez se irán en su gran tráiler.

Luego, con la tierra y la noche fundiéndose en los vidrios del Minos, los tres hombres que ocupan la cabina volverán de nueva cuenta a sumergirse en sus temores y serán entonces ellos los que habrán de irse fundiendo nuevamente en sus adentros, absorbidos por el polvo y las cervezas, mientras dudan una y otra vez las mismas cosas que ya llevan varias horas pensando: si le sigues a éste el juego acabará dándose cuenta Epitafio, se dirá a sí mismo Mausoleo, viendo todo el rato a Sepelio, que por su parte seguirá rogándose: necesito que se crea este pendejo que Estela es la que está toda baleada... que se crea que es ella el trocerío de la foto.

Elsordodelamente, mientras tanto, no dejará de torturarse: ¡podría hablarte nuevamente… no… eso sí que yo no puedo… ya te dije lo que quiero… no te puedo hablar de nuevo… ya te dije lo que siento… repetirlo sería estarme yo humillando!, ni dejará tampoco de soltar, de tanto en tanto y haciendo reír a los que viajan a su lado: ¡puta madre… por qué nada si te dije que te quiero! Y serán las risas de Mausoleo y de Sepelio, que cada vez que oiga a Epitafio se dirá: ¡eso es… que el loco siga enloqueciendo!, las que también, de tanto en tanto, harán que Elsordodelamente se ordene: ¡mejor piensa en otra cosa!

Y al hacerlo, al pensar en otra cosa, Epitafio verá siempre, sin tener del todo claro por qué es esto lo que observa, los rostros de los chicos de la selva: estos chicos que hace ya tres cuartos de hora, para poder seguir aún apurando su avanzar y el avanzar de aquellos hombres y mujeres que vinieron de otras tierras arrasadas hacia las cuevas donde habrán de aguardar a que amanezca, se vieron obligados a dejar desprotegida la vanguardia y a caminar detrás de estos seres que aún tienen un Dios, un nombre, un alma y una sombra.

IV

¡Ándenle que ya se ven las cuevas!, vocifera el mayor de los dos chicos, latigueando con la luz de su linterna las espaldas de los hombres y mujeres que cruzaron las fronteras hace nada y que ahora, encorvados por su esfuerzo, por la lluvia que no cesa y por los ruidos que al morir la madrugada pulen la penumbra desde dentro y llenan el espacio de amenazas, caminan cada vez más lento y cada vez más separados unos de otros.

¡Está diciendo él que se apuren!, clama el menor también arreando con el halo que su mano izquierda empuña al grupo de hombres y mujeres que aún arrastran su ilusión como una sombra: ¡arrejúntense que ya no falta nada... vamos ahí nomás a descansar todos un rato... órenle que ya estamos llegando!, insiste el que hace aquí de subalterno hurgando ahora, con la luz de su linterna, el vapor que está hinchándose en el aire y las cuevas que la gente de la selva llama El Purgatorio.

Pensé que hoy sí no llegábamos completos a este sitio, acusa el mayor apresurando su avanzar, alumbrando también él los cuatro enormes socavones donde purga el suelo de la selva el agua que desciende de los cerros y volteando el rostro un breve instante al que debiera obedecerlo, quien está también apresurado el ritmo de sus piernas y de las piernas de los hombres y mujeres que aún tienen un nombre, un cuerpo, una lengua y una sombra, añade: ¡no puedo creer que lo hayan todos conseguido!

¡Mira que hoy sí era difícil... tanta lluvia y tanto lodo... tanto idiota que trajiste... tanto niño y tanto viejo... esa puta embarazada... es increíble que pudieran... y no vamos ya a perder ahora a ninguno... de aquí al claro es más sencillo!, insiste el que hace aquí de jefe deteniendo su avanzar porque a unos metros de su cuerpo se hunden las cavernas que presumen a la noche sus gargantas pedregosas: estos cuatro socavones que, además de El Purgatorio, la gente llama Cuatro Bocas.

¡Párense que aquí descansaremos!, ordena el menor alumbrando a los hombres y mujeres que llegaron hace poco de otras patrias, parándose en seco y bostezando: ¡pero no se aleje nadie… quédense aquí cerca… como mucho pueden ir allí a las cuevas! Luego, bostezando nuevamente, el que obedece se hunde un poco sobre el barro y alumbrando el rostro del que ordena indaga: ¿por qué dices que es mi culpa… tú también trajiste aquí a los que aquí traemos!

¡Ya te dije que no me eches eso adentro de los ojos!, reclama el mayor golpeando la linterna del menor, y bostezando él también alumbra a los hombres y mujeres que arrastraron su esperanza por la selva: ¡sabes bien por qué lo digo… no te hagas pendejo… ve nomás lo que elegiste y ve lo que yo traje! Dándose otra vez la vuelta, el menor dirige su linterna hacia los seres que, obedientes, han detenido sus andares: como si fueran dos pequeños proyectores, sus linternas sacan de las sombras los quehaceres de los que vuelven a sentir crecer entre ellos los anhelos.

Quienaúnpresumedealma está sentándose ahora en una rama y encima suyo está sentando a la pequeña que ha cargado todo el viaje, que le dedica ahora unas palabras al oído y se le pega luego al cuello en un abrazo. LaquecuentaaúnconDios está acercándose a una cueva, acompañada de Elquetodavíatienecuerpo, que ahora mismo está sacando el pequeño inhalador que va de tanto en tanto usando y que usará también adentro de la cueva en la que acaba de meterse. Detrás de ellos, un pequeño grupo conformado por dos viejos y una mujer de edad mediana que no habían sido nombrados se encamina, decididos, hacia otro de los cuatro socavones.

A su paso, el grupo que no había sido nombrado burla el cuerpo de Elquetieneaúnunnombre, que en la pantalla de la selva yace echado encima de una piedra ante la cual hay otra piedra: esta otra en la que acaba de acostarse una mujer que tampoco había sido antes mencionada: estas dos enormes piedras yacen bajo un flamboyán que en la película que muestran las linternas de los chicos, quienes aún siguen bostezando, parecería estarse desangrando. Más allá, entre las raíces de un palo mulato, se deja caer Quienaúnnocantasustemores, colocando sobre el suelo el plástico que había traído encima y vigilando a Laquetieneaúnsusombra, quien vaga de un lado hacia el otro, hablando sola y por lo bajo.

Contemplando, enmudecidos, azorados y a cada instante más cansados, el espectáculo que extraen de la penumbra sus linternas, los dos chicos también se dejan caer al suelo y gozan, sin ni siquiera darse cuenta, del espectáculo que impone aquí la lluvia, convertida ya hace rato en aguacero: chisporrotean, de tanto en tanto, los relámpagos que lanzan sobre el mundo las enormes nubes negras, iluminando todo aquello que no alcanzan las linternas y que yace entre penumbras: el salto de una ardilla en una rama, el vuelo de algún ave cuyas plumas de colores no le temen a las gotas, una serpiente anillada que se arrastra, asustada, sobre el lodo.

Cada vez que los relámpagos se apagan, sobrevienen los rugidos de los truenos y al callar sus ecos enrabiados, los chicos de la selva, cuyos párpados suplican descansar aunque sea un rato, se extravían en los sonidos de la selva: croan las ranas en el río que vomitan los enormes socavones, chillan cientos de murciélagos adentro de las cuevas, ruge en la distancia la pantera de estas latitudes y picotea un ave terca el blando tronco de un altísimo aguacate. Es así, desmembrando el tejido de sonidos que urde al zumbido de la selva, que los dos chicos escuchan, mientras sus párpados deciden claudicar, el nervioso despertarse de las lenguas de los hombres y mujeres que hace poco atravesaron el gran muro que divide en dos las tierras arrasadas.

Nomás llegue van a estarme allí esperando…
mis dos hijos y mi esposo… llevan ellos ahí
casi cuatro años… no los he visto en ese tiempo…
por eso van a tenerme allí una fiesta.

Soy de allá pero allá sí que no hay nada… por eso
voy… como se fueron ya mis otros… voy a tener allí un
trabajo… voy a tener ahí una vida… me encontraré
con mis amigos… ellos me tienen ahí contado.

Yo voy allá para olvidarme… para olvidar lo
que tenía… para olvidar pues lo que no tengo… que
ya no tengo… voy allá para ya no tener más
miedo… porque allá no voy a tener miedo.

Quiero ir nomás para volver después con mis promesas…
le prometí a mi hija una laptop… a mi hijo una chamarra
de los Cubs… le prometí a mi esposa traer dinero… por eso
voy a ese lado… para volverme con todas mis promesas.

Para parirlo allá y que no tenga él que hacerlo
luego… quiero que nazca allá para que no tenga

que hacer todo este viaje… por eso
voy… para sacarme este embarazo.

Ésa dice que no puede… dice y dice esa mujer que ya no puede, suelta el que hace aquí de subalterno, levantando sus dos párpados de golpe y dinamitando así el silencio en el que estaban él y su jefe hundiéndose ahora mismo. Que aunque quiere ya no puede… que le cuesta andar un paso, repite el menor, dándose un par de cachetadas con las palmas de las manos y alumbrando nuevamente a Laquetieneaúnsusombra: le va a hacer bien a ella el descanso… a ver si deja de joder con que no puede.

¿De qué mierda estás hablando?, exige entonces el mayor, abriendo sus dos párpados de golpe, y dándose él también un par de cachetadas vuelve la cabeza hacia los hombres y mujeres que los siguen: ¿qué chingado estás diciendo… de qué mierda estás hablando?

—La he tenido que venir a ella empujando —dice el menor alumbrando nuevamente con la luz de su linterna a Laquetieneaúnsusombra.

—Esa idiota… la tenías que haber dejado —reclama el mayor mirando a la mujer que alumbra el halo del que hace aquí de subalterno, y sintiendo en el pecho una punzada suma—: ¿cuántas veces tengo que decirte yo lo mismo… no hay que traer embarazadas!

—Te da igual a ti que venga embrazada… lo que pasa es que algo pasa entre tú y ella —lanza el que obedece dejando caer al suelo su linterna, sin apenas darse cuenta.

—¿De qué mierda estás hablando? —pregunta el mayor levantando la linterna que el menor dejó en el suelo, y alumbrando a Laquetieneaúnsusombra añade—: sabes bien cuál es la regla… una sola puta regla… ni viejitos ni amputados ni preñadas.

—Los vi allá que se habían visto —suelta el menor cerrando sus párpados y echando atrás la espalda—: ¡te lo dije desde allá que me di cuenta!

—¡Una sola regla! —repite el que manda sin ponerle atención al que a su lado se ha tendido y espiando a la mujer embarazada, que ha dejado de vagar y se está ahora dirigiendo hacia una cueva.

—¡Ya sabía que tú también la conocías… te vio a ti y se fue casi corriendo!

—¡Cómo ladras pendejadas! —exclama el mayor hablando de manera aún más mecánica que antes, y volviendo la cabeza hacia el menor siente de nuevo una punción en las costillas—: ¿por qué no duermes un rato… luego vengo y te despierto?

—Allá en el callejón de… o fue en la plaza… eso fue… allá verdad… lo que te dije —murmura el que obedece permitiendo que en su mente y en su cuerpo se entremezclen los recuerdos con los ruidos de la selva y con la voz del que hace entre ellos dos de jefe.

—Vengo luego y te despierto y me duermo cuando te hayas despertado y así vamos los dos ya a haber aquí sí descansado —dice el mayor apurando sus palabras mecánicas, y esperando a que el menor caiga dormido trata de domar la pulsión que de su pecho ha ascendido a su cabeza y que se ha vuelto allí idea.

—Lo que me duermo… dije en la selva… te a mí en la plaza… luego tú duermes —susurra el menor entremezclando ahora sus recuerdos con el sueño que lo está ya secuestrando y las palabras que le están aún dirigiendo, unas palabras que oye cada vez más lejos.

—Duerme y descansa y ahora vengo a despertarte que ahora voy a ir yo allí junto de ellos para que tú descanses y también ellos descansen sin que pase ahora aquí nada —asevera el que manda enredando al menor, y sin dejarlo de mirar sonríe, abraza la idea que ha nacido hace un instante en los confines de su mente, y dando un salto se levanta.

—¡Por favor no le hagas nada! —pide el menor abriendo sus dos ojos asustado, sintiendo en el pecho otra vez el raro aguijonazo que sintiera hace un rato y avistando cómo echa el mayor a andar sus pasos.

—¿Cómo? —pregunta el mayor dándose la vuelta, más enojado que nervioso—: ¿de qué mierda estás hablando?

—Sabes bien… estoy diciendo —dice el que obedece cerrando nuevamente sus dos párpados, nuevamente extirpando de su pecho la aguja que no quiere y nuevamente entremezclando la vigilia con el sueño—: de ella… le nada… estoy.

—¿Qué tiene ella que de pronto te interesa si no estabas tú ese día? —inquiere el que manda pero en mitad del enunciado que está ahora maquinando se detiene porque entiende que el menor ya está dormido.

—…

—Eso es… mejor descansa —ordena el mayor y dándose la vuelta vuelve a alejarse de quien hace aquí de subalterno.

Alumbrando el espacio con su linterna y la linterna que hasta ahora utilizara el menor de los dos chicos, el mayor burla a LaquecuentaaúnconDios y a Elquetodavíatienecuerpo y así llega hasta la entrada del enorme socavón en el que acaba de meterse Laquetieneaúnsusombra. Sobre el lugar en que se encuentra, sobre el cuerpo del mayor y también sobre la idea que lo empuja, cae la lluvia aún más fuerte que antes y los relámpagos condensan los segundos que los median: se ha convertido el aguacero ahora en tormenta.

Sin pensar en la tormenta, dejándose arrastrar por la idea que antes lo estaba empujando y que ahora lo gobierna, el que hace aquí de jefe se convence: la vi yo que en ésta entraba… estoy seguro… debe estar ella aquí dentro. Luego, echando a andar sus pasos nuevamente, el mayor alumbra el interior del socavón y mete bajo tierra toda su ira y todo su coraje: no deberías haber venido si también me conociste… no tenías ni que haber ido allá al atrio.

Apurando su adentrarse en la garganta que vomita al río que limpia las esencias de la selva: El Purgatorio es los riñones y el hígado que purgan a la jungla, el mayor agarra con una sola mano ambas linternas, desenvaina el machete que colgaba en su cintura, siente cómo la orden que hace nada gobernaba su existencia se convierte en un designio y empujando a un par de hombres que no habían sido tampoco aquí nombrados les sonsaca: ¿dónde está la embarazada?

¿No me oyeron o no entienden?, insiste el que aquí manda tras un instante, alumbrando con la luz de sus linternas a los hombres que parecen fundirse ahora con las piedras, como si fueran dos pinturas realizadas hace ya un montón de eras. Luego el mayor alza su machete y ensartando en sus pupilas las pupilas temblorosas de Quientieneaúnsuvoz y de Elquetodavíausasulengua, interroga: ¿dónde está la embarazada… la mujer esa embarazada… dónde está la puta embarazada?

Yo la vi… la vi a ella… vi que estaba ella sentada… allí sentada… luego la vi que se iba al fondo, asevera Elquetodavíausasulengua señalando con un brazo el lugar donde se divide en dos caminos la garganta de la tierra. ¿Hacia ese fondo?, inquiere el mayor apuntando el halo doble que proyectan sus linternas al socavón que se hunde a su derecha. Si usted quiere voy y se lo enseño... si eso quiere puedo ir para enseñarle yo el camino, ofrece entonces Quientieneaúnsuvoz, alzando el rostro de repente.

¡Hijo de puta... ni siquiera entre... pero a mí eso qué me importa!, reclama el que hace aquí de jefe, clavando sus ojos en los ojos de Quientieneaúnsuvoz y luego, acercándole el rostro hasta que puede este otro olerlo, abunda: nomás dime en cuál fondo... cuál camino agarró ella... y no te creas que ganaste algo... sólo falta que tú creas que te debo algo... aquí no vas a ganar nada. Agachando la cabeza nuevamente y echando a andar sus pasos, Quientieneaúnsuvoz conduce al mayor hasta el lugar donde la cueva se divide y apuntando con el brazo indica: debe estar en ese fondo.

Si no encuentro ahí a esa vieja vas a ser tú quien lo pague, amenaza el mayor de los dos chicos de la selva: volveré y serás tú el que me pague, repite echando a andar sus piernas rumbo al fondo del enorme socavón, y hundiendo luego sus dos pies en el riachuelo se encamina a las entrañas de la selva, alumbrando con el halo hecho de halos las edades centelleantes de la tierra y espantando, con el filo de su arma, a los murciélagos que huyen dando tumbos en el aire.

Tras internarse en el camino en que se encuentra, el que aquí manda distingue a la mujer que está buscando y que hace apenas un momento, igual que hiciera en este sitio y hace ya casi mil años su pariente más remoto, levanta la cabeza y comprende que ha llegado su momento. Hincada encima de las rocas, Laquetieneaúnsusombra se lleva las dos manos al vientre, le sonríe al mayor de los dos chicos de la selva y devuelve el agua que se metiera en la boca al río que consigo arrastra los olores de todo eso que está vivo y de todo eso que está muerto: huele aquí a planeta concentrado.

Aprovechando el impulso con que llega hasta ella, el mayor deja caer furioso su machete y con un único tajo corta el cuello de la mujer que pierde así su sombra. ¡No tenías que haber venido… si también me conociste por qué putas te viniste… no tendrías ni que haber ido allá al atrio!, ruge el mayor, castigando otra vez y una más a la sinsombra con el filo de su arma: ¡o me tenías que haber dicho tú a mí algo… tenías que haberte tú acordado… no me tenías que haber mirado así insegura… así dudando… me tenías tú que haber reconocido!, aúlla dejándose caer al agua del riachuelo y profiriendo un raro quejido indiscernible.

Hincado, con el agua empapándole los muslos, el mayor atestigua el cuerpo destrozado, observa su machete, contempla el reflejo de los murciélagos que vuelven a sus sitios y el quejido que estaba profiriendo se convierte en un gemido largo y grueso que es después un hondo lamento que va y viene. Dejando entonces las linternas sobre las piedras de la orilla, el que hace aquí de jefe hunde su arma y sus dos manos en el agua y, observando cómo arrastra el líquido la sangre que se está ahora desprendiendo de su cuerpo, llora un largo rato.

Cuando por fin se pone en pie de nuevo, el mayor de los dos chicos alza de la orilla las linternas, se echa al cinto su machete y limpiándose las lágrimas del rostro aprieta la quijada: pero no me conociste. Luego sonríe un breve instante, se encamina hacia la entrada de la cueva y, sin saber muy bien por qué, evoca el rostro de ese hombre al que él y el menor le vendieron, hace poco más de un día, a los sinnombre: no… no estás tú pensando en ese hombre… no te hagas pendejo, se dice el mayor sonriendo, y es así que acepta que está pensando en la mujer que vio en el claro Ojo de Hierba.

Luego, cuando por fin sale de la cueva, el que aquí manda descubre que aún sigue sonriendo y que la hora torda de la noche le ha dejado ya su sitio al alba azul plomiza. ¡Ándenle… levántense que ya otra vez nos vamos!, manda entonces a los hombres y mujeres que cruzaron las fronteras hace poco, y echando a andar sus piernas hacia el sitio en que el menor sigue aún tumbado vuelve a contemplar, en su memoria, a la mujer que vio en el claro El Tiradero: esta vez acepta, sin embargo, que sí está más bien pensando en Epitafio: ese hombre que aún sigue conduciendo su gran tráiler y que está, a cada instante, más y más atribulado.

Este tráiler que dejó hace un rato el vasto y casi enteramente despoblado Llano de Silencio que une al sur y al centro de la patria en que nacieron Epitafio, los dos chicos de la selva y Estela. Esa mujer que allá en el fondo de La Caída, recostada sobre el suelo de la casa del trillizo que se fue un día a las montañas, vuelve en sí un instante y balbucea, extraviada en su maraña de dolores y temores: también a él… van a dejarme… a él matarlo… sin coordenadas… tengo llamarlo… nos traicionado… no sin mi mapa… sin él no quiero… sin mi Epitafio.

Epitafio, este hombre que aún no entiende por qué no lo ha llamado Estela y que reduce ahora la marcha del gran Minos, gira su volante varios grados, abandona la autopista y, cambiando un par de marchas, acomete el camino que atraviesa al altiplano Sombras de Agua. Este altiplano que es el centro de su patria y que conduce rumbo al norte, un norte al que no habrá ya nunca de llegar Elsordodelamente.

V

Observando en la distancia y por primera vez sin contemplarlo pues no existen ya para él ni el mundo de allá afuera ni tampoco la cabina de su tráiler, el nacimiento del sol tras los volcanes que se alzan en mitad del altiplano Sombras de Agua, Elsordodelamente alarga un brazo, baja la visera que protege sus ojos y renueva el exabrupto que ha venido reiterando sin apenas darse cuenta: ¡puta madre… por qué nada si te dije que te quiero!

Sobresaltados, los dos hombres que ocupan junto a él el habitáculo de Minos: estos hombres que también dejaron de existir para Epitafio hace ya un rato: cuando el tráiler se detuvo ante una vieja construcción abandonada y le vendieron, al hombre de los gustos especiales, la niña de cabeza desmedida, vuelven a él sus rostros pero ninguno dice nada. Siguen cada uno hablando con sus fondos: ¡no podía ni haber soñado que saliera mejor esto… ni he empezado y ya se ha vuelto loco el loco!, medita Sepelio al mismo tiempo que Mausoleo especula: me he hecho a un lado justo a tiempo… atiné jugándola con ambos.

¿Quién diría que eras tan frágil… que serías así de raro?, medita Mausoleo observando nuevamente a Epitafio, cuya barbilla, cuello y pecho son alumbrados por el sol que en la distancia está emergiendo poderoso. ¿Quién diría que una vieja iba a ponerte así de inquieto?, insiste el grandote para sí, pues no consigue comprender que una mujer descomponga tanto a un hombre: no imagina, no podrá jamás imaginarse Mausoleo, que para este hombre, que llegó al mundo de la nada y que así, desde la nada, ha intentado habitarlo, una mujer sea el único hogar que hay en la tierra.

¡Y hace rato tan ojete… dando y quitando tú la suerte… vete ahora suplicando que ella te hable!, piensa Mausoleo, retirando sus ojos del perfil de Epitafio y avistando, a través del parabrisas del gran Minos, cómo emergen, remolcadas por los rayos del gran astro, las siluetas de las cosas que habitan Sombras de Agua, suma, en las profundidades más oscuras de su mente: ¡tan culero y suplicando que te llame... que te quiera a ti una vieja!

¡Una vieja como hay tantas!, insiste Mausoleo contemplando la danza que escenifican tres mil mirlos en el cielo: si no es capaz de comprender que esa mujer que está él imaginando es el hogar de Epitafio, no es capaz tampoco de entender que Estela, esa mujer que allá en la sierra se ha vuelto a sumir en la inconsciencia ante los ojos sorprendidos del trillizo que ahora vuelve a levantarse pues están sus perros advirtiendo otras presencias, además de ser la única morada de Epitafio, es su mundo entero.

Epitafio, este hombre que ahora mismo, tras ver también a la parvada de los mirlos que en el aire se sacude y contonea como si fuera una humareda, acelera acercándose a un camión lleno de cerdos. Aquí no quería estar a estas horas... este camino siempre está lleno de coches, asevera Elsordodelamente y, girando varios grados el volante, cambia un par de marchas, pisa el acelerador y rebasa al camión que estorba su camino, mientras Sepelio y Mausoleo vuelven sus rostros: hacía rato no exclamaba nada que no fueran exabruptos.

¡Quería estar a esta hora ya dejando el altiplano... puto tráfico de mierda!, asevera Elsordodelamente regresando a su carril, cambiando otra vez la marcha y sorprendiendo a sus dos acompañantes. Antes, sin embargo, de que Sepelio pueda reaccionar y haga con su rabia un enunciado: necesita devolver a Epitafio a sus temores, no dejar pues que se aleje de la vorágine que sabe que lo está ahora consumiendo, Elsordodelamente se da un golpe en la cabeza: ¡cómo puedes tú a mí no quererme... y justo ahora que yo ya me he decidido!

¿Por qué no me dices nada si te dije que eres todo lo que quiero... o es que no quieres lo mismo?, clama Epitafio despegando sus dos manos del volante, golpeándose otra vez el cráneo y cebando la alegría de Sepelio, que observando, a través del parabrisas, cómo incendia el sol los sembradíos y da forma a los tractores, a las piedras y a las casas, le sonríe a la mañana y a su suerte: ¡y yo pensando que tú no ibas a creerme... que ibas sólo a creerme porque no podrías creerlo... quién diría que ibas a mí así a ayudarme... que alimentarías así mis planes!

¡Quién diría que vas a creerme porque vas a querer creerme... que vas a creerme porque no podrás creer otra cosa... que acabarás tú abonando más que yo mis propios planes!, refrenda Sepelio acariciando el teléfono que tiene entre las manos y sonriéndole, más y más emocionado, a los silos y a los árboles que está ahora contemplando en la distancia. En mitad de su alegría, sin embargo, Sepelio es sacudido por un grito que de pronto estalla en la cabina: ¡qué chingado estás haciendo!

¡Puta mierda... qué chingado estás!, machaca Mausoleo encogiéndose en su asiento, cerrando los párpados y echando atrás el cuello: regresando a la tierra al oír los gritos, Epitafio, al mismo tiempo que Sepelio se enconcha, pega un violento volantazo y Minos vuelve a su carril, evitando que ese otro camión que toca el claxon los embista. ¡Va a matarnos... el pendejo va a matarnos!, se dice Mausoleo al mismo tiempo que Sepelio se enterca: ¡eso es... está perdido... está llegando mi momento!, y Epitafio implora: ¿puta mierda... qué me pasa?, pero su boca exclama: ¡puta Estela... qué te pasa?

En la caja del gran Minos, mientras tanto, los sinnombre que no han sido aún vendidos y que todavía cuelgan amarrados de las manos, esperan que sus cuerpos dejen de mecerse y, cuando al fin han recobrado el equilibrio, vuelven otra vez a hablar entre ellos.

Es la tercera vez que vengo… la segunda fue peor
que ésta… nos secuestraron, nos subieron a un vehículo
y nos llevaron a una casa… nos pidieron los teléfonos
y hablaron a pedir nuestro rescate… a las viejas nos
partieron por las piernas… a los hombres les rompieron con
su pala las espaldas… para que no pudieran irse…
para no tener ni que cuidarlos… ahí en el
suelo los dejaban… nada más para
usarlos cuando hablaban.

Para mí era la primera… no lo había… no quería
yo ni siquiera hacer el viaje… me había quedado allá
yo solo… lo aguanté yo más que nadie… los vi a todos irse
yendo… me fui quedando hasta que ya no había nadie…
mi casa sola… el pueblo solo… el campo así también
de solo y sin nadie… nomás silencio y viento
mudo… hasta las moscas se callaron.

Ya ni las cuento… no sé ni cuántas… la última fue hace
mucho tiempo… unos nueve años… ya había llegado… allí
ya estaba hasta con casa… con un trabajo y una casa…
pero vinieron los migrones a los campos y agarraron
ahí parejo… y de regreso que el sueñito se ha acabado…
pero aquí vengo… en otra vuelta… ¿qué otra cosa
voy a hacer si no intentarlo… si no seguirle?

Apagando los faros de su tráiler pues ya no hacen ahora falta: la potencia que allá en el fondo de la tierra incendiara los volcanes baña entero el altiplano Sombras de Agua, Epitafio acelera hasta su límite el motor de su gran tráiler y repite: ¡puta Estela… qué te pasa?, aunque esta vez quería decirle a Mausoleo: ¡pinche puto… qué te pasa… no exageres… no seas puto y no te asustes! Luego ríe consigo mismo, rebasa un par de coches y alcanza a una pipa de dos tanques.

Tras rebasar a esta pipa, Epitafio alarga un brazo, sacude su existencia con otros dos calambres, agarra el paquete de cigarros, destapa una cerveza y completa al fin la idea que serpenteaba en su cabeza: ¡pinche Estela… qué te pasa… por qué no quieres quererme… por qué ya no para siempre! Mientras tanto, Mausoleo medita: ¡hijo de puta… qué me vas tú a dar la suerte… lo que vas es a quitármela enterita… lo que vas es a matarnos por estar pensando en ella!, y Sepelio, que vuelve la cabeza a la ventana y atestigua en la distancia el correr de un par de potros, piensa: ¡ahora sí que vas a creerme!

¡Ahora sí vas a creerme y ni siquiera porque no lo hayas dudado… vas a creerme porque ya lo estás dudando… has empezado a dudarlo y ni siquiera he tenido que decirte a ti nada!, insiste Sepelio retirando de los potros que se pierden a lo lejos su atención, y regresando al habitáculo observa, convirtiendo su excitación en paroxismo, la silueta de Elsordodelamente, que tosiendo el humo que llenara sus pulmones y tratando de dar calma a su ansiedad anuncia, señalando un letrero que se alza a un lado del camino y que asevera: Ejido Sada 17: allí vamos a pararnos… justo antes de ese ejido.

¡Esténse listos que allí vamos a pararnos… justo antes del ejido hay que vender… me prometiste que lo nuestro era de veras… que no iba a terminarse… que adonde fuera que tú fueras iba yo a ir adentro tuyo… por qué no me dices nada!, añade Epitafio sin saber que, en mitad de su discurso, ha sido arrastrado otra vez por la violencia de su miedo y sin saber tampoco que éste, su miedo, convierte el paroxismo de Sepelio en regodeo: ¡vas a creerme porque ya lo estás creyendo… ni siquiera he tenido que sembrar en ti la creencia… tú todavía ni lo imaginas pero bien que ya engendraste en ti mi trampa… engendraste tú solito el dolor que yo quería meterte!

¡Por qué no me dices nada si dijiste que serías siempre mi casa… que sería yo siempre tu resguardo… allá en las piedras y en el cuarto y en la puta camioneta dijiste eso… que naciste en mí y que nací yo también contigo… qué te pasa que ahora no me dices nada!, vocifera Epitafio, sobresaltando aún más a Mausoleo y convirtiendo el regodeo de Sepelio en emoción pura y traslúcida: ¡vas a creerme porque ya crees que ha pasado… aunque no sepas que eso crees… ya te enterraste tú ese miedo… estás sólo ya esperando que algo le haya a ella pasado… vas a creerlo porque sólo puedes creer que si no llama es porque no puede llamarte!

¡No me puedes no querer… eso no puedes… no me puedes tú no haber llamado a mí porque no quieres tú llamarme… algo te tiene a ti que haber allí pasado!, reclama Elsordodelamente y esta vez, mientras se sigue el Sepelio a sí mismo y a su plan acariciando, el sobresalto del gigante, que había sido antes reclamo únicamente, se convierte en advertencia y luego en una decisión por fin tomada: ojeando a Epitafio, Mausoleo delibera: hice bien en no jugarme con él todas… muy bien en seguirles a los dos yo aquí sus juegos… este imbécil no es el bueno… no es el cabrón que había pensado… este pendejo no se da ni a sí la suerte.

¡Y además por una vieja... todo esto y nada más por una vieja!: Mausoleo sigue siendo, seguirá siéndolo incluso cuando todo haya acabado, incapaz de comprender que no es Estela, esa mujer que ha despertado hace un instante allá en la sierra y que al hacerlo se ha espantado al ver en la ventana el resplandor que trae consigo el día y al descubrir que no está más con ella el hombre que le abriera antes su casa, una mujer únicamente. Mausoleo, que está ahora retirando su mirada de Epitafio, no será nunca capaz pues de entender que Laciegadeldesierto, además de una mujer, es una historia: la única en que habría podido Epitafio representar un día su vida.

¡En cambio este pendejo está ahora más calmado... más y más en paz y más entero... más y más y más emocionado!, piensa Mausoleo, observando a Sepelio: no va nunca este grandote a comprender que Estela, que allá en la sierra se levanta como puede y así también, como puede, empieza a buscar al hombre que hace rato la ayudara porque le urgen un teléfono y un arma, es el fundamento único y último de todo el universo de Epitafio: lo único cierto en una vida que nació en la incertidumbre y que allí, en la incertidumbre, está también a punto de acabarse.

Sonriéndole al gigante, mientras de nuevo brama Elsordodelamente: ¡algo te tiene a ti que haber pasado... si no por qué no dices nada... puta mierda... algo tuvieron que haberte hecho... algo te tuvo que hacer alguien!, Sepelio cierra el párpado derecho, le dice sí a Mausoleo con un leve movimiento de cabeza y de nuevo gira el rostro a la ventana: ¡vas a creerlo porque quieres tú creer que algo le han hecho... porque quieres creer que algo le hicieron a tu Estela... vas a verla en la foto porque crees que algo como eso le ha pasado!, se promete Sepelio, saboreando su momento.

¡Vas a verla a ella en la foto porque ya la viste en tu cabeza!, machaca Sepelio en lo más hondo de su mente y su momento lo empalaga: por fin terminan todos esos años de rencores, por fin llega el instante del desquite: este desquite que planeó hace tanto tiempo y que acaba igual que ha terminado en su cabeza tantas veces: con Epitafio derrumbándose a pedazos: ¡saldrá todo como yo siempre lo quise... pondré fin por fin a tanto tiempo con tu mierda... a tantos años!

Las palabras que Sepelio está diciéndose a sí mismo son de golpe interrumpidas por la última versión del exabrupto de Epitafio: ¡por qué iba a pasarte algo... no te puede haber pasado nada... lo que pasa es que tú no quieres llamarme... eso es todo lo que pasa! Convirtiendo su sonrisa en risa franca pero advirtiendo que se tiene que apurar para que no escape el impulso que se ha dado a sí Epitafio, Sepelio mete su visión en la cabina nuevamente y con voz firme pero a la vez pausada advierte: ¿qué si no puede llamarte porque sí le pasó a ella algo?

—¿Cómo?

—¿Si no puede ella llamarte aunque eso quiere? —repite Sepelio y siente que su encierro, de repente, empieza a agrietarse.

—¿De qué mierda estás hablando? —pregunta Epitafio reduciendo la velocidad de su gran tráiler pero no la de su mente—: ¿qué chingado estás diciendo... por qué dices!

—¿Qué si Estela sí quiere llamarte pero no puede hacerlo? —insiste Sepelio interrumpiendo a Epitafio, y la cárcel en que yacía hasta ahora preso, mientras se agolpan en su pecho los latidos, deja de agrietarse para empezar a desgajarse.

—¿Por qué no podría hablarme... por qué no podría Estela a mí llamarme? —inquiere Elsordodelamente reduciendo aún más la marcha del gran Minos, al tiempo que acelera más y más su mente—: ¡mejor alístate que vamos a bajarnos… no estés ladrando estupideces… está el ejido aquí!

—¡Quizás algo le ha pasado… quizá por eso no te llama! —suelta Sepelio interrumpiendo nuevamente a Epitafio y los muros de su encierro caen hechos pedazos—: ¡no me digas que tú no lo habías pensado!

—¿Por qué iban a hacerle algo? —interroga Elsordodelamente orillándose a un lado del camino y el temblor que amenazaba su espinazo finalmente lo recorre y lo sacude—: ¡quizá sí le han hecho algo… quizá le ha pasado algo!

—¡Eso mismo es lo que creo… algo le ha pasado a Estela! —apunta Sepelio sacudiéndose del cuerpo el polvo y los escombros de la que había sido su cárcel, y sintiendo cómo su coraje se convierte en ira pura agrega—: ¡algo le ha hecho alguien a Estela!

—¿Pero quién iba a hacerle algo? —pregunta Epitafio apagando su gran tráiler y el temblor que recorriera su espinazo congestiona su cabeza con los rostros de mil hombres—: ¿quién podría haberse metido con Estela?

—¡Podría haber sido cualquiera… en el retén o allá en la sierra! —sugiere Sepelio sonriéndose a sí mismo nuevamente y sintiendo cómo se convierte su ira en odio vivo—: ¡quizás incluso en el hospicio!

—¡Cómo crees que en el hospicio! —lanza Elsordodelamente enardecido, pero en su mente los mil rostros que apreciaba se deshacen y de pronto sólo queda el padre Nicho.

—¡Quizás fuera el padre Nicho! —insinúa Sepelio y su sonrisa se convierte en risa franca.

—¡Puto padre desgraciado… puto Nicho hijo de puta!

—¡Cuántas veces te lo dijo… hasta la oí yo a ella cien veces… ya no hay que confiar en ese viejo... se trae algo él entre manos! —asegura Sepelio y su risa se transforma en carcajadas.

—¡Puto viejo... puta mierda... puto imbécil que yo he sido... por qué no le hice caso... es verdad que eso me dijo! —se lamenta Elsordodelamente, castigándose el cráneo con las manos vueltas puños, y el rostro de ese padre se convierte en el de Estela.

—¡Puto padre traicionero!

—¡Eso era lo que tú querías decirme! —grita Epitafio olvidándose un segundo del lugar en que se encuentra y hablándole de tú otra vez a los ausentes—: ¡eso era lo que tú querías contarme allá en la selva... por que no te escuché yo en la camioneta!

—¡Puto padre hijo de puta... cómo pudo hacerles esto... cómo pudo traicionarlos! —machaca Sepelio atragantándose en su júbilo, y sintiendo cómo su ira se transforma en esperanza inquiere—: ¿y si le hablo al padre Nicho?

—¡Cuando despierte dime: querías tú contarme a mí algo... eso fue lo que dijiste allí en el claro... pero no te hice caso y ahora es tarde! —ruge Elsordodelamente hablándole al recuerdo de Estela, y sintiendo que su mundo se derrumba ratifica—: ¡es mi culpa... será mi culpa lo que te hayan hoy a ti hecho!

—¿Le hablo pues al puto padre? —pregunta Sepelio blandiendo en el espacio su teléfono y dejando de reírse vuelve a ver a Mausoleo, que en su asiento se ha encogido.

—¡Será mi culpa lo que te haya... será mi culpa... te fallé y te había dicho que nunca iba a fallarte! —aúlla Epitafio, y como un rollo su memoria le enseña cada día que pasara con Estela, esa mujer que allá en la sierra sigue todavía buscando al trillizo que le abriera antes su casa.

—¡Voy a hablarle al desgraciado… voy a hablarle al traicionero!

—¡Te fallé y no podía fallarte… te fallé y te había dicho que sería siempre tu mapa… te lo había yo prometido! —clama Elsordodelamente evocando a Estela entre las piedras del hospicio, en el techo de ese viejo edificio, en el sótano que hedía a carne quemada, sobre la cama de su cuarto, en el asiento de su vieja camioneta, en los cuartos de uno y mil hoteles, en La Carpa que ella gobernara tantos años: en cada uno de los sitios pues en los que gracias a ella supo que era un hombre verdadero y no una costra solamente.

—¡Estoy hablando… le estoy hablando al padre Nicho! —asevera Sepelio fingiendo estar llamando al número del viejo que fundara el hospicio El Paraíso—: ¡está sonando… me va a escuchar el desgraciado!

—¡Cómo pude permitir que algo te hicieran… te fallé y me fallé al mismo tiempo… cómo pude a mí mismo así fallarme! —brama Epitafio golpeándose de nuevo la cabeza, atestiguando cómo se deshacen sus recuerdos junto a Estela: esos instantes en que era él un hombre nítido y entero, aceptando que su mundo ha sido derrumbado y sintiendo cómo cae encima suyo el peso entero de la nada.

—¡No contesta… el pinche puto no responde! —asevera Sepelio despegando de su oído el teléfono, volviendo a ver un breve instante al gigante, que en su asiento se ha encogido hasta volverse un enano, y, abrazando su momento: este momento en el que cree que finalmente está naciendo, vuelve a clavar sus dos pupilas en el cráneo de Elsordodelamente—: ¡ha mandado él un mensaje… nos ha mandado el desgraciado ahora una foto!

—¡Cómo pude hacernos esto… por qué no te escuché a tiempo… cómo pude traici! —se castiga Elsordodelamente pero a mitad de sus palabras se detiene, vuelve al lugar en que se encuentra pues ha oído lo que está Sepelio a un lado suyo aseverando, y girando el rostro siente cómo el peso de la nada aplasta ahora su presente.

—¡Hijo de puta... Epitafio... puta madre... tienes tú... tienes que verlo! —grita Sepelio haciendo a un lado al enano, que en su asiento quiere ahora deshacerse, y ofreciéndole a Elsordodelamente su teléfono exhorta—: ¡tienes en serio tú que verlo... hijo de puta... la ha matado!

—¿Cómo... quién... de qué chingado? —inquiere Epitafio sin saber ya lo que dice pues de sobra sabe cómo, quién y qué le están diciendo—: ¿cómo... quién... de qué? —renueva alargando el brazo, agarrando el teléfono y sintiendo cómo el deshacerse que arrasaba su memoria se lleva ahora sus anhelos.

—¡El padre Nicho... la ha matado el padre Nicho... ella está toda baleada! —asevera Sepelio acusando el teléfono que acaba de entregarle a Elsordodelamente, y viendo derrumbarse al hombre que hace tanto lo subyuga siente cómo dentro de su pecho el ave negra que hace rato abrió las alas, finalmente alza su vuelo—: ¡la tenías que haber oído... la tenías que haber a ella escuchado!

—¡Baleada... Estela... aquí matada... padre muerte... yo escuchado! —murmura Elsordodelamente apretujando el teléfono que tiene entre las manos pero sintiendo que además de su pasado y su futuro el deshacerse de las cosas arrasa ahora su presente avienta el aparato hacia el tablero, abre la puerta de su tráiler y se apea hacia el asfalto.

—¡Te dejaron sin tu Estela! —lanza Sepelio inclinando el cuerpo por encima del enano que había sido antes gigante y tratando, inútilmente, de alcanzar el vano abierto de la puerta: la que sí alcanza ese vano y así deja el hondo pozo de vacío y soledad donde viviera es el ave de su pecho—: ¡la tenías que haber oído... te lo dijo ella cien veces... te lo dijo todo el tiempo... tendrías que haberla tú escuchado!

Brincando el cuerpo del enano, Sepelio alcanza el vano abierto de la puerta y atestigua el errático andar de Elsordodelamente en el asfalto: ¡hasta yo la escuché a ella... por qué tú no la escuchaste!, grita entonces riéndose de nuevo y al hacerlo siente cómo ese vacío que dejó el ave en su pecho hace un instante lo ocupa el animal de la esperanza y el sosiego que sólo nace en la venganza. ¡Cómo no escuchaste a Estela... yo sí habría escuchado a Ausencia!, clama esperando que Epitafio vuelva el cuerpo, aunque sea un breve instante, antes de hacer lo que ya sabe él que va a hacer Elsordodelamente.

¡Yo a ella sí la habría escuchado... yo no habría ignorado a Ausencia... eso jamás lo habría hecho!, insiste Sepelio, saboreando la venganza que ha planeado tanto tiempo y contemplando el andar a cada instante más errático y extraño de Epitafio: Elsordodelamente está a punto de imitar a Cementeria, está a punto pues de hacer que el plan que urdió Sepelio hace ya tanto se concrete: ¡eso yo sí que no lo hice... ignorar a mi Ausencia... eso sí que ya no lo hice... yo a ella sí que le hice caso... les estoy haciendo ahorita caso... por qué tú en cambio no oíste... por qué no escuchaste a Estela!, machaca Sepelio, convencido de que ahora sí va Epitafio a volver aunque sea el rostro. Pero éste, que ha decidido no escuchar ya nunca nada, sigue caminando, ido por completo de la mente y también ido de la tierra.

Sin pensárselo dos veces, Elsordodelamente aguarda el instante que en su vida ha sucedido hace ya tiempo y, cuando el tráiler que su instinto elige está a punto de pasar delante suyo, avanza un par de pasos que son casi un par de saltos: el impacto del metal contra la carne cimbra a Sepelio y revuelca, sobre el suelo, el cuerpo de Epitafio, que lo último que alcanza a hacer es pedir perdón a Estela: Estela, la única persona sobre el mundo que podría haber conseguido que él fuera distinto de su mundo.

Estela, esa mujer que allá en La Caída, finalmente, deja de buscar al interior del sitio en que se encuentra y piensa que tendría que asomarse a una ventana para ver así si ese hombre que hace rato la ayudara, cuyo rostro apenas y recuerda ella entre sueños, está afuera de su casa.

VI

Contemplando la ventana que acaba de elegir para asomarse y soltando el sillón que la sostiene, Estela jala un par de bocanadas ansiosas y otra vez la muerden las costillas que en las piedras se astillaran: tiene que haber ido allá afuera... estoy segura que había un hombre... que arrastró él aquí mi cuerpo... no lo puedo estar imaginado, se dice al mismo tiempo que recuerda que no puede aspirar más que cortitas dosis de aire.

Está en peligro si salió él de esta casa... si había un viejo y fue allá afuera pueden ellos atacarlo, insiste Estela en su silencio, avanzando un par de pasos tambaleantes y observando en la ventana la luz de la mañana: ha alcanzado el sol el fondo de La Caída y sobre el mundo se pasean las criaturas que el calor va espabilando y que en las piedras apresuran su hambre o su asolearse: él no sabe que está allí ahora en peligro.

Aunque quizá no había aquí un hombre, piensa Estela apoyándose en la mesa que divide en dos la casa del trillizo que se fuera de El Infierno tras pelear con sus hermanos, aceptando al mismo tiempo que no puede avanzar sin arrastrar la pierna izquierda y el dolor que se la entume, como entume este dolor también sus hombros y su cuello: ¿cómo no va a haber un viejo... qué chingado estoy pensando... él me trajo a este sitio... tengo ahora que advertirle... que salvarlo del peligro!

¡No... me da igual que esté en peligro... si salió es porque eso quiso... me tenía que haber a mí esperado... me tenía que haber pues preguntado!, reclama Estela acercándose aún más a la ventana en la que el sol de la mañana incendia el vidrio: ¡me da igual lo que le pase... pero quiero que me preste su teléfono antes de que le hagan ellos algo… debe tener un celular el viejo ese… vi el cargador mientras buscaba yo uno fijo… lo vi allí hace un instante!, añade Laciegadeldesierto girando la cabeza.

Volviendo a revisar el espacio en torno suyo y comprobando que en la casa en donde se halla no hay ningún teléfono a la vista ni hay tampoco nada que le sirva a ella de arma, Estela observa el cargador clavado en un contacto: su cable escurre al suelo y allí yace como yace una lombriz dentro de un charco. ¡Debe traer su celular encima el hombre… necesito que me preste ese aparato!, se enterca Laciegadeldesierto volviendo el rostro otra vez a la ventana y avanzando otros dos pasos rumbo al vidrio en el que el sol acusa tres rajadas.

¡Tengo que llamar a Epitafio… advertirle lo que pasa… decirle tú también corres peligro!, insiste Estela, y apretando los dientes se suelta de la mesa y precipita su andar tambaleante, al mismo tiempo que otra vez se dice, remendándola de nuevo, aquella frase que le dijo un día Epitafio: el dolor es la cabeza y no es el cuerpo, y al mismo tiempo, también, que a voz en cuello suelta: falta poco… un par de pasos solamente… un poco más y voy a verlo… voy a pedirle.

Un metro antes de llegar a la ventana, sin embargo, Laciegadeldesierto cae al piso y de su mente salen un momento Epitafio, las palabras que le tiene que decir y las palabras que él le dijo hace ya tanto. Derrotada sobre el suelo, Estela es ahora únicamente el combate con su cuerpo y la urgencia de salvar a ese viejo que salió a La Caída hace rato: ¡ojalá que esté él a salvo… que no le hayan hecho nada… por lo menos no antes de que me preste su chingado celular para hablarle a Epitafio!

En cuanto vuelve Elsordodelamente a la cabeza de Estela también vuelven sus fuerzas y Laciegadeldesierto, levantando los dos brazos, aferrando al marco de la ventana sus diez dedos y concentrando toda su energía, se levanta: un segundo antes, sin embargo, de que logre asomarse a La Caída, estallan los ladridos de los perros que ella no oye pero intuye de algún modo y su cuerpo vuelve a desplomarse. ¡Puta mierda... tienen ésos que ser ellos... van a ponerle allí en la madre!, exclama Estela apresurando sus palabras y el ritmo con que aspiran sus pulmones.

La mordida que le dan a sus entrañas sus costillas es entonces todavía más violenta que las de antes y los pulmones de Laciegadeldesierto se acalambran: poco a poco, la luz que viola la ventana e inunda la casa del trillizo se va fundiendo a negros y el calor que estaba al fin sintiendo Estela va volviéndose un frío helado. Las palabras que emergían apuradas, vivas y nerviosas de su boca, van entonces extraviando su sentido y van también luego apagándose de a poco: a ponerle y a ponerme madre... puta mierda el viejo... ya no yo aquí nada... puta ésos... no llamarlo... podré... salvarlo.

Un segundo antes de sumirse en la inconsciencia, Estela repite, ante el vacío de su mente, la última palabra que intentó decir al mundo: salvarlo. Y es esta palabra: salvarlo, la que acompaña a Laciegadeldesierto hasta el lugar al que se ha ido de repente, arrastrando con ella al recuerdo de Elsordodelamente, que la abraza un segundo pero al instante desvanece su presencia, desproveyendo de sentido el sueño en el que flota Estela: este sueño en el que hablándole de tú a Epitafio lanza: sin ti el planeta no tiene ya centro... sin ti es todo cualquier parte... pura distancia... pura nada.

Cuando Estela vuelve en sí de su desmayo, la luz del sol, que allá en la selva que divide en dos las tierras arrasadas ha puesto a sudar a los que siguen arrastrando sus andares y que allá en el altiplano Sombras de Agua ilumina el detenerse del gran tráiler de Sepelio: están a punto de vender él y Mausoleo a otro sinalma, inunda el suelo en que se encuentra ovillada y asfixia el interior de esta casa que encierra el desvarío de Laciegadeldesierto. Esta mujer en cuya boca se entremezclan ahora las palabras del desmayo y la vigilia: ¡pura nada… tengo que pedirle su teléfono… sin ti no hay coordenadas… si no está debe estar afuera!

¡Tiene que estar todavía allá afuera… tiene que estar aún a salvo… si no hubieran ésos ya venido… habrían ellos ya entrado… está afuera y va a venir cuando lo llame!, refrenda Estela convencida de que ha vuelto en sí del todo, y olvidado el ensueño aprieta otra vez los dientes, alza luego sus dos brazos y aferrándose de nuevo a la ventana jala como nunca antes había jalado de sí misma. ¡Tiene que venir él a ayudarme… va a escucharme y va a venir ahorita el viejo… va a prestarme su aparato!, machaca Laciegadeldesierto, y asomándose por fin a la ventana suma: ¡sólo tengo que llamarlo… que pedirle que regrese!

Abriendo el vidrio y sacando la cabeza, Estela mira al mundo desprovisto de sus sombras, se sorprende con la calma que campea por La Caída y se emociona cuando al fin mira al trillizo que dejara hace ya tanto El Infierno y se viniera a las montañas: yace el viejo frente a un tambo. ¡Por favor… señor!, grita Laciegadeldesierto contemplando el fuego que el trillizo aviva, y observando el humo que éste exhala ve también la altura que el sol ha alcanzado. Entonces Estela siente un fuerte pinchazo en el pecho, se convence de que ya se le ha hecho tarde y evocando el rostro de Epitafio revive el ensueño en el que apenas se extraviara.

Justo antes, sin embargo, de perderse en ese mundo que otra vez la llama, Laciegadeldesierto logra dominarse y reduciendo su terror a desazón recuerda qué tenía que hacer y vocifera: ¡por favor... señor... venga a ayudarme... por favor... necesito... su teléfono... tengo ahora... que llamarlo! Sorprendido, más que por los gritos de esa mujer que lo está viendo, porque pueda sostenerse ella en pie así de pronto y gritar con esa fuerza con la que está ahora gritando, el trillizo que se vino a las montañas echa a andar apresurado: ¡calma... por favor no hagas esfuerzos... ahora voy allí y hablamos!

Sobrecogida, por su parte, por el silencio que ha emergido de la boca del trillizo, quien ahora corre hacia su casa, y por los ladridos mudos de los perros que rodean la ventana, Estela recuerda que perdió sus prótesis entre las lajas de la sierra y su sordera vuelve a convertir su desazón en terror puro y sus molestias en tristeza: ¿cómo voy ahora a llamarlo... cómo mierdas voy a hablarle?, se pregunta Laciegadeldesierto, y el silencio del planeta se convierte, de repente, en el mutismo de esa nada en la que estuvo hace un instante.

¡Tengo que llamar a Epitafio... por favor... tiene que ayudarme... tengo que hablar urgentemente!, suplica Estela al mismo tiempo que interroga, en los rincones de su mente: ¿pero cómo voy a hablarle... cómo si no puedo escuchar nada? Por su parte, el trillizo que está cada vez más cerca de la entrada de su casa apura aún más el ritmo de sus piernas y repite: ¡no se apure... por favor estése en calma... por favor vuelve a sentarse!, al mismo tiempo que en silencio se pregunta si escuchó o si sólo imaginó que esa vieja gritó el nombre de Epitafio.

¿Epitafio... eso dijiste?, pregunta el viejo sin poder imaginarse que ese hombre que ahora evoca su memoria es el centro del planeta de Estela, el sentido pues que evita que el vacío se apodere de su mundo, la certidumbre que da luz a sus pupilas, el deseo que le permite abrazar sus esperanzas. ¿Epitafio?, insiste el trillizo y sus palabras: ¿has dicho Epitafio?, se confunden con las que aún grita Laciegadeldesierto cuando ya está él dentro de su casa: ¡Epitafio… Epitafio!

Epitafio: ese hombre que hace rato, un rato que podría ser también una era o un instante, fue traicionado por Sepelio. Sepelio, este hombre que detuvo su gran tráiler hace apenas un momento y que, tras ordenarle a Mausoleo que dejara la cabina del gran Minos, se apeó al asfalto y echó a andar hacia el conteiner. Este conteiner que el gigante abrió hace un segundo y al que ahora entran Sepelio y Mausoleo cantando: "¡de tin marín… de do pingüé cúcara mácara… el último es… este pendejo que aquí cuelga!"

¡Descuélgalo y llévalo allá abajo… hay que venderlo y darnos prisa… hay que seguir luego hacia el norte… no debemos tú y yo andar aquí a estas horas… no conviene andar de día en la carretera!, grita Sepelio señalando al sinDios que eligiera, y observando a Mausoleo piensa sonriendo: ¡era verdad que estás enorme… que ibas tú aquí a servirnos… era verdad también que vale sólo andar de noche… que por el día podía pasarnos cualquier cosa… era verdad pues casi todo lo que él siempre decía… Epitafio… Epitafio!

¡Epitafio… Epitafio!, insiste Estela por su parte, cuando el trillizo se hinca enfrente suyo: ¡cálmate mujer… ahora te ayudo… cálmate que no estás aún tan fuerte cómo piensas… has perdido mucha sangre! ¡Cálmate mujer que te has golpeado la cabeza… en serio cálmate que ahorita aquí te ayudo… él me ayudó a mí muchas veces… me ayudó a mí hasta a largarme!, insiste el trillizo pero el silencio que emerge de su boca perturba aún más a Laciegadeldesierto.

¡Tu teléfono… necesito que me prestes tu… no… no necesito sólo… necesito que tú le hables… yo no puedo escuchar nada… necesito que lo llames a Epitafio!, grita Estela al viejo que se ha hincado enfrente suyo y, presintiendo cómo sobrevuelan su existencia el desierto, el vacío y la nada, intenta leer aunque sea alguna entre todas las palabras que le están diciendo a un metro: ¡ a llamar quieras... pero que entiendo nada... por qué esos persiguiendo... esos dos vinieron armados... qué queriendo hacerte !

¡Exactamente... esos cabrones... vienen tras de mí para matarme... quieren esos dos hacerme daño... van a hacerle también daño a mi Epitafio... los que sirven a Sepelio y a ese padre!, explica Laciegadeldesierto alzando el rostro, e imaginando el sobrevuelo de los buitres que la acechan elucubra: puta mierda... es ya muy tarde, al mismo tiempo que entierra sus pupilas en los ojos del trillizo, quien sonríe ahora orgulloso y a pesar de que comprende que no lo oyen canta su victoria emocionado: ¡ésos no son problema... maté ... ya y partí pedazos... ardiendo mi tambo!

Si los mató y les prendió fuego ha pasado mucho tiempo... mucho más del que creía... no podré advertir a Epitafio... se ha hecho tarde y no podré yo ya salvarlo, especula Estela y es así que en sus ojos se apaga la esperanza y que el desierto cae sobre su mundo: han hecho tierra los tres buitres que temía. ¡Llámalo ahora mismo... llama a Epitafio!, clama Laciegadeldesierto sin saber ya en qué lugar se encuentra y tratando nuevamente de leer las palabras que está el viejo masticando: ¡ cálmate en peligro... serio qué ... puedo ayudarte y no escuchas llame hombre... yo si tú hablo... ahora !

¡Eso es... tienes que hablarle... que llamar ahora a Epitafio... decirle que hemos sido traicionados... que él también corre peligro.... eso tienes que decirle!, suplica Estela, aceptando en su silencio, sin embargo, que no tiene ya sentido hablar pues se ha hecho tarde, y comprendiendo, por primera vez, que sin ese hombre al que ha adorado no hay dos mundos, que sin Epitafio el mundo de su ensueño es también el que habita en la vigilia: ¿ qué número … dime a dónde le hable? ¿A le marco… quieres tú que ?, insiste el trillizo que tanto debe a Epitafio y esta vez el movimiento de sus labios acompaña el hundimiento de Estela, que haciendo agua y aceptando su derrota y su infortunio hurga en la herida que ahora admite porque cree que se merece: en lugar de pronunciar el número de su hombre, Laciegadeldesierto escupe al mundo el de Sepelio y en su alma se desmoronan la certidumbre, el sentido y la esperanza mientras su cuerpo acopia los arrestos que le quedan y a sí mismo se levanta.

Apoyándose otra vez en la ventana, Estela vislumbra el solar donde el tambo sigue ardiendo y, tras hallar ahí lo que busca, se encarama a la cornisa, empuja sus dos piernas y se deja caer afuera. Levantándose de nuevo sin saber cómo lo hace ni tampoco por qué lo hace, Laciegadeldesierto ahuyenta a los perros que compiten por lamerle las heridas, y está a punto de echar a andar sus pasos cuando siente que la toma una mano como garra y reculando observa, a través de la ventana, al trillizo que dejara un día El Infierno.

¡ está muerto… dijeron está … eso hombre ahí revolcado… Epitafio … lanzándose … atropelló un tráiler… dijo y riendo le hablara… repetía entre risas… dime pasando carcajadas … quiero entender también esa otra Cementeria!, grita el viejo pero Estela vuelve a darse vuelta y vuelve a echar a andar sus pasos. En torno suyo ladran, mudos, los seis perros y, más allá, también crepita mudo el fuego: por primera vez, entonces, Laciegadeldesierto no echa en falta las dos prótesis perdidas en la sierra: el único sonido que para ella había en la tierra era la voz de Epitafio.

Levantando la cabeza un breve instante, Estela avista la parte alta de La Caída, mira al sol que en la distancia resplandece poderoso, contempla una parvada de cigüeñas, observa la ladera que bajara hace unas horas, vislumbra el camino que la trajo hasta este sitio y ve el lugar en que se encuentra. Entonces atestigua cómo se deshacen el lugar donde se halla, la ladera que la trajo hasta este sitio, la parvada de cigüeñas, el sol que brilla poderoso y la parte alta de La Caída: la única visión que para Estela había en la tierra era la imagen de Epitafio: sin ésta está en derribo ya su mundo.

Agachándose ante el tambo, Estela alza el machete que el trillizo utilizó para partir los cuerpos que arden en el tambo, se acerca la hoja al rostro, mira su reflejo por última ocasión y, mientras grita el trillizo que ahora corre rumbo a ella un enunciado que ni ella ni nosotros escuchamos, acepta que no puede suicidarse por la cosa esa que lleva ahora en el vientre y raja sus dos córneas: ¿para qué podría quererlas si no va ya nunca a ver a Epitafio, si su mundo es ahora ya puro vacío circular, pura distancia, pura nada?

¡ !, repite el trillizo cuando llega junto a Estela: faltan varios años todavía para que entienda, este hombre al que la vida volverá pronto padrastro, por qué acaba de hacer lo que acaba de hacer esta mujer a la que intenta él otra vez alzar del suelo y que, al sentir sus brazos, clama: ¡el dolor es la cabeza y no el cuerpo! Esta mujer que, en mitad de su desierto, estrenando su ceguera, la primer imagen que evoca de ese mundo que Epitafio volvía cierto, sin tener claro por qué es este recuerdo el que le muestra su memoria, es la de los chicos de la selva.

Esos dos chicos que ahora, allá en el sitio en que se encuentran, apresuran nuevamente a los hombres y mujeres que llegaron de otras patrias hace poco pues ya casi están llegando al claro que llaman unos Ojo de Hierba, y otros sólo El Tiradero.

VII

¡Ahora sí estamos llegando... dense prisa que estaremos allí en nada!, grita el mayor de los dos chicos, señalando con la mano la distancia y contemplando los colores que le ha impuesto el sol al mundo: enmarcan la marcha de los hombres y mujeres que perderán muy pronto el nombre todos los verdes que conoce la paleta, el rojo vivo y encendido de unas vainas venenosas, el púrpura apagado de las bromelias que invaden a las ceibas, el beige oscuro y encarnado del barro y el concierto de castaños de los troncos, las raíces y las lianas.

Observando, por su parte, los reflejos de la luz sobre las huellas que ha dejado la tormenta: rebotan los hilos del gran astro en los charcos, sobre las hojas de los arbustos todavía mojados, entre las piedras empapadas y en el lodo, que parecería en esta parte de la selva infestado de minúsculos metales, el menor de los dos chicos suma, a las palabras del que hace entre ellos dos de jefe: ¡ya lo oyeron... ándenle que casi lo logramos... vamos ahí nomás a haber llegado!

¡Está el claro aquí adelante... después de esos matasanos!, dice el mayor de los dos chicos, apresurando sus dos piernas hasta estar casi corriendo y escuchando cómo el aire de la selva es invadido por las voces que la luz impone al mundo: trinan los mirlos y cenzontles, graznan las urracas y los grajos parlotean, voltea el rostro y le indica al que hace entre ellos dos de subalterno: es increíble que llegáramos a tiempo... no pensé que fuéramos a estar aquí a la hora.

¡Casi a la hora... querrás decir casi a tiempo!, contradice el que obedece corriendo rumbo al claro Ojo de Hierba y también él certificando cómo muda el zumbido de la selva en su hora blanca: en torno de ellos y los seres que los siguen se despiertan, invisibles a sus ojos, los cacareos de varios gallinazos, los resuellos de algún cerdo salvaje, los bramidos de un venado, el zumbar de las abejas y el quehacer de los furtivos escondidos en la jungla: golpea un hacha un madero en la distancia y aún más lejos un machete impacta a una piedra camuflada entre la hierba.

—¿Por qué dices: casi a tiempo… por qué no?

—Un poco tarde se nos hizo —dice el menor interrumpiendo al mayor, alzando los brazos y cubriéndose los ojos porque el sol, sanguíneo y aún así ardiente, lo castiga—: ¡si quieres que acepte lo que dices no digas mentiras!

—¿De qué mierda estás hablando? —pregunta el mayor levantando él también las manos para cubrirse así del sol que enciende la distancia y que se cuela entre las flores del enorme flamboyán que imita sus fulgores—: ¿por qué estás como enojado?

—No se nos hubiera hoy hecho tarde si no hubiéramos parado allá en las cuevas —suelta el menor apresurando el ritmo de sus pasos, y volviendo atrás el rostro le dirige un nuevo grito a los que vienen detrás de ellos—: ¡no se quede atrás ninguno… es el último esfuerzo!

—No es tan tarde para que haya aquí problemas —lanza el mayor retirando sus dos manos de su rostro pues el sol yace ahora oculto atrás de un filodendro—: ¡además ya no aguantaban… o parábamos allí o iba alguno!

—¡Nos paramos porque tú querías pararte! —interrumpe nuevamente el menor al que hace entre ellos dos de jefe—: ¡porque querías hacerle eso a ella!

—¿Y a ti qué más te da ella? —inquiere el mayor girando la cabeza—: ¿qué te importa esa vieja?

—¡Me da igual la puta esa! —asevera el que obedece a veinte metros de la muralla de raíces, troncos y lianas que separan a la selva del claro El Tiradero—: ¡me encabrona que no me hayas contado!

—¿Qué no te haya contado qué chingados? —interroga el que manda acelerando él también el ritmo de sus piernas.

—Quién era ella —dice el menor saltando un tronco caído sobre el suelo.

—No me puedo creer que eso te tenga encabronado.

—Qué no me hayas tú a mí dicho quién era ella y que no me hayas ni dejado ayudarte.

—¡Ya sabía que era eso otro… que no te haya yo dejado ayudarme! —suelta el mayor apartando con un brazo varias lianas y metiéndose en el claro.

—…

—Nunca has hecho lo que allí hice —dice el que manda contemplando el espacio que incendia el sol, y dándose la vuelta amenaza a los que van pronto a dejar de arrastrar sus esperanzas—: ¡ahora sí todos pegados… que ninguno se separe!

—¡Nunca he hecho… nunca he ido… nunca guardo yo el dinero… nunca nada! —exclama el que obedece reparando en los que vienen de otras patrias—: ¡ya lo oyeron… bien pegados!

—¡Exactamente… para qué ibas tú también a hacerlo… para qué si yo ya lo hago! —lanza el mayor deteniendo su carrera—: ves que estamos aquí a tiempo… ni siquiera han llegado.

—Es muy raro que ellos no hayan aún llegado.

—Sí que es raro —acepta el que manda deteniendo el ritmo de sus pasos, y señalando unos hoyos que se hunden en la hierba advierte—: ¿qué son ésos?

—Esto también está muy raro —dice el menor observando los extraños agujeros, y echando a andar detrás del que hace entre ellos dos de jefe, quien de pronto redirige su avanzar hacia los huecos, suma—: pero no cambies de tema… dime en serio quién era ella.

—¿Quién era ella? —repite el mayor mecánicamente, sin poner atención a sus palabras ni pensar en lo que ha dicho el que hace aquí de subalterno pues lo intrigan esos raros socavones que se sumen cada tanto.

—Exactamente… ¿quién chingado era ella? —insiste el que obedece olvidando un momento los agujeros en la hierba—: ¡quiero saber quién era ella… por qué tanto pinche pedo?

—¡Puta madre! —grita el que manda asomando a un hoyo la cabeza.

—¡Pinche mierda! —confirma el menor reconociendo él también el cuerpo que en el hueco está tendido—: ¿qué chingados ha pasado?

—¡Todos quietos ahora mismo! —ruge el que manda volviéndose a los hombres y mujeres que cruzaron las fronteras y, reculando un par de pasos, gira la cabeza en torno suyo—: ¿quién lo habrá hecho… quién hizo?

—¡Al suelo… tírense ahora mismo al suelo! —ordena el que obedece dejándose caer sobre la hierba y contradiciendo, sin darse cuenta, al que hace entre ellos dos de jefe: ¡te lo dije que ellos nunca llegan tarde!

Cuando el mayor por fin comprende que es el único que sigue aún en pie, también él se deja caer al suelo y, arrastrándose en la hierba, chapoteando sobre el lodo que dejara la tormenta, se le acerca al que hace entre ellos dos de subalterno. ¿Y ahora qué mierdas hacemos… quién le habrá hecho eso a este idiota?, interroga el mayor clavando sus pupilas temblorosas en el suelo y escuchando el murmullo que se alza entre los hombres y mujeres que llegaron de otras tierras.

¡Qué más da quién putas!, suelta el menor, pero antes aún de terminar su enunciado entierra ambos codos en el suelo y se arrastra a otro agujero. ¡Aquí hay otro baleado!, asevera el que obedece y el murmullo de los seres que cruzaron la frontera sube varios decibeles, al mismo tiempo que se escucha, en la distancia, *el enjambre de los tábanos, moscones y langostas que a hacer presa de las cosas y los hombres* viene.

¡Puta mierda… cállense o voy ahora yo a callarlos!, amenaza el mayor volteando la cabeza y escuchando cómo se hincha, en algún sitio de la selva, el zumbido del enjambre que no ha visto pero intuye le ordena al menor, que está empezando a arrastrarse nuevamente: ¡ven y deja ya esos pinches agujeros! Mientras tanto, los que no podrán nunca dejar las tierras arrasadas tejen por primera vez su canto y por primera vez sus lenguas cuentan sus terrores.

—¿Qué chingado está pasando? —pregunta Quienaúnpresumedealma.

—¿Quiénes son los que están muertos? —inquiere Elquetieneaúnunnombre.

—¿Ahora qué va a sucedernos? —interroga LaquecuentaaúnconDios.

—¡Ese ruido… de dónde sale ese sonido? —interviene Quientieneaúnsuvoz.

—¡Hasta aquí hemos llegado! —grita Elquetodavíatienecuerpo.

—¡Va a acabar ahorita todo… van a ver que aquí! —ruge Elquetodavíausasulengua.

¡Que se callen... es en serio... o se callan o verán lo que les hago!, amenaza el que hace aquí de jefe, interrumpiendo a Elqueusarayamuypocosulengua. Luego, levantando la cabeza un par de palmos de la tierra, el mayor busca la silueta del que debe obedecerlo y, escuchando cómo sigue abultándose en el aire el zumbido del enjambre de tábanos, moscones y langostas, siente en la vejiga un pinchazo que le suelta las esfínteres de golpe.

¡Y tú ven aquí ahora que!, lanza el mayor pero a mitad de su oración es silenciado por la lengua del menor, que está ahora aseverando: ¡uno más... en este hoyo hay otro cuerpo! ¡Y están todos balaceados!, grita el que obedece tras un instante y el que hace aquí de jefe ordena: ¡ven aquí y olvida a ésos... ven aquí y en este instante!, al mismo tiempo que el zumbido de los tábanos, moscones y langostas ensordece a los presentes y al mismo tiempo, también, que el cantar de los que van muy pronto a renegar de su creador, de su historia y de su nombre se transfigura en un lamento.

Cuando el que hace aquí de subalterno por fin llega hasta el lugar donde el mayor está aguardando, con el rostro enterrado entre las manos y la nariz olfateando la hierba que su cuerpo está aplastando, el zumbido de los tábanos, moscones y langostas se descubre como el ruido de la plaga que en realidad está sonando, y los dos chicos de la selva aceptan, en silencio, que lo que oyen es la música que escupe una docena de bocinas.

El estruendo de la música que sigue acercándose al lugar donde se encuentran ensordece los oídos de los chicos de la selva pero no su dignidad ni sus valores: aceptando que no tienen ahora de otra, el que hace aquí de jefe y el que hace aquí de subalterno se observan un instante y, sonriéndose uno al otro, se levantan de la tierra dando un salto. En torno de ellos forman un perímetro cerrado estos hombres que, empuñando sus metales, obedecen a ese otro hombre que, encaramado sobre el techo de una vieja camioneta, anuncia su nueva orden con un gesto de los brazos.

Tomándose uno al otro de la mano, los dos chicos vuelven otra vez a verse, hinchan el pecho y cerrando sus dos párpados reciben la tormenta de metralla que los tumba sobre el suelo, donde sus cuerpos destrozados caen abriendo un solo hoyo en la hierba y donde su sangre alimenta al lodo que, alumbrado por el sol que escala su muralla, reflecta mil destellos: es como si aquí, en el claro El Tiradero, estuviera el barro infestado de hilos de oro.

Obviando a los dos chicos que en el suelo se desangran, los hombres que ahora sueltan sus metales y obedecen a ese otro hombre que en lo alto de la loma, sobre el techo de su enorme camioneta, acaba de indicarles su nueva orden con un leve movimiento de las manos, echan otra vez a andar sus pasos, mientras los hombres que conducen las pesadas carretillas que soportan las bocinas, estas bocinas que ensordecen y que aterran a los hombres y mujeres que aún yacen sobre el suelo, cierran más y más el cerco escandaloso.

Saltando los cuerpos de los chicos de la selva, que acaban de dejar el claro Ojo de Hierba como acaban de dejar la historia de Epitafio, la historia de Estela y ésta que es su propia historia: la historia pues del último holocausto de la especie, los que obedecen a ese hombre que ahora está bajando de su enorme camioneta llegan hasta el sitio donde yacen los sinDios, los levantan uno a uno y les encajan los hocicos aún humeantes de sus fierros: también sucede por la noche, pero esta vez es por el día.

Nota

Todas las cursivas que aparecen en esta novela pertenecen a la *Divina comedia* o son citas tomadas de diversos testimonios de migrantes centroamericanos, a su paso por México, en busca de los Estados Unidos de América. El autor agradece, en este sentido, el trabajo realizado y la información facilitada por la Comisión Nacional de los Derechos Humanos, la Comisión Interamericana de Derechos Humanos, Amnistía Internacional, Albergue Hermanos en el Camino, Las Patronas, Casa del Migrante, Sin Fronteras y Casa del Menor Migrante.

Índice

Las tierras arrasadas, de Emiliano Monge
se terminó de imprimir en agosto de 2015
en los talleres de Litográfica Ingramex, S.A. de C.V.
Centeno 162-1, Col. Granjas Esmeralda,
C.P. 09810 México, D.F.